Ferida

FÓSFORO

OKSANA VASSIÁKINA

Ferida

Tradução do russo por
DIEGO MOSCHKOVICH

À Alina Bakhmútskaia

Quem não lembra da morte, morre depressa.

Inna Lisniánskaia

O princípio é a falta, de onde tudo advém, incluindo a emoção lírica.

Shamshad Abdullaev, *Poesia e morte*

With your milk, Mother, I swallowed ice.

Luce Irigaray, *And the One Doesn't Stir without the Other*

[...] *para que uma mulher tente enfrentar o vazio no sentido, que é feito e desfeito com todas as suas ligações e com todos os seus objetos...**

Julia Kristeva, *Sol negro: depressão e melancolia*

* Trad. de Carlota Gomes. Rio de Janeiro: Rocco, 1989, p. 91.

1

LIUBÓV MIKHÁILOVNA DISSE QUE A RESPIRAÇÃO da minha mãe estava ruim, pesada. Soubera disso pelo padre. Respira assim quem está para morrer. A luz era boa e não tinha vento. A luz, como em agosto, era dourada.

A mão de Liubóv Mikháilovna recaía sobre as costas do sofá, um pouco inchada, acinzentada. Estranho, pensei, ao olhar para aquela mão, será que precisa de sanção do padre para saber que a pessoa está morrendo, quando é tão óbvio que está?

O rosto de Liubóv Mikháilovna estava calmo. Ela acreditava em deus e seu câncer tinha regredido. Talvez achasse que o câncer regredira porque acreditava em deus. Também levava uma superioridade estampada na face. Era como se ela carregasse no colo o troféu invisível da vida, que recebera ao vencer a minha mãe.

Andrei disse que Mikhail Serguêievitch me ligaria amanhã, às dez da manhã. Ele já tinha dado o dinheiro da gasolina para o consogro, e eles me levariam para buscar as cinzas. Eu poderia ir sozinha, mas aqui é importante a participação. Participação e acolhimento. A luz está muito boa, tépida. E a sopa de macarrão ficou boa. Tudo ficou bem, como eu prometera. A atenção é importante.

Ao sair do velório, o marido da ex-vizinha da minha mãe disse para Andrei não ficar triste. Para ligar e combinar de sair para pescar, quando quisesse, algum dia. Andrei disse que ligaria. Mas não vai ligar, eu sei, o importante aqui é aceitar a participação e o acolhimento.

Liubóv Mikháilovna pediu que eu aceitasse suas condolências. Eu aceitei. No último mês, ela tinha ministrado água benta para a minha mãe: três colheres de sopa com uma oração pela manhã, três colheres de sopa com uma oração pela noite. Disse que, depois de ver o padre, a minha mãe tinha se animado e ficado de pé. Liubóv Mikháilovna disse que a mãe começou a rir e foi fazer sopa.

Já a mãe disse que o padre tinha vindo e colocado um troço estranho na cabeça dela, pedindo que se arrependesse de tudo enquanto fazia uma oração. Disse que não entendeu nada. Mas Liubóv Mikháilovna não era capaz de admitir que a religião não ajudava muito contra doenças. Especialmente quando não se acredita em deus.

Criança, me disseram que chuva em enterro é bom. Por um lado, dizem mesmo que uma chuvinha na estrada é um bom sinal. Por outro, é a natureza que chora. A natureza participa, lamenta. Quando enterraram meu pai, caía um chuvisco fino. Mas em fevereiro não chove e, em lugar da garoa, havia uma luz muito boa que deixava tudo corado e completo, como uma maçã.

Acabaram todos sentados no sofá em que minha mãe morreu. Depois foram embora, todos de uma vez. Eu e Andrei tiramos a mesa e lavamos a louça. Andrei disse que comida de velório não se joga fora, e que se come de colher. Disse que lavaria tudo, ligou a televisão da cozinha e começou a ensaboar. Eu trazia os pratos vazios. Ainda faltava muito para a noite.

Andrei perguntou se o crematório funcionava à noite. Não sei, respondi, mas sei que nossa vez na fila era às 16h30, e isso significava que já tinham incinerado o corpo. Andrei disse que era um horror isso de queimar pessoas vivas. Eu não disse nada, só pensei que ela não estava viva, e sim morta. Sentei no sofá e comecei a assistir televisão. À noite, sonhei com a escuridão.

Andrei disse que o consogro era uma pessoa peculiar, e que eu não prestasse muita atenção. Disse também que tinha dado trezentos rublos para a gasolina, para que ele me levasse até o cemitério central, onde ficava o crematório.

Aqui é uma terra bem árdua. Há estepe por toda parte, e lá, onde a água corre, é verde e úmido — é o lugar que os locais chamam de várzea. O meu pai vivia a quinhentos quilômetros daqui, em Astracã, onde, na foz do Volga, as balsas esperam o degelo pós-inverno antes de se lançarem à navegação no rio. Nas aldeias, os balseiros são gente de respeito, e sem eles não se vai a lugar nenhum. Antigamente, cada balseiro tinha um ajudante, que passava pelos passageiros recolhendo a tarifa. Agora, segundo meu pai, o sistema de pagamentos fora informatizado, e puseram uma câmera em cada balsa. E um cobrador. Um dos balseiros lhe contara que jamais cobrava tarifa dos mortos que levava. Afinal, transportar um morto já custa caro, e os mortos não têm a mínima condição de pagar por si. Era essa a participação no luto humano.

Mas agora havia câmeras e não dava mais para dar um jeitinho. Nem para os mortos. O balseiro que não recolhesse tarifa do carro com o morto era multado em três mil rublos.

Mikhail Serguêievitch ligou às 9h50 e pediu para eu descer. Peguei uma sacola de rede cor-de-rosa e saí. Ao redor, tudo era cinza. Até a luz era cinza como a lã, e o vento feroz como um animal faminto. Ao redor, tudo era como em fevereiro. E era fevereiro.

Mikhail Serguêievitch me encontrou no térreo, na entrada do meu bloco. Sem dizer nada um ao outro, fomos atravessando os pátios até a rua.

O consogro também não disse nada, apenas assentiu ao meu cumprimento. Sentaram-me no banco de trás. E começamos a esperar. Ficamos ali, sentados em silêncio, até que apareceu uma mulher vestindo uma jaqueta acolchoada vermelha exagerada, com uma bolsa envernizada, brilhante. Ela cumprimentou a todos e sentou. O consogro ligou o carro, e partimos.

A mulher disse que o tempo estava ruim. O consogro e Mikhail Serguêievitch assentiram. Passamos por um supermercado da rede Piatiórotchka, por estacionamentos, e chegamos até uma zona industrial cinzenta. Foi onde a mulher desceu.

Ninguém falava comigo. O consogro reclamava do encanador de gás, dizendo que trocar a tubulação já era caro, e o encanador ainda queria mais três mil rublos por fora. Disse que mandou o sujeito tomar no cu e ligou para o administrativo para abrir queixa. A minha mãe também ficou duas semanas esperando o encanador de gás. Um mês antes de morrer, ela comprou um fogão novo, mas continuava a fazer sopa no velho porque o encanador não vinha nunca. Pediu que eu ligasse na empresa, de novo, e lá disseram que o encanador só podia ir dali a uma semana. Dali a uma semana, levaram a minha mãe para os cuidados paliativos. Em cinco dias ela morreu, e nada do gás. O fogão novinho ainda estava lá, no canto da cozinha, todo embrulhado em plástico transparente, parecendo uma noiva.

O consogro disse que a propaganda ocidental tinha perdido completamente a vergonha. Que diabo ficam fazendo lá no Ocidente?, perguntou. Põem as calças de paetê e vão dançar, os viados, e se tiver guerra? O que vai acontecer, se tiver guerra? Educação sexual é uma aberração, continuou o consogro. O que a criança precisa aprender, desde a pré-escola, é segurar um fuzil

Kalashnikov. Ele mesmo ia ensinar o neto a montar e desmontar um, para que o menino soubesse como se faz. É assim que se faz, enquanto essas putinhas americanas, com três anos, já sabem colocar camisinha. Já as nossas crianças russas aprendem a limpar a bunda segurando um fuzil. Se começar a guerra, todos teremos que ir defender a pátria. O velho, o jovem, todo mundo terá que defender a pátria. Foder todo mundo sabe, para isso não precisa pensar. Mas amar a pátria, isso, sim, dá trabalho.

O consogro contou que falava por Skype com um amigo alemão. Este fazia ameaças com a terceira guerra mundial. O alemão dissera que eles tinham armas nucleares, e o consogro, que venha, então, mas não esqueça de trazer a manteiga, pois vou enfiar essa arma nuclear no seu cu. Fiquei quieta. O consogro disse que eles só sabem ficar de viadagem e que as mulheres eram todas putas, pulando de pau em pau, como num circo. Me faltou o ar.

Me faltou o ar. Pela janela, a estepe se acinzentava — da mesma cor do cabelo da minha mãe. Uma vez fiz cafuné e vi que metade da cabeça dela já estava grisalha. E encaracolada. A minha mãe dizia que os primeiros fios que cresceram depois da quimio eram cacheados, como o dos negros. Disse também que a minha avó caíra na risada quando seus cabelos voltaram a crescer depois da primeira quimio, dizendo que agora ela era uma negrinha.

Viados, putas, disse o consogro. Eu falei, por favor, será que o senhor pode ficar um pouco em silêncio? Ele ficou.

As pessoas falam muito. Já me acostumei. Mas estávamos indo buscar as cinzas da minha mãe, e a viagem precisava de certo silêncio respeitoso. Eu deveria estar chorando baixinho no banco de trás, e o consogro sem falar nada. Talvez pudéssemos conversar em voz baixa, ou ligar o rádio, o que fosse, mas não aquela falação política sobre viados e putas.

O consogro não sabe que sou lésbica. Eu queria dizer: o senhor não sabe nada sobre as pessoas homossexuais. De onde vem essa sua fixação pela penetração anal? Para que o senhor precisa enfiar um fuzil lubrificado de manteiga no orifício anal do seu amigo alemão?, eu queria perguntar. Mas não perguntei. Mesmo assim, camisinhas não fazem mal a ninguém, pelo contrário, ajudam a salvar vidas. E o fuzil? O fuzil é feito para matar pessoas.

Me faltava o ar pelo calor do ar-condicionado e pelo fedor do pinheirinho aromatizante. Que tristeza, pensei. E não disse nada.

Pedi que me esperassem no estacionamento do cemitério. Passei pelo portão e acendi um cigarro. O cemitério tinha sido pintado com cores vivas e artificiais. Virei a cabeça e vi que o prédio da administração parecia um mercado de província, todo feito de vidro. Por detrás do telhado, fumegava a chaminé do crematório. Entrei pela primeira porta que vi. Me disseram que o preenchimento dos documentos era na repartição ao lado. Na porta ao lado havia uma fila, e eu sentei para esperar. Uma senhora de idade falava com um rapaz. Discutiam o melhor lote a ser comprado para o avô. No cemitério central era caro, mas precisavam enterrá-lo com a mãe, como ele pedira. Mas no cemitério central era muito caro. Dava para enterrá-lo no da periferia, com o genro. Só que isso ofenderia o avô, que voltaria à noite para gritar. Ele já passara a vida inteira berrando com todos, e agora é que não ia sossegar. A senhora disse que, uns dias atrás, ele inclusive tinha aparecido para berrar com ela. Vovô agitado, esse.

Entrei pela porta ao lado. Ali, num pequeno salão havia um mostruário de vidro, e nele, em prateleiras, algumas urnas, entre as quais reconheci a da minha mãe. Cinza com uma florzinha preta de miçanga na tampa. Que flor mais brega, pensei, tipo as de calcinha barata. Andrei tinha escolhido aquela, eu queria outra, vermelho-brilhante com gravuras floridas pintadas à mão. Na urna que eu queria, as flores lembravam as tradicionais louças *khokhlomá*. Mas Andrei propusera essa cinza, a mãe não gostava de coisas brilhantes. Cinza como a barriga de um peixe de rio, ou a capota de um Lada 99 que meu pai dirigia em 97. Era duas vezes mais barata, mas eu queria comprar a mais cara. Eu escolhera tudo do mais caro: uma linda colcha de seda com flores bordadas e o caixão mais caro para a cremação. A cor do caixão lembrava aqueles vidrinhos de perfume madrepérola. Minha mãe gostava de tudo bonito, então dei para ela um caixão bonito também.

A urna da mãe estava ao lado da vermelho-brilhante, a que eu primeiro quis lhe comprar. É, poderiam confundir, e então eu levaria comigo as cinzas de um desconhecido. Mas quem poderia garantir que eram as cinzas da minha mãe, naquela urna? Ninguém. O procedimento de cremação, afinal, acontecera sem nossa presença. É certo que poderiam ter guardado quaisquer cinzas na cápsula, e jogado o corpo da minha mãe numa vala comum, para evitar a fadiga. Mas isso era ilegal. No entanto, quem se preocupava com a lei e sua execução hoje em dia? Ninguém. Restava apenas acreditar na boa vontade dos funcionários do cemitério.

Não dá para simplesmente ir lá e pegar a urna. Sem a documentação não dá nem para enterrar, ainda mais levar num avião. Mas a vitrine estava aberta, e seria possível roubar qualquer uma delas. Mas para que você iria querer as cinzas de um estranho?

Voltei para a saleta onde a senhora e o filho estavam querendo comprar um lote para enterrar o avô gritalhão. Não havia mais ninguém, então bati à porta. Uma mulher pediu que eu entrasse. Estava sentada numa escrivaninha, enrolada num cachecol de pelo de cachorro. Disse que tinha pegado uma friagem nas costas e que agora não conseguia alcançar o armário com os documentos necessários. Aconselhei que ela comprasse um gel com diclofenaco. Ela me perguntou aonde eu levaria as cinzas, porque nos formulários estava escrito que era necessário um certificado de transporte para a urna. Eu disse que as levaria à nossa terra, para a Sibéria. A mulher me perguntou o que eu faria com as cinzas. Respondi que enterraria na cidade de Ust-Ilimsk. Então ela falou que, depois, eu precisaria enviar uma declaração para Volgogrado, comunicando que tinha enterrado as cinzas. Prometi que faria isso, mesmo sem a menor intenção de fazê-lo. Ela entendeu, acho, mas não podia deixar de me dizer para enviar a declaração. Com isso, ela meio que depositava em mim uma responsabilidade, e eu meio que aceitava. A mulher olhou para o meu passaporte e depois para mim, e disse que não parecia a mesma pessoa. Depois me entregou todos os documentos e pediu que a acompanhasse. Eu fui.

Ela não vestiu o casaco para ir lá fora. Eu disse para vestir, porque poderia pegar uma friagem ainda maior, e eu não tinha pressa alguma, podia esperar. Ela apenas fez um gesto de indiferença e saiu ao vento com sua blusinha sintética e seu cachecol de pelo de cachorro. Entramos na sala ao lado. Ali, abriu a vitrine e me convidou a retirar a urna com as cinzas da minha mãe. Eu retirei sorrindo, como se ela estivesse me dando pão ou um pedaço de torta de frutas vermelhas. Ao me despedir, desejei melhoras. Ela disse que já estava quase boa, e ordenou que eu não aparecesse mais por ali.

A urna era como um grande ovo gelado. Dentro, tinha uma cápsula lacrada com as cinzas. Corri os dedos na superfície da cápsula e percebi um pó cinzento. De quem seriam essas cinzas? Da minha mãe, ou de um estranho? Lambi os dedos. Cinzas não eram como poeira, mas mais grossas e duras. Como pó de carvão, como pólvora. No fundo da urna achei um pedaço de papel rasgado com o sobrenome e as iniciais da minha mãe. O papel também estava todo coberto de cinzas. De quem seriam essas cinzas? Da minha mãe, ou de um estranho?

Fechei a urna e a coloquei em minha sacola de rede cor-de-rosa. Li na internet que uma urna com cinzas pesa não mais de cinco quilos. Essa pesava menos. Mesmo contendo as cinzas do corpo, das roupas e da manta, do caixão madrepérola, das flores, das ataduras com as quais lhe tinham amarrado mãos e pés, dos crisântemos e das rosas. Talvez contivesse até os restos da coroa de flores artificiais, ainda que eu tivesse pedido para a equipe do crematório que a retirasse antes de cremar. Disseram-me que tirariam, mas será que eu podia confiar neles? Será que de repente as flores brancas de plástico horrorosas ainda poderiam estar aqui? Onde estão as cinzas dela? Essas são as cinzas dela, ou as de um estranho?

Fumei e voltei para o carro.

O consogro não disse nada. Mikhail Serguêievitch, sem virar para mim, perguntou se eu tinha pegado. Eu disse que tinha, e que agora precisava ir até o necrotério.

O consogro ligou o motor e partimos. Íamos de volta pela estepe cinzenta. O rádio tocava, o pinheirinho aromatizante balançava.

Eu amo a estrada mais que tudo. Amo quando olho pela janela e, através do meu próprio olhar, me transformo na estrada. Uma vez, no Cazaquistão, vi camelos na estepe. Pastavam calmos, comiam a gramínea fina que cresce na areia.

Quando a minha mãe me levou da Sibéria para Astracã, ela me disse que perto de Astracã eu veria camelos. Eu vi a estepe, mas não vi camelos. Viajávamos num vagão-dormitório de terceira classe, soviético, antigo, marrom, por quase uma semana. Nem sei o que comíamos, acho que macarrão instantâneo, ovos cozidos e bolinhos que comprávamos nas estações. Eu tinha dez anos. Fazia um calor insuportável. O senhor da cama de cima roncava alto demais. Eu e a minha mãe tentávamos conter a risada, que era como um êxtase de intimidade entre nós duas. Não havia ninguém acordado, só nós, e ríamos. Porque na Sibéria já era manhã, enquanto lá, no sul, ainda era noite.

O trem fazia uma parada de quinze minutos ao chegar em cada cidade do sul. A minha mãe tinha ido a um quiosque para buscar sorvete. O trem começou a partir devagar, e nada de a mãe voltar. O abafado do vagão e a ansiedade começaram a apertar minha cabeça. Eu olhava para a estação, que ia ficando para trás, para as banquinhas de comida cinza-azuladas, para os postes, para o prédio branco da estação. Eu os perdia de vista, sumiam pela janela à medida que o trem se afastava. A mulher da cama ao lado olhou para mim. Perguntou onde estava a minha mãe, e eu disse que ela tinha ido comprar sorvete. A mulher soltou um "ai". A minha mãe não conseguira comprar o sorvete e agora perdera o trem. Tínhamos mais dois dias de viagem, ainda. Sentei na cama sem sentir meu próprio corpo. Sentia medo. Tudo bem, falava a mulher da cama ao lado, deve ter gente te esperando lá, no seu destino. Se precisar, a gente te alimenta. Vocês estão levando muita bagagem?, perguntou. Eu não conseguia responder nada. A minha mãe ficara lá, em algum lugar, na estação, com sua carteira e seu maço de cigarros Winston. O trem ganhava velocidade. Era de manhã cedo. Eu ia para Astracã sozinha.

Mas ela voltou: sem conseguir encontrar sorvete perto da plataforma, tinha ido até o último quiosque. Lá, quando já estava pegando o troco, viu que o trem começava a se mover devagar.

Pulou no último vagão. A fiscal não queria deixá-la entrar, mas ela a convenceu. Disse que tinha uma filha no terceiro vagão.

Não me lembro do rosto da minha mãe naquele momento, quando entrou de volta em nosso vagão. Lembro-me apenas de sua voz histérica, alarmada. E do sorvete na casquinha.

Por que escrevo que não me lembro do rosto dela? Talvez para embelezar um pouco a história. Na verdade, enquanto escrevia este texto, fui me lembrando do rosto dela naquele momento. Era um rosto pétreo, as mandíbulas travadas de tensão, amarelado pela luz do sol da manhã e pelo calor úmido do vagão em que já viajávamos por vários dias. Nesse rosto havia olhos, que eram brilhantes e agitados. Nesses olhos havia horror e pânico. Até hoje sou capaz de ver seu rosto pesado, as pálpebras um pouco arregaladas e a boca comprimida em tensão. É como se ele sempre se aproximasse de mim, mas ao mesmo tempo permanecesse distante. E o sorvete derretendo e escorrendo pela casquinha de biju.

Seguíamos pela estepe cinzenta. A sacola cor-de-rosa com as cinzas da minha mãe estava em meu colo. Eu não sabia bem se era certo apoiar a urna no chão, entre os pés. Parecia necessário um certo respeito para com os restos de uma pessoa. Mas estava muito desconfortável deixar ela ali, no colo. Por isso, abri as pernas e a segurei entre meus pés, no chão.

Quando o consogro estacionou o carro no hospital da região, na rua Zemliátchki, eu pedi que Mikhail Serguêievitch segurasse a urna. Ele a pegou com cuidado.

Tenho sonhado que caminho infinitamente ao longo das câmaras frigoríficas do necrotério, sabendo que dentro de uma delas jaz o corpo da minha mãe. Um corpo nu e congelado num saco preto apertado. Quando passei por essas câmaras pela primeira vez, para receber os resultados da autópsia da legista, eu não sabia que aquelas caixinhas eram o lugar onde se mantinham os corpos. Subi a escada e a legista já me esperava. Ela perguntou qual o grau de instrução da minha mãe, seu ano de nascimento e causa da morte: médio técnico completo, nascida em 1970, câncer. A legista olhou para mim com muita atenção, tentando descobrir se eu era mesmo filha da minha própria mãe. Quando encontrou semelhanças no rosto, me levou até seu escritório e me entregou o resultado. Em seguida, ligou para algum lugar dizendo o meu sobrenome e o da mãe e, ao desligar, pediu que eu esperasse na rua. Esperar o que exatamente, ela não disse.

O vento cortava. Um vento muito pesado. Eu estava na marquise do necrotério e, para não congelar, entreabri a porta, de onde saía um cheiro de cadáver e formol. Não sabia o que esperava. Ordenaram que eu esperasse, esperei. Um homem careca e enorme surgiu no corredor. Aos berros, disse que eu estava deixando a friagem entrar. Perguntei se podia esperar do lado de dentro, e ele respondeu que eu não estava autorizada a esperar do lado de dentro. Disse que eu esperasse na rua. Fechei a porta.

Fumei enquanto observava o pátio do necrotério em ruínas. Parecia ainda mais sujo e terrível com aquele vento. Um cinzeiro de concreto, todo lascado e cheio de bitucas, cercas de arame, uma escada se desfazendo. Eu não sabia o quanto ainda teria de esperar. Recebi um SMS de Andrei, perguntando o que estava acontecendo. Respondi que não sabia, que apenas esperava. Ordenaram que eu esperasse. Eu esperava.

A tosse a torturava e a respiração era bem ruidosa. Voltei para conversar com a legista depois de pegar as cinzas. Era uma moça de uns vinte e cinco anos, uma loira maquiada, de cílios postiços e sobrancelhas tatuadas. Bem pequena. Perguntei de que morrera a minha mãe. A legista levou o resultado da autópsia até os olhos e, com seus dedos indicadores de unhas postiças, mostrou o tamanho das metástases no pulmão. Depois, diminuiu a distância entre os dedos e mostrou o tamanho das metástases na coluna, na altura da cintura. Perguntei qual era o estado dos órgãos sexuais, e ela respondeu que os ovários e as trompas da minha mãe eram como os de uma adolescente.

A legista contou que a minha mãe morrera por um edema cerebral. Quando o fígado para de funcionar, todo o líquido se acumula primeiro nos pulmões, depois vai para o coração e depois o cérebro para de funcionar. E é isso. Por alguns dias, ela ainda ficou inconsciente com respiração artificial. Não sentiu dor nenhuma por conta dos analgésicos que os médicos ministraram.

O último ano havia sido todo de espera. Quando encontraram, depois da quimio e da radio, uma pequena metástase no fígado, eu comecei a esperar. Todos passaram a esperar em silêncio. Mas todos esperavam um milagre. Eu, não.

Esperar a morte por um ano é diferente de esperar qualquer outra coisa. Esperar a morte por um ano é como esperar, ao mesmo tempo, o pesar e o alívio. Esperar a morte por um ano demora e entedia. Esperar a morte por um ano não é esperar uma mudança de casa ou o lançamento de um livro. Então parece que cada minuto é a oportunidade de um milagre e de uma felicidade inédita. Mas não é. É o tempo pesado de um luto antecipado. Depois, esperei ainda duas semanas, quando a minha mãe deixou de vez de levantar. Essas duas semanas foram um longo período de desgraça. O tempo de um silêncio infinito.

Morei com a minha mãe por uma semana, enquanto ela morria. Ia ao supermercado e trazia-lhe flores e presentes. Toda vez, ao subir as escadas do prédio, pensava que enquanto eu não estivera, também ela havia deixado de estar. Mas ela ainda estava viva, sempre. Assistia à televisão em silêncio, com olhos que já não viam.

O que se passava por sua mente, enquanto assistia à televisão antes de morrer? Eu tentava adivinhar, perguntava. Mas ela acabou não me dizendo. De noite, dormíamos de valete no mesmo sofá. Eu não dormia, ouvia sua respiração. Ouvia ela morrer.

Uma ambulância estacionou ao lado da marquise do necrotério. Dois homens mal-humorados abriram a parte de trás e, sem me notar, começaram a vestir suas luvas azuis de borracha. Ao passarem por mim, perguntaram meu sobrenome. Perguntei se deveria segui-los, mas disseram que eles mesmos chamariam.

Os filmes mostram que o reconhecimento do corpo só é feito em casos de morte em circunstâncias terríveis. Assassinato, acidente de carro ou morte súbita por infarto. Eu não fazia ideia de que também era preciso reconhecer o corpo se o seu ente querido tivesse morrido no hospital ou em casa. Agora sei que esse procedimento é necessário para os agentes funerários. Eles têm receio de colocar a pessoa errada no caixão. Precisam ter alguma garantia.

Um dos homens das luvas azuis botou a cabeça para fora da porta e me chamou. Apaguei o cigarro pela metade e entrei. No saguão, perto de uma gaveta da câmara frigorífica, havia um volumoso saco de plástico preto numa maca elevada. Eu me afastei. Não queria e não podia me aproximar. Sentia medo. Fui para o outro lado da sala, esperei. O homem das luvas azuis abriu o saco com o corpo da minha mãe e o tirou até a cintura. A cabeça estava virada, eu não podia ver o rosto. A reconheci por seu longo antebraço jogado sobre o torso sem seios. Tinha cor de limão velho e maduro. Reconheci as orelhas e o osso quadrado da mandíbula. Eu também tenho essa mandíbula e essa orelha e esse nariz. Reconheci os cabelos, grisalhos como tufos de lã emaranhada.

Só que o procedimento requeria um reconhecimento mais detalhado. O homem das luvas azuis pegou a cabeça da minha mãe e a levantou como se fosse uma melancia pesada e firme. Virou o rosto em minha direção. O plástico farfalhou grosseiramente. Vi o rosto dela. Estava calmo.

Eu disse sim, é a minha mãe. Então, o homem das luvas azuis empacotou o corpo de volta, e o outro homem das luvas azuis pediu que eu fosse até uma mesinha de metal assinar o ato. O ato era impresso num papel de carta cinza.

A caneta era simples, de corpo translúcido e tampa azul mordiscada — daquelas que a minha mãe sempre comprava para mim no bazar de material escolar antes do início das aulas. Assinei o ato e saí para o vento.

A legista era amigável. Depois de me chamar à sua sala, fechou a porta com delicadeza. Descreveu o cadáver da minha mãe como se fosse uma pioneira a quem tivessem pedido mostrar a capital do Congo ou da China num mapa. Obrigada, eu disse. Meus pêsames, ela respondeu. Passei mais uma vez pelas gavetas da câmara frigorífica, pelas macas dispostas em fileira, numa das quais tinha estado o corpo da minha mãe. Agora, o seu corpo eram cinzas anônimas numa cápsula lacrada. Não havia mais metástase, nem a cicatriz profunda que ia até as axilas, depois da retirada dos seios. Não havia mais o nariz aquilino nem as mãos bonitas. E não havia mais mandíbula também.

Do lado de fora, fui até o cinzeiro de concreto e olhei para o hospital à minha frente. Não ventava mais. Não tinha ar, tampouco. Um dos homens das luvas azuis estava embaixo da marquise, fumando. Não o cumprimentei. De todo modo, ele não se lembraria de mim. Fumava parado até que em seu bolso tocou um celular antigo, daqueles de botão. Apagou o cigarro, recusou a ligação e, passando por mim, entrou de volta no necrotério.

Ainda fiquei ali por um tempo. Queria lembrar daquele lugar. Queria lembrar daquele lugar do mesmo jeito que se deseja memorizar uma paisagem bonita, ainda que esta fosse horrível. Mas era importante. E, como qualquer outro lugar importante, não o memorizava.

Sentei no carro e peguei a urna de volta. Em seguida, precisava ir até o instituto da previdência. Levaram-me até lá através da estepe.

Interessante, pensei, será que a corrida já valeu os trezentos rublos, ou ainda não?

Quando penso no corpo, vejo essa estepe, estepe ou deserto. Um deserto que, como imagino, existe na Sibéria, lá, onde algum dia nós tínhamos vivido. O deserto cinza, perto dos correios, com sua grama chamuscada e coberta de pó: lá como aqui, eu vejo os restos de concreto e aço que emergem da terra.

Por que isso acontece? Quando eu me lembro do corpo da minha mãe, sinto que algo repuxa dentro de mim. Uma sensação que parece angústia.

Quando acaricio minha barriga antes de dormir, lembro da minha mãe. Do perfil e da voz dela. E essa lembrança desperta o sentimento amargo da perda. Como se a presença dela neste mundo estivesse ligada a uma espécie de erro ou absurdo. Eu mesma me sinto um acidente. Mas eu existo. E ela existiu neste mundo.

A estepe é o corpo da terra desnudado.

Mas a estepe não é um acidente, eu não sou um acidente. E a minha mãe não foi um acidente.

Deitada no escuro, antes de dormir, contemplo o breu e a imagem da sala do velório fica voltando à mente. É um recinto escuro com cadeiras baratas e pesadas, janelas acortinadas e uma música plástica genérica. No centro, como um borrão de cor suave e amanteigada, está o caixão com o corpo da minha mãe. Olho para ela, olho como se algo pudesse mudar. Não, ela não vai acordar, sua boca não vai mexer. Mas alguma coisa precisa mudar. A imagem em minha mente precisa se transformar em algo novo, ainda que seja o vazio. Mas o vazio não chega, e não chega a calma, também.

Vi a ponta da camisola hospitalar azul aparecendo por baixo do vestido fúnebre. O colarinho da camisola em cima do peito inerte. Alguém a tinha vestido e, com as próprias mãos, tinha lavado seus cabelos, a maquiado e posto no caixão. Eu mesma não consegui tocá-la.

Só consegui aproximar o dorso da minha mão, como se quisesse tomar-lhe a temperatura. Toquei uma de suas têmporas, a mesma que tinha beijado quando fora me despedir. Estava gelada como pedra, e a camada superior da pele já estava cedendo, e por isso senti que o viço da vida passara, restando apenas o tecido maleável e gelado de uma têmpora. Afastei a mão devagar. Penso, ainda: o que aconteceria comigo se eu tivesse demorado mais tempo encostada em seu corpo, mãos, rosto, pernas, como funcionaria minha memória? Se eu tivesse permanecido encostada com mais cuidado, com menos receio, recebendo em minhas mãos o seu frio e a sua mortalidade, será que talvez eu acelerasse na minha cabeça o processo de transformação dela em vazio? Provavelmente não. Minha memória guardaria a experiência corporal da intimidade com o corpo morto da minha mãe.

Nada pode transformá-la em vazio. Ela vai ficar lá, jazendo dentro de mim em seu caixão cintilante. Como se fosse um de meus órgãos, inseparável e imprescindível. Parece que é isso mesmo. Ela é minha ferida inseparável.

Ferida não porque ela não sobreviveu, mas simplesmente por ter existido.

No caixão, coberta por uma seda branca como a neve, ela era minha dor completa. Linda e arrumada, como uma boneca. Se eu tivesse de escolher uma flor para o meu vestido, escolheria uma com miolo bem escuro e forte, e pétalas amarelas e brancas que reluzissem na penumbra.

Agradeci o consogro e disse que a partir dali eu daria conta sozinha. O consogro assentiu e eu saí do carro.

No instituto da previdência, uma mulher disse para eu ir a outro guichê. Mas eu disse que a minha mãe morrera, e que eu precisava pegar o dinheiro. A funcionária sequer olhou para mim, mas me deu uma senha rasgada com um número apagado. Disse para eu esperar enquanto não chamasse no painel.

Sentei de frente para o painel, segurando a urna como um ovo precioso e a acariciei. Era fria, e dentro dela havia as cinzas de uma pessoa.

Ao meu lado estava sentado um homem de jaqueta de couro. Tinha um rosto um pouco amassado, mas não de ressaca ou cansaço, era só o rosto dele, mesmo. A jaqueta rangia sempre que ele se recostava na cadeira de plástico. Olhava para a senha e para o telefone de botões, alternadamente. A senha não chamava nunca no painel, nem a dele e nem a minha.

Não esperei, apenas fui, bati à porta da repartição e entrei na sala. Lá, duas mulheres falavam da vida como se estivessem num eterno horário de almoço. Me entregaram mais uma senha e pediram que eu fosse até o correio sacar cinco mil e vinte e sete rublos e oitenta e três copeques. Pensei: que estranho a pessoa trabalhar e viver a vida inteira para morrer e receber uns míseros copeques, até o caixão tinha sido mais caro. Uma das mulheres olhou para mim e, participativa, propôs "jogar" o nome da minha mãe na base de dados, para ver se não tinha economias em outros lugares. Que economias, eu disse, ela passou a vida juntando os copequezinhos. Mas a mulher falou que eu estava subestimando a mãe, e que ela fizera uma previdência privada e tinha cento e setenta mil rublos, e que eu, como herdeira legal, poderia recebê-los.

Andrei tinha dito que eles nunca tiveram um dinheiro lá muito certo, mas que mais ou menos uma vez a cada seis meses a minha mãe dizia para ele se arrumar pois iam às compras. Saíam e compravam uma televisão nova, ou um guarda-roupa. Antes de morrer, ela comprara o novo fogão a gás.

Que estranho, pensei. Poupou e economizou todos esses anos em segredo.

Lembrei como, uma semana antes de morrer, ela pedira que eu sacasse a aposentadoria da conta e guardasse o dinheiro no armário, entre os lençóis e os cobertores. A minha avó, mãe dela, fazia igual. No meu aniversário, ou em outra festa qualquer, a vó me levava até o quarto, pedia que eu fechasse a porta e abria o armário onde ficavam os lençóis. Enfiando as mãos entre as colchas, ela tirava trezentos ou quinhentos rublos. A quantia dependia do status da celebração. No meu aniversário, eu ganhava quinhentos, mas no Ano-Novo, trezentos. Com aquele dinheiro, eu podia comprar o que quisesse. Só que depois tinha de trazer o que comprara até a minha avó e mostrar que o dinheiro não tinha sido gasto em vão. Por algum motivo, não me lembro de nenhuma das coisas que comprei, mas lembro bem o olhar desapontado dela. Acho que eu nunca comprava o que as parentes mais velhas esperavam de mim.

A minha mãe guardava o dinheiro na pilha dos lençóis passados. Quando eu trouxe os dezessete mil, ela já não podia mais levantar e esconder o dinheiro. Pediu que eu mesma escondesse ali catorze mil, e pegasse três para mim, como um presente para me lembrar dela. Fiz de conta que sim, mas não peguei. Ela disse que agora eu sabia onde o dinheiro ficava guardado. Para qualquer acaso.

O qualquer acaso, no caso, era a morte. Ninguém chama a morte de morte. A morte é chamada de acaso, partida e de muitas outras palavras que não necessariamente significam morte no dia a dia. A minha mãe não ia morrer, ia acontecer um acaso.

Andrei me levara para conhecer o cachorro. Um lebréu irlandês gigante e abestalhado que ele e a minha mãe criavam no sítio. Fomos no Niva bege dele, e eu me sentia enjoada. Ele falava várias coisas — sobre ter abandonado o sovcoz, sobre as vacas que o pai dele criava, sobre como cachorros também comem a comida dos gatos, mas não caçam ratos.

Perguntei se ele entendia que a minha mãe estava morrendo. Ele disse que não era criança e que entendia bem. Então pensei que, se todo mundo ao redor não era criança, por que ficavam chamando a morte de acaso? Perguntei o que faríamos quando ela morresse. Respondeu que não sabia. Eu disse que queria levar ela para casa, para a Sibéria. Ele disse que aquilo era com a gente.

O acaso acontece uma vez só na vida. Depois de descascar as batatas para a salada de arenque, fui e sentei no chão, recostada no sofá da minha mãe. Falei para ela que não ia ser fácil para ninguém, se não conversássemos. Ela disse: vamos falar, então. Eu disse que podia levá-la para a Sibéria. Ela comentou que era muito caro. Eu disse que não estava falando de levar o corpo, mas que podia cremá-lo e levá-la para a Sibéria. Então me enterre ao lado da sua avó, ela disse. Não me enterre ao lado da sua tia Svieta, que nós brigamos antes de ela morrer. E me enterre com o vestido que está ali, pendurado no armário, o bege. Eu disse que não poderia cremá-la naquele vestido porque era sintético. Então com o vestidinho preto até o joelho, disse ela. Está bem, concordei. Chega de falar, interrompeu ela, vai descascar batata, vou ver televisão. Tudo bem, eu disse.

Com a minha tia, que na verdade é prima da minha mãe, é tudo mais simples. Todo ano ela enterra alguém, às vezes até mais de um. Escrevi um e-mail para ela, dizendo que a mãe estava morrendo e que não ia passar de duas semanas, que estava bem complicado. Pedi que ela fosse na administração municipal pegar uma autorização para enterrar as cinzas. Ela respondeu que iria.

Coloquei a urna numa caixa e a cobri com um pano preto, que eu mesma costurei. Não fiquei muito satisfeita com o meu trabalho: a caixa ficou irregular e as rebarbas dos fios saíam do tecido, aqui e ali. Quando eu era pequena, me botaram em uma aula de bordado. Lá, a rigorosa Ludmila Dmítrievna ensinava a fazer crochê, a bordar em ponto-cruz e a costurar. Ensinava a fazer tudo com cuidado, como deviam fazer as meninas. A minha mãe também me ensinou a fazer tudo com bastante cuidado. Mas eu nunca consegui fazer tudo com tanto cuidado. Ela me repreendia muito por não limpar bem os talheres depois de lavar a louça. Um dia, a vó Anna tentou me ensinar a limpar os garfos com uma toalha. Enrolou a ponta de uma toalha engomada para fazer um bico e mostrou que era preciso pegar cada garfo e limpar entre cada um dos dentes com aquele canto. Perguntei se era assim que ela limpava todos os garfos. Todos, respondeu a vó Anna. Senti uma angústia apavorante.

Sentada, fiquei olhando para a urna desengonçada com as cinzas da minha mãe e me repreendi por fazer tudo apressada e desatenta. Ela teria dito que eu havia feito tudo que nem meu nariz, como sempre. Mas agora não havia mais ninguém. Me vesti e fui para a rua. Precisava de uma nova caixa para guardar a ração do cachorro e de umas calcinhas.

Andrei me pedira que não lhe mostrasse a urna. Peguei uma caixa de papelão numa banca que vendia artigos de papelaria e comprei um pedaço de tecido preto. O site da companhia aérea dizia que, para levar cinzas, elas deveriam ser embaladas em uma caixa resistente e coberta com tecido preto. Minha caixa não serviu, ficou muito estreita. Cortei-a em cima e embaixo e nem assim consegui fazer uma caixa adequada para o transporte de cinzas humanas. Fui até a cozinha e peguei a caixa da comida do cachorro. Era mais resistente e mais larga, então fiz uma caixa com ela e costurei o pano que a cobria. Guardei a caixa com a mãe em minha bolsa e a apoiei no parapeito da janela.

Andrei chegou do trabalho e deu uma olhada no quarto. Eu não tinha tido tempo de guardar os retalhos de tecido e os pedaços de papelão. Ele ficou ali, olhou para tudo e saiu. Na cozinha, ligou a televisão e, de lá, me perguntou se era possível manter as cinzas de uma pessoa morta em um apartamento com pessoas vivas. E se ela vier durante a noite?, perguntou. Respondi que, no Japão e na Europa, muitas pessoas guardam as cinzas em suas casas, e não há nada de errado nisso. E que se a mãe viesse, ele poderia falar com ela. À noite, ela não veio.

2

A MINHA PRIMA VÁLIA ME ESCREVEU NA REDE SOCIAL Vkontakte. Disse que sempre chora e pensa que toda a nossa família é amaldiçoada. Primeiro morreu o meu pai, depois morreu a tia Svieta, irmã da minha mãe e mãe de Vália, depois a nossa avó e, agora, a minha mãe. Nossa linhagem feminina é toda amaldiçoada, escreveu. Ela estava feliz de ter tido um filho, pois a maldição não afetava os homens. Talvez ela ache que eu também estou tentando escapar à maldição, pensei. Por ser lésbica, não devo ser mulher, devo ser meio-homem, ou meio-mulher, ou meio-criança. Ou meio-humana. Já nem sei mais o que ela pensa de mim. Sei que a maldição, se é que existe, não me afeta.

Quem poderia nos ter amaldiçoado? Alguma mulher que pensasse que éramos felizes demais, bonitas demais. Nós éramos bonitas, sim, mas ninguém da nossa família jamais foi feliz.

O meu vô espancava a minha vó quase até a morte, todo dia, de ciúmes e de raiva. Quando finalmente o expulsaram de casa, a vó arranjou o vô Tólia, que bebia até cair, tocava gaita e sanfona. Tinha cachorros e galinhas e morava num casebre caindo aos pedaços em uma plantação de framboesas de uns dois hectares. Ele sentava numa mureta colada à parede de fora do casebre para fumar. Quando tinha algum casamento ou aniversário na aldeia, ele ia tocar sanfona em troca de vodca. Depois, apareceu o vô Kólia. O vô Kólia não trabalhava e roubava dinheiro da vó para comprar seus cigarros baratos da marca Prima. A minha avó era uma mulher bonita, e uma vez um médico chamado Liev se apaixonou por ela. Foi ele quem a operou, depois da fratura. A avó tinha ido andar de trenó numa noite de Ano-Novo e acabou quebrando a perna de um jeito que teve de ficar acamada por uns seis meses. Liev a operou e cuidou dela até que se recuperasse, sempre trocando a tala do gesso. Ficou completamente apaixonado. Chamava-a de "Valentina, meu coração". Mas Liev já tinha uma esposa, também médica. E a minha avó era orgulhosa. Então, Liev não se separou da mulher, mas continuou a trazer linguiças e maçãs para minha avó, mesmo nos tempos difíceis. Os dois se encontravam inclusive na época em que ela namorava os vôs Kólia e Tólia. Todos diziam: que homem bom, elegante, não bebe. Sobreviveu à minha avó em alguns anos. Dizem que chorou amargamente no enterro. Será que sua esposa infeliz amaldiçoou toda a nossa linhagem?

Svieta, irmã da minha mãe, era uma mulher livre. Teve muitos homens. Um deles ficou com ela por muito tempo, chamava-se Pétia, mas a mãe dele não gostava de Svieta. Na opinião dela, Svieta era muito promíscua e rebelde. Pétia foi embora quando Svieta estava grávida de três meses. Um dia, já depois de ela ter parido, os dois se encontraram por acaso, na rua. Ela estava levando a bebê num carrinho, e ele se recusou a olhar. Teve medo de olhar a própria filha. Pode ser que a mãe dele tenha amaldiçoado todas nós? Não, não. Svieta teve ainda muitos homens depois de Pétia, sobretudo Egór, que era irmão do amante da minha mãe. Egór tinha tuberculose e um talento nato para a devassidão, tanto que acabou infectando tia Svieta também. A espancava com força bruta. Batia até o rosto inteiro ficar azul e, mesmo assim, os dois voltavam a fazer as pazes depois que os hematomas saíam. Talvez Egór tivesse uma admiradora secreta, e ela tenha amaldiçoado todas nós? Svieta morreu de tuberculose com apenas trinta e oito anos, mas parecendo uma velhinha octogenária, de tão enrugada.

A minha mãe era a mais bonita de todas. Parecia ser a melhor de todas, também. Mas o meu pai foi preso logo após o casamento. O delegado de polícia começou a dar umas cantadas, mas ela recusou, dizendo que não queria um homem daqueles para si. Talvez a esposa do delegado, da qual ele quis fugir para ficar com a minha mãe, tenha nos amaldiçoado? Depois, o meu pai ainda teve muitas mulheres. A mãe sempre encontrava cabelos nas roupas, marcas de batom no corpo, e a cidade inteira cochichava que ele a traía com qualquer uma que passasse. Talvez a maldição tenha sido lançada por uma das amantes do meu pai, ou por todas juntas? Mas depois do meu pai, a mãe teve o Ermoláiev. Um monstro em corpo de homem. Embriagava-a e depois batia nela. Com frequência ia até a casa da vizinha idosa para dormir com ela. Essa vizinha tentou separá-lo da minha mãe. Eu teria ficado feliz, mas ele não ia embora. Pode ser que tenha sido ela a amaldiçoar todas nós?

Maldição e Deus — eis dois motivos confortáveis para explicar a morte, a dor e a miséria. Quando a minha mãe adoeceu, sua irmã, minha tia, levou uma fotografia dela até uma parente nossa distante que era curandeira numa aldeia nos confins do interior. Esta olhou para a fotografia e se contorceu. Disse que tinha "trabalho" feito para a minha mãe, e mais de um. Que as suas mãos e os seus pés pareciam amarrados por cordas pretas, como fumaça, e que ela inteira estava envolta em trevas e logo ia morrer. A curandeira dissera que se tivessem trazido a fotografia da minha mãe antes, ela poderia ter tirado a maldição, mas agora era tarde demais. É possível acreditar em milagres, mas também é possível não acreditar em nada, e só viver.

A minha mãe sabia que a maldição estava lançada sobre ela, e mais de uma. Sabia que estava envolta em trevas dos pés à cabeça. Era infeliz. Sentia dor e medo.

Não, eu respondi para Vália, não existe maldição nenhuma. Existem a miséria social, as péssimas condições climáticas, o álcool e outros padrões de comportamento perigosos. Não existe maldição nenhuma. Viva tranquila com o seu filho e marido. E eu vou viver minha vida tranquila. Porque nós ainda não morremos.

Mas, a verdade é que eu mesma tenho muito medo. Sinto que sobre mim também paira essa mancha escura e pesada.

A loja estava lotada daquelas vitrines de cubo de vidro. Algumas pareciam muito a vitrine de onde retiraram a urna com as cinzas da minha mãe. Tinha relógios dourados, brinquedos de plástico, souvenirs, cortadores de unha, bichos de pelúcia. Senti dó de todas aquelas coisas, por não serem necessárias a ninguém e ficarem ali, definhando, com etiquetas de preço laranja neon. Tive mais dó ainda das pessoas que produzem e vendem essas bugigangas. No canto mais afastado, em um cubículo de roupões coloridos e sutiãs de bojo, avistei as calcinhas.

A moça atrás do balcão me disse que só aceitavam dinheiro. Eu tinha uns dois mil, que recebera de troco na agência funerária. Comecei a escolher as calcinhas. A moça, orgulhosa, disse que eram de fabricação moscovita. Escolhi algumas pretas, de cintura alta, que tinham inclusive umas rendinhas. Eram as primeiras calcinhas rendadas da minha vida. Calcinhas de luto, pensei.

Quem te botou mau-olhado, perguntou a minha mãe, quando contei que morava com Kátia não como amiga, mas como namorada. Ninguém me botou mau-olhado, respondi. Não consegui admitir para ela, entretanto, que a lesbianidade não era uma condição forçada, e acabei explicando que morava com uma mulher porque com os homens não dava certo. Até hoje sinto vergonha disso. Fui covarde.

Agora, pensando sobre essa covardia, acho que tive medo de admitir para mim mesma que eu era lésbica. É a lesbofobia internalizada corriqueira, que consome a muitas por dentro. Eu não me culpo, mas me arrependo de a minha mãe ter morrido sem saber que eu era lésbica não porque os homens não me amavam, mas porque eu amava mulheres. E acho que sempre as amei. Nenhuma das minhas amigas era minha amiga na primeira acepção da palavra. Por todas eu sentia carinho e interesse. Na infância, eram interesse e curiosidade ingênuos, e depois — desejo reprimido. Nos vestiários e nos banheiros coletivos, eu olhava em segredo para os corpos femininos. Achava que todas faziam isso, mas depois descobri que não. Me doía quando minhas amigas arrumavam um ficante ou um namorado, mas era uma dor difusa e não havia palavras para ela. Eu ardia de ciúmes. Um sentimento de injustiça me rasgava. Eu não entendia, sinceramente, por que as minhas amigas não queriam mais ficar ao meu lado. Nem que fosse só ficar ali, ao meu lado. Começava romances vazios com meninos e rapazes, mas não sentia nada por eles. Para mim, transar com homens era a coisa mais fácil, porque não eram mulheres. Seus corpos me irritavam, eram duros, estúpidos, feios. Não eram como os corpos das minhas amigas, que, em silêncio, eu adorava. Adorava e não podia admitir para mim mesma que adorava. Doía mais ainda quando eu percebia que a amizade que tinham comigo, pelo visto, era sincera. Mas a amizade delas não equivalia à minha paixão. O abismo da minha insatisfação só crescia.

Até que explodiu a revelação brutal. Aos vinte e três anos, admiti para mim mesma e para os outros que estava apaixonada por minha amiga e colega de classe, Polina. Polina era uma menina simpática, fascinada pela Era de Prata da poesia russa.* Polina me rejeitou. Ela disse: eu não te amo, e se algum dia eu vier a me apaixonar por uma mulher, não será por você. Nisso, rompeu-se a nossa intimidade. Eu não tinha mais abertura com ela, e ela começou a fugir de mim. Cheguei a escrever alguns poemas para Polina. Depois, descobri que uma amiga nossa em comum lhe contara que tínhamos nos beijado, bêbadas, em frente a um portão.

Essa amiga se chamava Macha. Se, com Polina, minha vontade era de cuidar dela e protegê-la, com Macha o que eu queria era transar ininterruptamente, brigar e dar escândalo. Mas Macha era casada: logo se mudou para a Alemanha com o marido e permaneceu por lá. Até hoje me lembro de como era sentir a bunda dela por baixo da calça jeans.

Muito antes de Macha e Polina tive Liza, a artista. Liza era alegre, e ficava por horas em seu estúdio desenhando, copiando os quadros de Jenny Saville, que, por sua vez, copiava fotos de mulheres mortas feitas por criminalistas. Meu relacionamento com Liza era doentio. Eu tinha medo de mim mesma e do meu próprio desejo e, por isso, fui embora. Parti de Novosibirsk para Astracã, para morar com o meu pai. Mas Liza, que na época não tinha medo de nada, pegou seus cadernos e foi de carona atrás de mim, de Novosibirsk a Astracã. Passamos a viver juntas no apartamento que o meu pai alugara para si e para a esposa. Tinha um quarto só, então dormíamos na cozinha, num pequeno edredom infantil forrado com lençol, que de manhã dobrávamos e púnhamos numa cadeira no quarto. Liza foi a primeira mulher com quem transei. Era um sexo doentio,

* Era de Prata, período da poesia russa do fim do século 19 e começo do século 20, que inclui principalmente, mas não só, o movimento simbolista. (Esta e as demais notas são da tradução.)

que causava em mim um prazer incômodo e uma sensação de culpa monstruosa. Eu tinha vinte anos. Queria apenas esquecer aquela cabeça loira raspada que me lambia entre as pernas. Mas meu corpo todo era tomado pelo orgasmo. Depois, eu chorava por horas e sentia ódio de Liza.

Nossa separação foi simples. Meu pai nos levou de caminhão para Moscou. Lá, eu fui morar no dormitório do Instituto de Literatura, e Liza foi para o estúdio de um amigo que era seu amante, perto do Jardim Botânico. Nos encontramos depois de alguns meses. Liza fedia a lixo, e então descobri que no estúdio não havia chuveiro ou máquina de lavar. Eu a trouxe para o dormitório comigo. Ali, ela viveu ilegal por alguns meses. Ficava desenhando no saguão principal, e, quando o zelador aparecia para ver o que ela desenhava, sequer desconfiava que não se tratava de uma das estudantes. Ao partir, Liza me deixou um pacote de milho, um galho seco e um desenho, onde alguns animais montavam uma pirâmide num grande planeta que lembrava de leve a Terra. No planeta, Liza desenhara uma flechinha e escrevera meu nome, "Oksana". Nunca mais nos vimos. O desenho desapareceu, acho que foi para a pilha dos papéis descartados em alguma mudança.

Antes de Liza houve Janna, meu primeiro amor. Eu tinha dezoito anos, e trabalhava numa loja de roupas. Janna era a vendedora-chefe. Hoje em dia chamam de assédio, mas na época considerei o gesto dela apenas uma abordagem estranha. Um dia, estávamos nos provadores e esperávamos as clientes devolverem as roupas que não levariam. Janna pôs a mão na minha bunda, e depois escorregou-a mais para baixo, tocando o meu períneo. O que senti me deixou em êxtase. Ela me deixou apaixonada e se divertia com a minha paixão. Na verdade, ela vivia com a esposa, Iúlia, e não tinha a menor intenção de se separar. Só estava entediada com o trabalho. E eu, completamente vidrada por ela, escolhia para mim os turnos em que ela estaria. Quando a loja ficava vazia, aproveitando-se de que ninguém prestava atenção em nós, ela acariciava minhas coxas. À noite, eu escrevia mensagens de texto chorosas a ela, dizendo que sentia saudades. Quando íamos a um clube noturno, eu entrava atrás dela na cabine do banheiro e, bêbadas e loucas, nos beijávamos. Eu implorava para que ela se separasse de Iúlia, para que pudéssemos viver juntas. Mas não, ela não podia. Não podia deixar Iúlia, pois as duas tinham sua vida sólida e tóxica. E eu queria destruí-la. Tudo isso durou cerca de seis meses. Depois cansei, o desejo se consumiu e eu não sentia mais amor, ciúmes ou dor. Nada. Sequer preenchi um requerimento de demissão, já que meu trabalho era informal. Simplesmente disse para a gerente que não iria mais trabalhar, e parei de ir.

A minha mãe sabia que eu e Janna tínhamos um relacionamento complicado e doentio no trabalho. Isso a preocupava e a decepcionava. Não era aquela vida que ela queria para mim ou para si. Eu, depois de alguns anos, olhei para todas: Ólia, Janna, Macha, Polina, e outras que eu tinha amado e desejado sem entender. Olhei e comecei a pensar. Então, uma manhã, com quase vinte e quatro anos, num dos raros dias em que acordei sem ressaca, perguntei a mim mesma: quem eram todas aquelas mulheres, garotas e meninas? Respondi: eram as mulheres que eu amei. Em seguida, pensei que se não admitisse para mim mesma que era lésbica, seria muito infeliz pelo resto da vida. Eu já era lésbica antes disso, só havia me confundido um pouco ao achar que conseguiria enganar a todos, a mim mesma em primeiro lugar.

Uma vez, minha amiga Vika disse que os suecos tinham um ditado: "Atrás da montanha, há mais uma montanha". Eu me lembro dessa expressão toda vez que acabo de passar por decisões e situações difíceis e, sem nem conseguir respirar, dou de cara com mais outras dificuldades. Quando entendi que era lésbica, me deparei com uma montanha desproporcional à que eu acabara de superar. Em algum lugar, no fundo do meu coração, eu já sabia que essa montanha existia — era o monte Elbrus, o Everest... Uma montanha enorme. Eu sabia que ela existia, mas a névoa a escondia do meu olhar. A montanha enorme não podia ser nomeada com uma palavra. Eu queria poder nomeá-la de forma breve e lacônica, mas nesse caso a minha capacidade de fazer caber a máxima quantidade de sentido na mínima quantidade de palavras não funcionava. Para resumir, entendi que amar e desejar mulheres é uma coisa, mas admitir isso para si mesma é completamente outra. E há ainda uma terceira coisa: é preciso aprender a viver com elas e encontrar uma linguagem comum para a vida cotidiana. Trepar qualquer um consegue. Eu absolutamente não entendia como construir relacionamentos com mulheres. Com homens era muito fácil: havia o cinema, as conversas e o modelo (quase sempre falido) dos papéis familiares. Embora, no meu caso, nem isso funcionasse. Eu ficava angustiada com os homens. Só o fato de a heterossexualidade ser legalizada me acalmava, um pouco. Com as mulheres, no entanto, eu esbarrava o tempo todo em não ser possível assistir ao modo de vida lésbico em nenhum lugar. Alguns filmes sobre lésbicas haviam sido feitos em algum lugar do exterior, mas esses filmes diziam muito pouco sobre mim. Minhas amigas lésbicas relutavam em responder "como se vive", não sei, talvez não entendessem a minha pergunta. Para elas, a vida com uma mulher tinha uma configuração natural desde o início, e elas haviam tido tempo de se ajustar, de construir um relacionamento e viver juntas. Eu acabara de entrar naquela experiência e, logo de cara, cometi erros idiotas.

Aos vinte e cinco anos comecei a aprender a viver outra vez. Praticamente num corpo novo, com novos hábitos, novas piadas e com um novo cotidiano. Mais ainda, eu aprendera a sempre pensar em como dar informações sobre a minha parceira e em como me comportar em público. Não que eu tivesse vergonha — eu até era um pouco covarde, mas nunca tentei esconder meus relacionamentos —, porém a minha namorada de então, Kátia, era extremamente lesbofóbica. Praticamente nenhum dos seus amigos sabia do nosso namoro. Nas festas, ela fazia de conta que não me conhecia, e depois do sexo chorava no meu ombro, lamentando que eu não podia lhe dar um filho. Hoje em dia, não acho que isso seja insustentável, e o maior dos erros, para mim, nem foi ter começado a sair com ela. Já dava para ver que dali não sairia nada, que ela era egoísta, mimada e pouco confiável. Meu erro, assim, foi logo ter ido morar com ela. A rotina que começamos a criar juntas era simplesmente horrível. Ambas não sabíamos viver com outras pessoas, e é possível que não soubéssemos amar, também. Não sossegávamos nem com a comida. Ela brigava comigo porque, às vezes, eu comia o queijo ou o mingau dela. Pensar um futuro com Kátia me dava ansiedade. Eu não entendia para que e como podia gastar tempo com a vida infeliz com ela. O sexo também era meio desconjuntado. Eu ia como um cachorrinho atrás dela, e estava sempre pronta a carregá-la, dar beijinhos em vários lugares e cuidar dela a cada segundo. Ela torcia o nariz. Depois, tudo mudou e se transformou em joguinhos sádicos. Uma vez, inclusive, dei um jeito de derrubá-la no sofá e sentar em cima dela e comecei a berrar que ela não se lembrava dos versos de Afanássi Fet. Eu estava bêbada. E não estava gostando do andamento das coisas, mas por algum motivo não sabia parar. Tampouco sabia consertar.

Além disso, foi muito pesado ela ter me acusado de estupro. Aconteceu bem antes dos escândalos sexuais de agora. Ninguém tinha ainda ouvido falar sobre a cultura do consentimento, o que, claro, não me exime de qualquer responsabilidade. Foi a nossa primeira transa, as duas estávamos bêbadas, e antes tínhamos dançado juntas como demônias sobre uns paletes postos à margem do rio. Para mim, parecia que naquela dança eu me transformava em terra, floresta, lava, fogo e morte. Depois, com mais duas doses de *samogon** cada uma, fomos nadar. Preciso admitir que quase não sei nadar, e fomos arrastadas por uma corrente muito forte. Nós duas poderíamos ter nos afogado. Eu não tinha forças para me contrapor à correnteza, e a margem ficava a cada segundo mais distante. Kátia percebeu a tempo e começou a nos tirar da água. Depois, nos botaram para dormir juntas, como as mais rebeldes e bêbadas. Quando estávamos no rio, entre a vida e a morte, senti seu corpo quente ao abraçá-la na tentativa de escapar da água. E me pareceu que seu corpo me respondeu. Eu gostava muito dela. Tínhamos trabalhado juntas por duas semanas no acampamento de férias, e a cada pausa eu tentava ficar perto de Kátia. Ela dançava bem, tinha um corpo bronzeado e bem flexível. Quando nos puseram na barraca, eu imediatamente a abracei. Comecei a acariciá-la e, por um tempo, ela permaneceu imóvel, mas depois começou a responder, e fizemos um sexo bêbado. Esse sexo nos atou por vinte meses. Por muito tempo, Kátia me acusou de tê-la estuprado. Eu não sei o que ela sentiu, lá. Hoje eu entendo que deveria ter perguntado se ela queria me beijar e transar comigo. Não o fiz, e agora me parece que todos os tortuosos vinte meses foram a vingança dela pela noite na barraca. Talvez ela quisesse ser apenas minha amiga, e eu a tenha arrastado para um relacionamento. Vivíamos juntas em seu pequeno estúdio perto do metrô Schólkovskaia e eu dormia em um colchão se-

* *Samogon*, tipo de bebida destilada caseira, em geral produzida de modo ilegal e sob condições precárias. É feita na Rússia desde o século 18.

parado no chão quase o tempo todo. Kátia podia passar dias sem falar comigo. Mas, por algum motivo, eu não conseguia ir embora, alguma coisa me atava a ela. Tentei partir várias vezes, mas não fui. Eu me perguntava por que estava durando tanto, mas sem conseguir responder. Foram dias e meses sem sentido. Hoje, chamamos isso de codependência. Naquela época, porém, eu sentia uma necessidade absurda de estar perto dela, tinha uma sensação de segurança, ainda que duvidosa, e muito ciúmes dela com todo o mundo ao redor. Ou, talvez, eu tivesse medo de ficar sozinha. Mas eu já estava sozinha. No fim das contas, arrumei minhas coisas e me mudei para o dormitório do Instituto de Literatura. Kátia tentou voltar, algum tempo depois. Mas eu não queria voltar. Além disso, comecei a ter um caso com Lera, que também fracassou bem rápido e se transformou em uma rotina dolorosa que durou três anos.

Eu sempre me lembrava da pergunta da minha mãe: quem me botou mau-olhado. Na opinião dela, eu ser lésbica era consequência de mau-olhado. Eu pensava diferente. Para mim, eu era uma pessoa estragada, quebrada, com os órgãos dos sentidos e um senso de vida falhos. E por causa disso eu não fazia a menor ideia de como construir e manter relacionamentos com as mulheres, o que realmente era um problema.

A minha mãe era mulher de verdade. Mulher ao quadrado. Mulher-mulher. MULHER. Ela sempre me dizia que um dia eu também me tornaria mulher. Quando Alina, minha esposa, me perguntou o que significava ser mulher-mulher, eu respondi que uma mulher-mulher, mesmo à beira da morte, pedia uma prótese mamária de três quilos de silicone enquanto esperava o médico, para que este não visse que estava mutilada. Ainda que ele já soubesse que ela não possuía mais os seios. Os cirurgiões os tinham extraído por completo junto com metade do tecido da axila, porque a primeira metástase na mama já tinha se espalhado.

Ela tentara obter a prótese por quase um ano. Primeiro, teve de provar que precisava, depois precisou ir, num calor infernal, até uma tal organização e submeter uma solicitação. Mas a minha mãe não podia viver sem a aparência dos seios. Ela me contou, muito comovida, indignada até, das mulheres da sua ala oncológica que não se envergonhavam de não ter mais seios. Dizia: como é possível aparecer em público com apenas um peito? Eu sou uma mulher, ela disse, eu preciso ter dois peitos. Aquelas mulheres mais velhas da ala vestiam tamanho 48. Então a ausência de um peito saltava muito aos olhos.

Uma vez, vi uma mulher que não escondia a ausência do peito. Ela me viu na rua Tverskaia e me abordou. Disse que estava com fome, doente e que poderia me mostrar que não tinha um dos seios. Pedi que não fizesse isso, que não me mostrasse a cicatriz. Dei-lhe dinheiro e perguntei quando tinham lhe extraído as mamas. Faz quinze anos, disse a mulher, ajustando o roupão que lhe servia de vestido. Estranho, pensei, extraíram os seios da minha mãe e três anos depois ela estava morta. Deve ter sido azar, pensei.

Até conseguir a prótese, minha mãe punha um lenço colorido amassado dentro do sutiã. Um dia, ela foi me buscar na estação de trem com essa prótese caseira e, de longe, já se podia ver, pelo formato e volume, que não era um seio, mas um pedaço de pano. A minha mãe não conseguia usar peruca, fazia muito calor na cidade de Vóljski. Então, ela amarrava um lenço sobre a cabeça careca. Ficava parecida com uma cartomante, pirata ou montadora de elefantes. Eu tentava me acalmar, dizendo para mim mesma que as amazonas cortavam os seios por vontade própria para facilitar o transporte das armas a tiracolo. Mas a minha mãe não era uma amazona, era uma mulher feminina. Tinha vergonha da sua doença, vergonha de ter perdido seus principais atributos de mulher feminina — o cabelo e os seios.

Às vezes, quando fazia frio, ela usava peruca. Um dia, um homem começou a segui-la e insultá-la por usar peruca, chamando-a de puta e pistoleira, e quando ela respondeu, levou uma pedrada. Ele não sabia que ela estava doente. Como poderia saber? Mas enxergou sua incompletude. E a insultou. Ela me contou essa história alguns dias antes de morrer. Me contou ainda muito doída. Tinha a feminilidade derrotada. Percebeu que perdera a mulher em si. Entretanto, recusava-se a admiti-lo até o fim, até estar inconsciente e incapaz de controlar sua aparência.

Quando Andrei a visitou nos cuidados paliativos, viu que ela não estava mais cuidando de si. Estava deitada na cama com os olhos abertos e a camisola aberta sobre o peito. A cicatriz, que ocupava metade do peito, era visível para todos. Todos, menos ela. Quando Andrei me contou isso, enfim percebi que ela já estava morta. Pensei: estranho que a feminilidade tenha morrido primeiro e só depois o corpo.

Da casa dela, eu trouxe três coisas: luvas de couro para mim, um colete de náilon com bordados dos anos 90 — um símbolo da beleza da mãe durante minha infância — e a prótese mamária. Eu esperava doar a prótese para alguma instituição de caridade, mas não consegui. Agora está lá, em um armário no meu apartamento em Moscou.

Enquanto ela estava viva, eu ficava pensando como era difícil conceber que aqueles seios, os mesmos que tinham me alimentado, eram agora membros mortos de um corpo. Eu tinha sugado todo o leite e, agora, não havia mais nada lá. Meus seios se parecem com os da minha mãe — grandes, arredondados e com pequenos mamilos rosados. Ela dizia que esfregava os bicos com uma toalha de tecido *piquet*, para que inchassem e eu pudesse sugar o leite. Às vezes, olho para os meus peitos e me imagino esfregando-os com alguma coisa áspera, e sinto dor, e meus mamilos ardem. Quando eu era criança, ficava encarando os seios dela. Ela percebia e me dizia que eles tinham caído depois de amamentar. Então, eu olhava para o meu peito reto e não conseguia acreditar que também teria seios grandes. Tinha medo e nojo, não queria ter seios. Não queria nada do que a minha mãe tinha.

No velório, após a despedida, Andrei disse que, na versão da minha mãe, o tumor se formara a partir de uma gota de leite empedrada. Essa gota deveria estar lá, dentro de seu mamilo, há anos, desde que eu nascera. Teoria estúpida, pensei na hora. Em geral, todas as suas versões sobre a origem do câncer eram esotéricas. Ela dizia que a tinham infectado com câncer. Tentou se tratar com bicarbonato e algumas ervas que uma amiga lhe enviara da Sibéria. Quis ir a um xamã, mas o xamã não a aceitou, explicando que não a trataria depois da faca. Ou seja, só tratava aqueles que recusavam remédios e intervenções cirúrgicas.

Para mim, uma gota de leite empedrada que formara um tumor soava como uma acusação. Mas não me senti culpada. Não senti absolutamente nada.

Enquanto ela estava viva, eu ficava pensando: como pode uma parte de um corpo que nutrira algo que ainda estava vivo morrer. Tentei me lembrar da sensação animal dos meus lábios infantis no peito da minha mãe. Não consegui. O seio da minha mãe era o seio de uma estranha. Não me lembro nem mesmo do cheiro do seu corpo. Eu me lembro do cheiro do uniforme que ela trazia da fábrica para lavar. A jaqueta de lona recendia a madeira molhada, um odor abafado e entorpecente, misturado ao cheiro de cigarro. Mas o cheiro quente da madeira era mais forte que o cheiro seco de tabaco queimado. Era mais volumoso e enchia todo o apartamento quando a minha mãe botava a jaqueta e a blusa de molho na bacia vermelha arranhada. Em seguida, uma fina película de pó de madeira se formava na superfície da água com uma cor amarelada e leitosa.

Não me lembro do cheiro da minha mãe, provavelmente, porque prendia a respiração toda vez que me aproximava dela, também.

O odor sorrateiro do cigarro me acordava todas as manhãs enquanto ela se preparava para ir ao trabalho. Fumava na cozinha às seis da manhã, logo depois de levantar. Acendia o cigarro e eu acordava. O cheiro me impedia de voltar a dormir. Eu enfiava a cabeça no travesseiro e, quando começava a sentir o cheiro da minha própria cabeça, adormecia por mais umas duas horas, para poder acordar para a escola, às oito.

Um dia, voltando do trabalho de metrô, eu estava sentada com um livro, ainda que olhasse além das páginas, para o chão. O cansaço me impedia de ler, eu queria dormir, mas não conseguia porque minha cabeça estourava de dor, e eu sentia o habitual nó da ansiedade na garganta. Sofri um bom tempo com essa condição bastante difícil. O trabalho e os estudos me deixavam exausta, então era uma espécie de relaxamento ficar sentada ali, encarando o chão gasto do vagão. Quando meus olhos começaram a turvar por causa das pernas das pessoas, que iam para lá e para cá, eu os cobri e senti que doíam, minhas têmporas latejavam e minhas pálpebras ardiam. Com os olhos fechados, os sons pareciam ainda mais altos e insuportáveis, então eu abri os olhos e dei de cara com um par de pernas brancas e fortes, os pés em sandálias de couro, joelhos quase cobertos por uma sainha ondulada e uma sacola plástica da rede de mercados Perekrióstok, através da qual reluziam cebolas roxas numa redinha, um pedaço de queijo branco e vários tomates grandes. Olhei para os pés chatos com dedinhos rosados, a pele do tornozelo e da panturrilha com leves marcas de pelos raspados, e para o relevo da redinha de cebolas que aparecia através da sacola translúcida. Mantive a cabeça baixa. Porque eu conhecia aquelas pernas. Conhecia aquelas pernas há muito, e as amara há muito. Lembro como eu olhava para elas por horas a fio enquanto Polina fazia sauna na datcha ou deitava com um livro em um cobertor na grama. Eu conhecia aqueles pés, mas não sabia qual era a sensação de tocá-los, nunca o havia feito.

A sacola farfalhava baixinho, e Polina estava à minha frente sem parecer me notar. Eu tinha medo de levantar a cabeça, medo de que ela visse meu rosto, ficasse assustada, envergonhada. Com cuidado, levantei a cabeça e olhei para ela: estava parada, olhando para seu pequeno iPhone branco. Seus dedos, cujo formato lembravam os de seus pés, repousavam ordenadamente sobre o plástico liso. A manga de sua jaqueta jeans caía e revelava um antebraço macio, um pouco mais escuro do que as pernas. Não me atrevi a levantar mais a cabeça para olhar seu rosto.

Abaixei a cabeça novamente e observei os dedos rosados de seus pés.

Fomos sete estações assim, uma em frente à outra. Não falávamos havia muito tempo. Depois da minha declaração de amor, praticamente não nos víramos mais no instituto, porque eu matava aula o tempo todo. De vez em quando nos trombávamos em algum seminário, mas ela sentava longe, e eu não conseguia olhar para ela. Agora, ela estava na minha frente. A brancura da pele, as panturrilhas redondas, a pele macia dos pés — tudo aquilo me invadia. Como se ela fosse um longo flash, cegante, dolorido.

Um minuto antes de anunciarem a estação Izmáilovskaia, sua saia se mexeu, as pernas se afastaram e eu levantei a cabeça. Polina caminhava para a saída do vagão. Por fim, eu podia vê-la inteira — cortados os longos cabelos grossos, agora ela tinha um degradê cuidadosamente raspado que mostrava sua nuca. Nos ombros, a desgastada bolsa de rede que eu conhecia tão bem, a mesma que eu tinha — de outra estampa — e que ela me trouxera da Bélgica quando fora visitar uma amiga nossa no começo do segundo ano. Reconheci tudo nela. Era a Polina. Eu a conhecia toda, mas ela não queria saber disso.

A minha mãe já não se levantava mais. Fiz borche e saí para fazer compras. Não tinha nada para comprar, fui só por ir, só para ir a algum lugar. Não tinha forças para andar pela cidade devastada, Vóljski, com suas placas de asfalto reviradas. Não tinha forças para sair no vento de janeiro — nele tudo parecia ficar mais escuro. Fui, então, ao shopping Lenta, que ficava a meia hora de caminhada de casa: contei que, dessa forma, eu poderia gastar não meia hora, mas uma hora e meia inteira para ir e voltar. Fui ao shopping também por se tratar de uma ação simples com um começo, um fim e um objetivo; tão simples, que em uma hora você poderia completá-la, com começo, fim e resultado. Quando se vive em compasso de espera, pequenas coisas sem sentido se tornam muito importantes.

Ao chegar ao Lenta, parei para fumar. Acima do horizonte o sol se punha, mergulhado numa luz rosada e fria. A cor do céu lembrava o miolo de uma melancia ainda não madura. Eu poderia ter ficado ali por muito tempo, até o sol acabar de se pôr, mas uma persistente sensação de dever ou angústia me dizia que eu precisava voltar para casa logo. Eu já tinha vindo aqui para nada, então tinha que me apressar.

Apressar-se para voltar a um pequeno apartamento onde alguém morria. Obsessivamente, eu sentia que cada minuto com ela era precioso, que cada minuto era uma oportunidade de dizer-lhe algo, de ouvir algo dela, ou mesmo de estar perto dela de peito aberto. Cada minuto futuro parecia muito caro e importante. Mas, na verdade, cada minuto era frustrante e não continha nada, além de morte.

Fui ao Lenta com a ideia de comprar livros para a minha mãe. A mim parecia que um livro era o tipo de coisa que ajudava a superar diferentes coisas. Mas eu não percebia, acho, que todos os esforços da minha mãe estavam concentrados em apenas ser, por um pouquinho mais de tempo. Piscar, assistir e pedir que lhe trouxessem água ou que a acompanhassem ao banheiro. Seu olhar, fixo na TV, não exigia esforço algum. Seus olhos, assistindo aos seriados policiais, eram como os de uma mulher que viaja há muito tempo. A imagem muda: de florestas para planícies, para pântanos, cidades, árvores, uma senhorinha carregando vagarosamente um balde ao longo dos trilhos, trabalhadores sentados à beira da estrada, pássaros alarmados subindo ao céu em revoada: tudo se reflete nos olhos, tudo os olhos veem. Nada sentem, nada absorvem mais. Esses eram os olhos dela. Não havia dor, mas o silencioso vazio da indiferença.

Fui comprar livros na esperança de que a minha quase destruída mãe pegasse e começasse a ler. Dei uma longa olhada nas prateleiras marcadas como "literatura russa". Fiquei um pouco enjoada de ansiedade por não saber nada de literatura russa contemporânea, não conhecia sequer um dos nomes, ou títulos. Queria comprar livros para a minha mãe. Esperava que ela os lesse, mas sabia que nem os tocaria. Comprar livros podia ser tanto um gesto simbólico de carinho como uma zombaria passiva do fato de que ela já estava tão fraca que nem conseguia mais ler. Olhando para os livros, senti a minha própria superioridade. Eu ainda podia gastar dinheiro e comprar livros que leria. Ela, não. E aquela superioridade cega e feia estava lá, enterrada dentro de mim, misturada à culpa, ao medo, à ansiedade e à dor.

Eu retirava os livros um a um, olhava e os punha de volta na prateleira. O consultor da livraria Tchitai-górod veio oferecer ajuda, mas eu recusei. O que eu deveria dizer? "Olha, a minha mãe está morrendo, quero comprar uns livros para ela." Eu poderia ter dito isso, poderia ter usado um tom desinteressado e até tentado sorrir, simpática. Mas não. Eu mesma deveria escolher os livros para a minha mãe moribunda.

Escolhi *O caminho abrupto*, de Evguénia Ginzburg, e *A ala do câncer*, de Aleksándr Soljenítsin. Talvez a leitura no leito de morte devesse ser leve e esperançosa? Era mesmo necessário ler antes da morte? Qual é o sentido de um livro, nesse caso? Comecei a imaginar que não era a minha mãe que estava morrendo, mas eu — o que eu gostaria de ler? Poderia ler sozinha ou pediria a alguém que lesse em voz alta para mim? Por que pensamentos tão inúteis?

Na volta para casa, também levei para ela um buquê bem florido que comprara no supermercado Perekrióstok, rosas brancas que cheiravam a guardado. Ao subir as escadas estreitas e fedidas até o quarto andar, eu sabia que poderia encontrá-la morta. O que eu faria então? Mas ela respirava em silêncio, tinha desligado a televisão e estava deitada com os olhos fechados. Fui até ela, chamei-a, mostrei-lhe as rosas, esperando por aprovação e gratidão. Mas ela apenas me pediu que eu as pusesse sobre o armário, para que pudesse vê-las.

Ela disse que já tinha lido *A ala do câncer*, um livro comum, desses tristes.

Deixei os livros ao seu lado, no sofá, e disse que poderia ler em voz alta para ela. Disse que *O caminho abrupto* era um dos meus livros preferidos, esperando sua participação. Mas ela não respondeu nada.

Antes eu gostava mais das imagens de Santa Ágata segurando seus seios em uma bandeja. Bem arrumadinhos, parecem souvenirs de porcelana. Ágata não mostra vergonha ou sofrimento em seu rosto, ela olha com desprendimento, ou para cima, ou jocosa para os olhos do observador. São imagens estéreis, como se ela e seu corpo fossem uma boneca cujos seios fartos tivessem sido cortados sem dor.

Mas há outras imagens, também: cenas de tortura, com vários homens torturando Ágata. Eles puxam seus seios distendidos com pinças enquanto a santa, amarrada a uma árvore ou a um tronco, meio acordada, faz uma oração. Certa vez, me deparei com uma gravura de Ágata no momento logo após seus seios terem sido cortados. Essa Ágata tem um corpo carnudo e clássico, que parece crescer da árvore à qual está amarrada, seu cabelo balançando ao vento como a folhagem. Os seios estão cortados. Ambos estão cortados, e as bases dos seios parecem conchas estofadas. A carne mutilada irregular é horrivelmente escura.

Há outras pinturas ainda, em que Ágata envergonhada cobre seus seios mutilados com uma parte ensanguentada da roupa. São as imagens que transmitem com maior precisão o estado de uma mulher torturada. São telas sombrias, que causam repugnância e pena. Como se você de repente se deparasse com um trapo ensanguentado esparramado em uma pilha de lixo. Por mais que sejam imagens horríveis, são também atraentes. Quando você vê algo horrível, não consegue tirar os olhos. Você quer olhar e sentir o horror carnal cada vez mais.

Na casta tradição ortodoxa, Ágata, ou Agáfia, em russo, é retratada sem as características anatômicas da tortura. É apenas uma mártir e milagreira comum. No desenho animado infantil sobre a Santa Agáfia, ela é torturada de costas para os espectadores. Quando é mostrada na masmorra, no entanto, vemos Agáfia de frente, o vestido todo manchado de sangue marrom.

A minha mãe morreu no dia 18 de fevereiro, dia de Santa Agáfia. Na Sicília, Ágata é adorada por sua capacidade de salvar do fogo. Os sicilianos carregam suas relíquias durante erupções vulcânicas e são salvos. Cremei a minha mãe dois dias depois de sua morte. A cápsula com as cinzas continha fragmentos de ossos que haviam resistido, e eu podia ouvi-los batendo contra a densa capa plástica enquanto girava a cápsula em minhas mãos. O forno do crematório de Volgogrado não era tão bom quanto prometido no vídeo: não conseguiu cremar o pequeno corpo da mãe em cinzas uniformes. Penso que talvez sejam restos do fêmur ou do crânio. Eu até queria abrir a cápsula e ver como era aquele pequeno osso duro que não tinha cedido ao fogo. Mas não é certo, é preciso deixar as cinzas em paz. Só às vezes eu tirava a cápsula da urna e a chacoalhava como uma grande maraca preta. O som me acalmava.

Minha tia tinha me dito para ir a um cartório registrar o apartamento em meu nome. Decidi fazê-lo no dia seguinte ao velório e, assim, cheguei a uma repartição cheia de sofás de couro. A recepcionista disse que o escritório ficava aberto até as quatro, e que eu tinha chegado quinze minutos antes do fim do expediente, mas que ela ainda poderia me levar até a tabeliã para que eu fizesse todas as perguntas.

A tabeliã me perguntou quando a minha mãe morrera, se já fazia mais de seis meses. Respondi que ela tinha morrido há dois dias. O escritório silenciou: as secretárias, a tabeliã e até alguns visitantes que esperavam na fila para receber seus documentos ficaram quietos me olhando. Eu era a filha horrível, que, logo que a mãe morrera, já tinha aparecido no cartório para registrar a herança.

Não me constrangi. A tabeliã me disse para ir primeiro ao departamento de documentação e registrar o óbito na escritura do apartamento. No departamento de documentação não tinha xerox e, ao me avisar disso, a moça pediu que eu já levasse uma cópia da certidão de óbito, que poderia ser feita na banca ao lado do ponto de ônibus.

Mas a banca — coberta de anúncios de apartamentos e empregos — estava fechada. Um dos anunciantes prometia sessenta mil rublos de salário, por semana. Onde já se viu, pensei, que em uma pequena cidade do sul paguem sessenta mil por semana para mão de obra não qualificada. Estão mentindo. Ou é alguma coisa ilegal, pensei, provavelmente drogas. Ainda não tinha terminado o horário de almoço da banca, embora o aviso na parte interna da porta de vidro dissesse que duraria quinze minutos. Eu já estava no vento há meia hora, tinha comprado cigarros e fumado dois do maço novo e um do velho. Os cigarros do maço novo tinham um gosto pior. Está com gosto de queimado, pensei. Se bem que o que seria um cigarro não queimado? Acho que todos são queimados. Alguns são piores, outros melhores, só isso. Uma senhorinha com uma pasta chegou e tentou girar a maçaneta da porta da banca algumas vezes. Depois, olhou para cima e viu que estava em horário de almoço. Perguntou-me há quanto tempo eu estava ali, respondi que há cerca de vinte e cinco minutos, ao que ela limpou a manga que tinha sujado ao girar a maçaneta e pôs-se a esperar comigo. Eu não tinha pressa, podia esperar pelo homem da banca o tempo que fosse. Meu voo era só à tarde no dia seguinte, e eu já não teria tempo de ir ao cartório, mesmo.

Eu poderia ficar ali, parada, no vento, fumando, olhando para o cinza da rua o tempo que fosse preciso. À senhora idosa, na fila da banca da xerox, tinham se juntado alguns homens e mulheres, todos com suas pastinhas de documentos.

Eu me senti enclausurada no meio deles. Embora fosse a primeira, eu não queria estar entre pessoas. Caminhei de volta pela rua, na esperança de encontrar algum outro lugar que fizesse xerox.

Eu caminhava e olhava para cada uma das vitrines. Loja de roupas, shawarma, até uma farmácia eu olhei. No final da rua, encontrei uma agência dos correios. Uma funcionária olhou através da janela de plástico cheia de cartões-postais coloridos e baratos, e me disse que a xerox custava quinze rublos. Pegou a certidão de óbito como se não tivesse visto o que estava escrito nela. Fez algumas cópias, pegou o dinheiro e me deu um comprovante.

Agradeci, saí e voltei em direção ao departamento de documentação.

Minha mãe me ensinou que tudo o que a gente compra precisa ser usado. Se compramos um sapato, ele precisa ser usado. Se compramos um caderno de desenho, é preciso completá-lo com exercícios de desenho.

O salário da fábrica chegava no vigésimo quinto dia de cada mês, e a minha mãe ainda conseguia falsificar alguns bilhetes de trem, para pegar um reembolso, ainda que nunca fôssemos a lugar algum. Ela não era golpista, era só uma mulher comum numa situação difícil. Mãe solo, alcoolismo cotidiano e um gigolô pendurado no pescoço. Todas as coisas que eram compradas precisavam ser usadas, toda a comida que era feita precisava ser comida. Até hoje sinto vergonha por não comer tudo, pela comida velha ficar parada na geladeira enquanto como a nova.

Quando eu tinha dez anos saiu o novo disco da Zemfira, que se chamava *Me desculpe, meu amor*. Tínhamos esperado muito por aquele disco, já que as músicas tocavam sem parar no rádio, e o clipe passava nos canais de música. Todo dia, eu ia até a banquinha de discos para saber se já tinha chegado a fita cassete com o novo álbum da Zemfira. Então, cinco dias antes do salário da minha mãe, chegou. Corri para casa e disse que a fita já estava na banca, mas que eu não tinha dinheiro suficiente da minha mesada para comprá-la. A fita custava vinte e cinco rublos. Era uma versão pirata, claro, mas quem ligava. A minha mãe disse que também não tinha dinheiro. Eu disse: tudo bem, esperamos o salário e compramos a nova fita da Zemfira. Não, disse ela, isso não, e se de repente, enquanto esperamos o salário, a fita vai e acaba? Ela pegou sua enorme carteira de couro e esvaziou todos os trocados de dentro. Depois, retirou um par de moedas entre os lenços de uma gaveta, e mais algumas da nécessaire do banheiro. Ela me deu vinte e oito rublos, para o pão e para a fita.

Estávamos no fim de abril, mas na Sibéria ainda era inverno. Montes de neve e nevascas. Fui andando por entre a neve comprar a fita. Acabei não trazendo o pão, pois a fita de Zemfira era mais cara que as outras: todo mundo queria comprar. Trouxe apenas a fita, e a minha mãe disse: bom, tudo bem. Pusemos para tocar e começamos a ouvir. Era domingo, a minha mãe não trabalhava e eu não iria à escola. A fita tinha apenas doze faixas, seis de cada lado. Examinei a capa fosca com a imagem de uma cidade enevoada. Senti vergonha de ter gastado todo o dinheiro com doze canções curtas e não ter comprado o pão.

Em 1954, entre o segundo e o terceiro exílio, a poeta Anna Barkova escreve um pequeno ensaio intitulado *Redescobrir o tempo*. A alusão, aqui, é ao título da última parte do ciclo proustiano,

Em busca do tempo perdido, que ela mesma não lera. Barkova faz uma alteração gramatical no particípio do título original, trocando-o pelo infinitivo, como se insistisse que os estados produzidos pela memória são sempre experimentados a cada vez, de novo, e que não há qualquer possibilidade ou necessidade de que sejam definitivamente redescobertos. Como exemplo, ela fala tanto do seu primeiro amor, por uma professora, como de um amor mais tardio, por uma companheira de cela no gulag. Barkova conta como os encontros com as amantes, nas escuras celas do gulag, iluminavam tudo ao redor, e como ela vivia, de novo e de novo, a intimidade com as suas mulheres amadas. A memória muda a luz, a cor e o cheiro do espaço. A memória é uma máquina do tempo e do corpo. Não cabe na concepção clássica da narrativa... A memória dispõe da composição e dos fatos de seu próprio jeito. Penso que a memória e o apelo à memória pessoal são instrumentos importantes no trabalho da escrita de mulheres. Do que eu me lembro, sentada aqui e agora, durante o ápice do outono dourado moscovita, no meu apartamento escuro e atulhado de livros? Como me lembro? Lembrar-se, escreve Barkova, é redescobrir o tempo de novo e de novo. Trazê-lo de volta para si. Trazer o corpo de volta e reconstruir-se a si mesma de novo e de novo. A memória era o que Anna Barkova — eterna prisioneira — tinha em mãos. Passara mais de vinte anos no gulag e, ao morrer, no hospital, começou a alucinar, pensando que a haviam enviado de volta para a cela. Agonizava, sofria, chorava e morria. A longa e surda memória escondida em seu corpo se rebelou na agonia moribunda e alterou tudo ao seu redor. Transformou o mundo todo numa cela.

Redescobrir o tempo, por um lado, é muito importante, algo que não se pode, jamais, descartar. Mas é, também, uma brincadeira perigosa. Pode se prolongar eternamente e acabar transformando o mundo todo em si mesmo. É isso o que mais temo e é isso o que vivo. Eu me pego num andar contínuo pelas ruas de Ust-Ilimsk, me aproximo do corpo da minha mãe, primeiro vivo, depois morto. Olho para os olhos castanho-claros da minha avó Valentina, sinto o cheiro do meu próprio suor e dos corpos delas. Mais ainda, experimento continuamente a sensação de minha presença lá. É como se eu estivesse lá e vivesse tudo como um loop infinito. É o meu tempo interior. Um tempo escuro e pesado, sem o qual não existo e no qual me afogo. Ele me tortura, como se em meu corpo houvesse um órgão a mais, uma pele interior a mais, uma pele subcutânea. Uma pele que tenta o tempo todo sair à tona e transformar de vez o mundo todo na minha ferida. E acho que, para evitar isso, escrevo este livro. Escrever, para mim, é domar o tempo que me redescobre.

Levantei sozinha, e sozinha fui até o banheiro, tirei a roupa, coloquei primeiro um pé, depois outro e, quando estava em pé na banheira, senti que não tinha mais forças. Escorada na parede de azulejos, fui descendo até sentar. Fiquei um tempo sentada, até que entendi que não daria conta sozinha. Então, chamei por Andrei. Primeiro ele não me escutou — a televisão berrava na cozinha. Fiquei ali sentada mais um pouco até que, reunindo minhas últimas forças, arranhei seu nome lutando contra meu peso, e o que saiu não foi um grito, mas um longo gemido. Ele veio, eu pedi que me lavasse. Naquele dia ele viu meu corpo inteiro pela primeira vez em dois anos. Depois que extraíram meu seio, passei a esconder dele a costura vermelha e inchada, primeiro, e depois a cicatriz no lugar onde antes era o seio. Quando fazíamos "aquilo", eu mantinha a camiseta que usava sob o roupão de ficar em casa, e não deixava que ele me tocasse ali. Agora, ele me viu. Entrou, mas eu não vi a expressão em seu rosto, não vi os olhos, não sei o que ele sentiu quando me viu inteira nua e envelhecida, monstruosa. Eu tinha virado as costas para a porta e não consegui erguer a cabeça para vê-lo. Tinha medo e vergonha.

Em silêncio, ele ligou a água, ajustou a temperatura e pegou a ducha. Andrei me lavou, lavou minha cabeça, e eu fechei os olhos para que a água não os irritasse. Com cuidado, passou xampu em meus cabelinhos curtos e embranquecidos, depois os enxaguou. Levantou meus braços um a um e lavou as axilas. Pernas, barriga, entre as pernas. Essa parte ele tocou como se sempre o fizesse, mundano, como também passou a esponja pelo meu peito. Depois, desligou a água e me enxugou com a toalha.

Eu disse que não podia levantar e chorei. Tive vergonha da minha impotência e da minha monstruosidade, que me causavam raiva. Entredentes, disse que não tinha força para levantar. Eu chorava e gemia, com raiva de mim mesma, e dele. Eu o odiava por me ver daquele jeito.

Ele me pegou nos braços, como uma morta, e me transportou até o sofá. Lá me vestiu com roupas limpas e ligou a televisão.

[...]

Vejo muitas coisas durante o dia, quando não durmo, e à noite, quando acordo com a minha própria tosse. Vejo uma luz verde brilhante e uma estrada longa, que percorre um bosque verdejante e chega aos pés de uma enorme montanha. Sinto cheiro de terra molhada misturada a esterco e folhas em decomposição, o cheiro fresco de um campo de cogumelos. Sinto também cheiro de gasolina, e por causa dele tenho náusea e tontura. Mas não conto para ninguém o que vejo. Eu vejo muitas coisas. Às vezes, enquanto assisto televisão, o alto estridular dos pássaros se sobrepõe aos diálogos dos personagens do filme. Tomo um susto. É como se eu estivesse deitada na floresta há muito tempo, mas me sinto aquecida. Na floresta, especialmente à noite, faz frio e cheira à fogueira, mas nessa floresta é quente como em casa. E é seco, também. De vez em quando grilos, gigantes como um punho, voam acima de minha cabeça, brilhando no escuro como pássaros belíssimos, mas eu tenho medo deles.

Sinto dor. Dói tudo.

Tudo balança o tempo todo, como se eu estivesse num grande berço ou num barco às ondas. Não vejo quem me balança, mas sinto o cheiro de sua respiração. É amargo como uma avelã e, às vezes, vejo a cor do sangue. Lá, no espaço, não há fronteiras, e eu nado.

Eu queria que esse texto fosse polifônico. Com a ajuda da imaginação, tento entrar na mente da minha mãe moribunda e sentir o que ela sentia. É um trabalho muito difícil, e não é nem trabalho, é mais a tentativa de respirar fundo e pesado onde é impossível respirar. Como entrar na cabeça e no corpo de alguém que morre? Não tem como, e o que eu acabo imaginando é apenas um tempo, contínuo e viscoso, durando eternamente, mas que uma hora acaba? Quando chegar a morte, acaba. Qualquer limiar é a morte: a espera de sua vez na fila do caixa, no supermercado, a espera de uma encomenda, a espera de uma amiga atrasada.

Mais ou menos uns quatro meses depois da morte da minha mãe, eu iria receber um prêmio por minha poesia. Lembro-me de como esperei a data da premiação. A espera é um tempo que revira, corrói, um tempo que abre espaço para a ansiedade e a agitação. Mas o que seria a espera pela morte? Qual seria a voz interna de uma pessoa que morre? Será que ela sentiu medo, ou apenas um grande amargor? Será que sentiu a raiva cega da injustiça com a morte iminente?

Tenho tantas perguntas e nenhuma resposta. Bem, quando não se sabe a resposta, não se tenta responder pelos outros. Ou então é a pergunta que surge da possibilidade de falar por aqueles que não mais podem fazê-lo? É o que fez Polina Barskova, ao escrever sobre os habitantes da Leningrado sitiada pelos nazistas. É o que faz Han Kang, que conseguiu inclusive pôr palavras na boca de um adolescente moribundo. Mas poderia eu falar pela minha própria mãe? Esse dilema ético me atormenta já há muito. Falar por ela significa obter o controle total dela. De fato, a minha mãe tornou-se exclusivamente minha apenas após sua morte. Eu adquiri o direito total de dispor de seu corpo e, mesmo aqui, neste texto, de falar por ela. De construir sua fala tal como eu achar que devo.

Depois que ela morreu, eu me rejubilei por dentro. A minha mãe era minha. Eu mesma escolhi tudo para ela, cremei-a e convivi com suas cinzas por dois meses no meu quarto. Acho que só estivemos mais próximas quando eu era bebê. Para mim, parecia que naquela urna cinzenta estava todo o meu mundo. E que se o mundo inteiro fosse um lençol aberto, a urna com as cinzas da minha mãe estaria bem no centro, formando um vórtice, que atrairia todas as coisas do mundo na direção daquela cápsula de quatro quilos.

Esperamos a morte dela juntas. Eu queria ter alugado um apartamento à parte, para não ser tão pesado. Alguns anos atrás, a mãe vendera o apartamento em Ust-Ilimsk, na Sibéria, e comprara outro, microscópico, num conjunto habitacional na periferia da cidade de Vóljski, perto de Volgogrado. Lá, ela vivia com Andrei. Eles tinham duas televisões, uma na cozinha e outra no quarto. As televisões berravam, competindo para ver quem falava mais alto. Em uma, a minha mãe assistia seriados policiais; na outra, Andrei assistia ao canal Rússia-24 por dias a fio. Terminei por não alugar um apartamento à parte, tive medo de admitir — para ela e para mim — que olhá-la me causava muita dor. Por isso, passamos a viver os três no apartamentinho de vinte metros quadrados. Andrei dormia na cozinha, os pés apoiados na máquina de lavar e a cabeça na porta do armário. Seu ronco às vezes era tão alto que cobria o som da televisão, que gritava, e ficava ligada inclusive à noite. Eu e a minha mãe dormíamos de valete no mesmo sofá, porque eu tinha medo de sua respiração.

Fui tomada por algo medieval, e com todo o meu corpo passei a esperar a invasão de miasmas patológicos no meu próprio organismo. Só que eu não poderia me deitar no chão, porque isso seria um sinal de receio ou medo da minha mãe moribunda.

Eu realmente sentia medo, mas acabei dormindo por cinco noites ao lado dela, num sofá de um lugar e meio. Ela não dormia, apenas permanecia deitada em sua quase-vigília, cuidadosamente escondida por trás de um semblante pesado. Na verdade, ela praticamente já não podia falar. À noite, era tomada pela tosse, que se transformava em vômito. Depois que ela vomitava, eu levava a bacia ao lado do sofá para o banheiro e a lavava com cuidado. Nela, a minha mãe mijava, vomitava e cuspia, e às vezes jogava fora a água que não terminava de beber. Eu limpava a bacia todas as vezes para que o apartamento não ficasse cheirando. Desde criança, eu achava que nos lugares onde há tristeza e sofrimento, há também um cheiro insuportável. Quando entrei no apartamento da minha mãe, senti que não havia cheiro algum. Era um apartamento normal, não muito arrumado, já que a limpeza tinha ficado a cargo de Andrei no último mês, e ele não sabia tirar o pó e limpar o chão direito. A própria presença da minha mãe é o que fazia do apartamento um apartamentinho normal. Alguns meses depois que ela morreu, tive de voltar para buscar certos documentos, e o apartamento cheirava a homem. Era como se a iluminação tivesse mudado, como se a própria composição química das coisas tivesse mudado e o apartamento, os mesmos móveis e as mesmas louças, tivessem se transformado na terrível toca de um homem viúvo.

Quando fui, levei flores. Eram crisântemos brancos e carnudos, a minha mãe amava os crisântemos. E o apartamento passou a cheirar a flores, e não a morte e tristeza. Só agora eu penso que o aroma das flores guarda em si não apenas sua fragrância, mas também um sinal de morte.

[...]

Nós dormíamos de valete, e ela morria.

Eu sabia que ela morria, Andrei sabia que ela morria, a minha mãe sabia que ela morria.

Todos entendíamos que ela morria.

O único cheiro do qual me lembro muito bem é o cheiro da urina da minha mãe no dia em que parti. Ela já não levantava mais, mijava dependurada no sofá, depois me chamava para que eu pegasse e fosse lavar a bacia com produto de limpeza. A urina cheirava como se tivesse ficado alguns dias ao sol. Mas era fresca, e aquilo significava que a parte interna da minha mãe já não funcionava mais, tudo ali já estava muito velho e contaminado, tudo a matava por dentro. A urina era como veneno. Aquilo me incomodava muito, e eu tentava o mais rápido possível jogar a urina no vaso e encher a bacia velha e arranhada com desinfetante.

[...]

Nós dormíamos de valete, e ela morria.

Na minha cabeça, eu fico voltando para aquelas noites, tentando escrever sobre como é dormir no mesmo sofá que uma mãe moribunda, mas acabo falando sobre o apartamento, sobre o cheiro, sobre a televisão. Parece que esse looping se deve ao fato de ser impossível alumiar a escrita nesse espaço escuro e apertado. Pode-se dizer que era uma sensação pesada de estupidez. Sim, de estupidez, precisamente. Eu deitava do lado da parede e tensionava meu corpo todo, de forma a não encostar no corpo dela sem necessidade. Que noites turvas de fevereiro. Eu nunca gostei de fevereiro por conta do seu céu turvo, toldado por uma mortalha luminosa.

Eu deitava e começava a pensar. Eu dizia a mim mesma: pense sobre ela estar morrendo. Reconheça isso, passe por isso agora. Mas eu não conseguia, sentia o tempo cego e indizível que se demorava e se arrastava. Eu conhecia aquele tempo. Eu achava que o sentia, mas na verdade só o pressentia.

[...]

Nós dormíamos de valete, e ela morria.

Para mim não era fácil, mas também não era difícil. Para mim não era nada. Eu não sentia nada, como uma gengiva sob anestesia, eu mentalmente me tocava e respondia ao meu próprio toque, como se estivesse atrás de um vidro grosso, pintado com uma tinta leitosa.

[...]

Nós dormíamos de valete, e ela morria.

Eu pensava muito sobre mim mesma, tentava me forçar a reconhecer o que estava acontecendo. Eu queria sentir o que ela sentia. Mas a minha mãe não falava comigo sobre nada, além das coisas corriqueiras — ela me pedia para ajudá-la a levantar, falava sobre comida, pedia que eu trouxesse o chá. E ficava assistindo aos seriados policiais. Ela se deitava sobre o lado direito e, praticamente sem piscar, assistia um episódio atrás do outro. Seus olhos ficavam congelados, e neles pulavam os reflexos da televisão, o rosto amarelado iluminava-se ora de rosa, ora de azul.

Eu perguntava se ela estava acompanhando o enredo, porque via que seus olhos não se mexiam e a expressão facial não mudava. Ela respondia que até entendia alguma coisa.

[...]

O tempo que precede a morte é um tempo único. Eu tinha vergonha, por mim e por ela, de que gastássemos todo aquele tempo assistindo a seriados policiais. Mas seria possível algum outro tempo, além desse? Não, acho. Foi o melhor dos tempos possíveis.

Numa das noites, eu estava sentada no chão, à frente do sofá. Assistíamos a alguma série. O quarto coloria-se com a luz cinza-azulada da televisão. Eu acompanhava o enredo — os policiais procuravam o filho de um executivo, acusado de homicídio — e, ao mesmo tempo, lia o meu *feed* no Facebook. Conversávamos baixinho, eu e a minha mãe. Às vezes eu tinha a impressão de que ela adormecera, e então alcançava o controle remoto para desligar a televisão. No entanto, bastava a imagem sumir para ela abrir os olhos e dizer que não tinha dormido.

Ela estava deitada em silêncio e de repente estremeceu, como se lhe faltasse o ar. Eu me virei para ela e perguntei o que tinha acontecido. Ela suspirou e disse que achou que um enorme gafanhoto verde-salada tinha voado por cima dela. Tinha voado e zumbido. Apontou com os dedos o canto de onde saíra o inseto e o outro canto, onde se escondera. Imediatamente ela virou e disse que não, não havia gafanhoto algum. Era apenas a vigília, ou uma alucinação.

Talvez essa tenha sido sua primeira alucinação — ou não, mas aquele gafanhoto ela não conseguira esconder, tão brusco havia sido seu movimento de inseto gigante. Fazia dias que ela não levantava e tinham-lhe injetado um opioide, o que lhe causava as alucinações. Acho, agora, que ela tinha vergonha de alucinar e reconhecia o que via como irreal, como uma coisa criada por sua mente anuviada pela droga e pela doença.

Eu acho que, para quem morre de câncer num minúsculo apartamento durante o inverno cinzento, ver um vívido e farfalhante gafanhoto não é tão ruim assim. Há algo de alegre no voo desse inseto. Talvez ela estivesse, em seu sonho alucinatório, deitada numa grama alta e tépida.

Minha tia me dissera para procurar logo todos os documentos do apartamento e dar entrada na herança, de uma vez. Uma semana antes de morrer, a minha mãe me pediu para pegar todos os álbuns e escolher fotografias. Pediu que jogasse fora todas as que tivessem pessoas que eu não conhecia. Pediu, ainda, que eu juntasse todas as fotos em que ela tivesse saído mal e as queimasse. Por quê?, perguntei, para que ninguém as encontrasse no lixo e se assustasse, disse ela.

Peguei três álbuns de fotografia soviéticos, lotados e encadernados em camurça sintética bordô, e comecei a escolher as fotos. Não tinha nada para jogar fora ali. Eu conhecia todas as figuras e situações nelas estampadas. Achei, ainda, uma fotografia dos anos 90: nela, a minha mãe bem magra, com uns trinta anos, vestindo um macacão jeans por cima de uma camiseta listrada de tricô. Ela usa sandálias baixinhas de couro branco e posa em cima de um tronco de madeira, em uma das praias da represa de Ust-Ilimsk. Nessa fotografia, a minha mãe é uma menina tranquila. Não como a conheci. Peguei a foto para mim como um lembrete de que a mãe tinha tido, algum dia, uma vida alegre e tranquila.

Depois de sua morte, quando fui procurar os documentos do apartamento na gaveta de papéis, achei umas revistas pornô. Fiquei impressionada com a aparência delas, usadas. Será que a minha mãe via revistas pornô? Se eu as tivesse achado enquanto ela ainda era viva, como ela teria reagido? Teria ficado incomodada ou apenas me olhado feio? E por que ela, sabendo que morria, não as jogara fora? Tivera tempo o suficiente para esconder de mim todos os traços da sua vida pessoal. Mas ela não fez isso. Será que era para que eu as encontrasse? Será que ela queria me provocar depois da própria morte? Ou queria me mostrar que era apenas uma mulher comum? Ainda que o mais provável fosse que ela tivesse apenas se esquecido delas, e que não tivesse nenhuma mensagem para mim por trás daquilo tudo.

Eu sei que ela não queria me passar nenhuma mensagem. O caderninho sem pauta, que eu comprara para ela e guardara embaixo de seu travesseiro, para que ela me deixasse seu testamento informal, ficou em branco.

Quando parti, uns dias antes da sua morte, ela me pediu, de maneira bastante corriqueira, que eu a abraçasse. Entrei pelo quarto de sapatos, mesmo, ela deu uma levantadinha do sofá e me abraçou. Dei-lhe um beijo na orelha. Ela me disse: "Pronto, vai" — da mesma forma como dissera tantas vezes na vida, quando eu partia. E eu parti. Dali alguns dias, o coração dela parou na unidade intensiva do hospital de Volgogrado. As últimas palavras que ela me disse por telefone foram: "Estou muito mal".

A minha mãe não tinha mensagem nenhuma para mim, eu era a sua mensagem total para si mesma. Quando comecei a escrever versos e manter um diário, na adolescência, passei a largá-los pela casa em vários lugares, para que ela os lesse. Eu queria refletir um pouco nos olhos da minha mãe, que nunca me notavam.

Ela leu o meu diário e leu os meus versos, mas não falou nada. Só depois de muitos anos ela veio e meio que disse ter lido os meus primeiros poemas, mas que não tinha entendido nada. Os versos eram rimados, e neles eu escrevia sobre tempo e amor não correspondido. Mexendo nos papéis dela encontrei, em uma das pilhas, uma seleção de poemas meus, da época em que tinha entrado para o Instituto de Literatura. Eram versos bestas em que eu imitava, ao mesmo tempo, os estilos de Fiódor Svaróvski e Elena Fanáilova. Não faço a menor ideia de como esses textos acabaram nas mãos da minha mãe. As folhas já estavam amareladas, e algumas tinham os cantos carcomidos. Talvez ela os tivesse lido várias vezes. Talvez os tivesse lido para me entender, para me imaginar para si. Mas disso eu não sei.

Minha mãe amava descansar perto da água. Depois do trabalho, ela pegava uma cerveja ou um drink e ia até a represa, ou ao rio. No verão, aos fins de semana, pegava uma garrafa d'água, sanduíches, uma esteira áspera e esbranquiçada e ia tomar sol. Ela ficava lá, deitada sob o sol escaldante da Sibéria por horas, acompanhando seu movimento e virando vagarosamente o corpo de forma a ter sempre os pés apontando para a direção do sol. Seu objetivo era que as pernas se bronzeassem mais que o resto do corpo. Delas, o bronzeado ia embora mais rápido, e eram a parte mais difícil de queimar.

Na maioria das vezes ela ia tomar sol com as amigas. Às vezes me levava, mas eu trazia toda uma gama de inconvenientes: ou cobria o sol dela, ou deitava ao lado de seu corpo fumegante e a incomodava com minhas pernas geladas e molhadas. Pequena, eu precisava sempre ser controlada — o tempo na água, o chapéu na cabeça, a permanência no mesmo lugar. Eu estava sempre com fome e implorando por comida. Comia todo o estoque de sanduíches na primeira meia hora e depois choramingava que queria sorvete ou algodão-doce. Só trazia desassossego. Queria atenção, enquanto a minha mãe queria paz, silêncio ou conversas casuais com as amigas sobre fofocas ou receitas de máscara de pepino para pôr nos olhos.

Para me distrair um pouco dela mesma, a mãe chamava as amigas que também tinham crianças. Mulheres deitadas em silêncio, camisetas cobrindo os rostos; talvez cochilassem. Eu brincando na água, na praia de pedras, entre galhos e troncos, com minhas amiguinhas do dia. Tão fácil fazer amizade na infância, basta ser criança. Num daqueles dias, a minha mãe convidou para ir à praia uma amiga distante, cujo rosto e nome eu não me lembro. Tampouco me lembro da cor da sua roupa de banho, mas posso supor que no mercado de Ust-Ilimsk as possibilidades fossem limitadas, e assim se tratava, provavelmente, de um duas-peças com bojo, cujas alças as mulheres enfiavam para dentro, para evitar a terrível marquinha branca no meio da pele dourada. O biquíni podia ser preto-azulado ou roxo-avermelhado. Mas a mulher em si não me importava tanto como a filha. Não me lembro também do rosto da menina, mas seus seios ainda não tinham começado a aparecer, e por isso ela corria para lá e para cá apenas com a parte de baixo do biquíni rosa-choque. A esteira cinzenta da minha mãe não tinha espaço o suficiente para nós quatro, e por isso as mulheres deitaram nela e deram para nós um edredom infantil velho e surrado, quadriculado de azul e branco.

Pulávamos na água, pegávamos pedrinhas e, quando as brincadeiras começavam a demorar demais, a minha mãe nos chamava, brava, e mandava que nos deitássemos para esquentar um pouco ao sol. Deitávamos lado a lado com os lábios roxos de frio, e o tórrido sol siberiano chamuscava nossas costas. Conversávamos sobre qualquer coisa. A menina era um ano mais velha do que eu.

A menina era diferente. Ela era totalmente diferente e à parte, como se fôssemos seres de ordens variadas. Minha pele era como mármore branco, enquanto a dela mostrava, aqui e ali, manchinhas cor-de-rosa do sol. A pele da menina era grossa, firme e dourada. Os ossos eram longos, delicados, e os movimentos eram lânguidos, enquanto eu era angulosa, retraída e tinha muita vergonha do meu corpo desajeitado sob o olhar severo da minha mãe.

As adultas nos tiraram da água e insistiram para que nos deitássemos quietas ao sol por, pelo menos, uns dez minutos, pois precisávamos nos secar e dar uma esquentada no corpo. Eu me atirei primeiro no edredom, que estava todo coberto de areia e pedrinhas, uns restos de galhos pinicavam as minhas costas já queimadas pelo sol. A minha mãe insistiu que eu me deitasse de barriga para cima, pois minha barriga continuava eternamente branca — enquanto as costas ardiam. Deitei no edredom, a menina sentou de joelhos, à minha frente. A mãe dela também gritou que ela sossegasse e deitasse. Então, a menina tirou o apoio das mãos e pôs os cotovelos no edredom, ajustando o torso sobre o edredom quente. Sua bacia estreita e protuberante ficou levantada, como que pairando no ar. Quando o peito tocou o edredom, ela abandonou o corpo e deitou.

Uma vez, vi na televisão um programa sobre filhotes de corça ou de veado, eles eram pequenos e desengonçados e possuíam um esqueleto finíssimo, que parecia feito de palitos. Esses animaizinhos deitam na relva. Primeiro, descem a parte anterior do corpo, depois a posterior. Pensei, então, que aquela menina era como um filhote de corça. E disse a ela que seus movimentos pareciam os de uma corçazinha. Eu olhava para ela com amor. Gostava muito do corpo dela. Era inteirinho como um delicado pirulito, que eu tinha vontade de pôr na boca.

Até hoje, diante de meus olhos, vejo o brilho da sua pele e as covinhas na lombar. Será que eu reconhecia, na época, que o que sentia em relação àquela menina era excitação erótica? Será que eu sabia que coisa assim existia? Não lembro, mas lembro que essa sensação não me assustava em nada, mas me elevava, parecia realizar algo muito grande. Eu queria morrer por ela.

O que é escrever poesia? Para mim, a poesia sempre foi a maneira como eu penso o mundo e a mim mesma dentro dele. Versos escuros e pesados, semelhantes a um pedaço de pano encharcado de água, sujeira e sangue. Assim eu via e sentia o mundo, assim eu queria mostrá-lo aos outros, queria que todos, não todos, mas *todos* escutassem o que eu tinha para dizer. *Todos*, na verdade, eram o par de olhos gelados da minha mãe. Eu queria me mostrar para a minha mãe. Eu esperava a aprovação dela, não, não a aprovação, mas a compaixão e a simpatia, e, por fim, o remorso. Depois que ela morreu, a poesia tornou-se para mim uma atividade completamente sem sentido. Não havia mais ninguém a quem mostrá-la, ou a quem eu quisesse mostrá-la. A minha mãe não lia os meus poemas, mas eu, a um só tempo, desejava que ela os lesse e sentia vergonha de que ela os encontrasse e entendesse que eram escritos unicamente para ela. Depois que ela morreu, os meus versos se fecharam como uma porta batida por uma corrente de vento, e eu parei de escrever poesia por completo. Poderia eu, depois disso, continuar a me chamar de "poeta"? E o que é a poesia, afinal? Poderia a poesia existir sem a esperança de um olhar na sua direção?

Penso nesse olhar potencial como um espaço de possibilidades para a escrita e para o desdobramento de interpretações do mundo. O olhar — o olhar materno — é um lugar. O lugar da minha mãe era o pequeno apartamento na periferia da cidade de Vóljski. O meu era o seu olhar, que seguia até o limiar do mundo visível para mim. Esse olhar era a garantia da minha presença aqui, mas, ao mesmo tempo, ele tentava me ignorar de todas as maneiras possíveis, tentava me transformar num lugar vazio, numa pedra, uma pedra bege à beira de um rio, úmida, mas que perde o brilho quando exposta ao sol.

Quando olhei para o caixão, vi seu rosto calmo e notei um sorriso misterioso em seus lábios. Andrei dizia que ela tinha o sorriso da Monalisa, e eu não entendia por quê, já que a mãe sorria não com os cantos dos lábios, mas com toda a boca, os dentes à mostra. Talvez Andrei conhecesse outro sorriso, que eu nunca tinha visto, mas que via agora. Eu queria acalmá-lo e dizer que aquele sorriso não era mérito da musculatura da minha mãe, em repouso, mas um trabalho bem-feito das visagistas funerárias, que tinham injetado umas fórmulas especiais no tecido dérmico morto. Não falei. Andrei precisava daquele sorriso natural. E o teve.

Eu só via os olhos, cerrados. Quando o chefe da brigada funerária me demonstrou a maneira como se desamarravam as mãos e os pés antes de cremar, eu olhei para o rosto dela. Olhava para as pálpebras em formato de lua crescente, cobertas por cílios grossos e curtos, maquiados pelas visagistas. Eu esperava que se abrissem, e que o olhar voltasse, ainda que por um momento. Pensei até que eu mesma poderia lhe abrir os olhos. Seria muito fácil: bastava pressionar o dedo nas pálpebras e levantá-las. Mas eu sabia que seria um olhar morto.

Eu sentia a minha mãe como um espaço. Como uma matriz. Um lugar. Depois que ela morreu, esse lugar desapareceu. O mundo não desapareceu, mas sim a complexa rede simbólica que me conferia a possibilidade de orientação através do espaço. A matriz é a contínua interpretação da experiência atravessada. Depois que ela morreu, eu deveria me ajustar ao espaço desprovido de sentido e me tornar a matriz de mim mesma. Mas fiquei pairando num mundo vazio sem nome e sem significado.

O mundo sem nome e sem significado é transparente e simples. Nele, não há lugar para a metáfora, e a poesia aqui se torna irrelevante.

O mundo sem nome e sem significado é muito simples. Eu olho para um vaso bojudo de vidro fino, e nele há peônias abertas e murchas, cor-de-rosa-veneno. Seu interior não é complexo, é rígido e simples.

Será que a minha mãe sabia amar? Não, não falo de aptidão ou de hábito, mas de possibilidade. É muito difícil desenvolver uma aptidão quando não se tem predisposição: ao amor, ao trabalho, à pesca, tanto faz. Simplesmente quando não se quer fazer uma coisa, quando não há interesse — só que o amor é uma prática cotidiana e requer desejo e predisposição.

Mas não se trata disso. Trata-se de mim. Era justamente a mim que ela não amava. Eu a adorava, adorava tanto que às vezes sentia que podia explodir. Mas, com o tempo, a adoração foi se transformando em ofensa e dor, silenciosas, profundas e radicais. Ainda mais porque ela sabia amar aos homens, mas não queria e não sabia amar a mim.

Falei com ela alguns dias antes da sua morte. O olhar me atravessava, mas não estava perdido, encampava o plano geral, como se eu fosse parte do mobiliário da casa, um banquinho ou a estante da televisão. Eu lhe disse que faria tudo como ela quisesse, para que ela não se preocupasse. E ela contou. Contou como e em quê velá-la. Disse também que Andrei precisaria continuar morando no apartamento, meu apartamento, por dez anos após a sua morte. Eu poderia não ter mencionado essas palavras a ninguém, pois não haviam sido escritas, mas as transmiti para Andrei e para todos os outros. Cumpri o testamento oral dela. Que coisa boba e ao mesmo tempo séria — o apartamento de vinte metros quadrados na periferia de uma cidadezinha provinciana não ficaria para mim, mas para o usufruto dele pelos próximos dez anos.

Era óbvio que eu era, para ela, como uma erva daninha e sobreviveria onde quer que fosse. O marido indefeso, no entanto, não conseguiria se virar sem a sua ajuda póstuma. Nisso consistia toda a minha mãe. Escolhia os homens, mas não a mim. Enquanto isso, eu observava as suas escolhas hipnotizada, com uma inveja amarga, feroz e ruim. Ela era minha, mas não me pertencia, como não me pertencia também o seu sorriso, silencioso e misterioso. Restava-me apenas o seu olhar frio deslizando pelo espaço a me atravessar.

A eterna espiral narcísica da atenção em torno de mim mesma não é nada além de uma tentativa de me encontrar e me autoafirmar aqui, nessa matriz gelada e vazia. Tentativa de apontar de um lugar vazio para outro lugar vazio, para que algo se materialize, ainda que só um pouquinho. Para que eu possa ver a mim mesma e mover um dedo, que seja. Mover um dedo e admitir que isso eu fiz sozinha.

Hoje, ao tomar o bonde, vi uma mulher que parecia um pouco com a minha mãe, alguns anos antes de morrer. Virei bruscamente e tentei observá-la da janela. A mulher estava parada, meio virada, e tinha o mesmo penteado que a minha mãe usava antes da doença. Era um pouco mais baixa que ela, uma cabeça. Nela, me fisgaram a imperial postura materna e o queixo, orgulhosamente levantado. Ela podia ficar ali parada, a cabeça levantada olhando para tudo meio de cima: o ponto de ônibus de Ust-Ilimsk, a fila do supermercado, ou poderia estar à espera de uma amiga na esquina da Rua Metchtáteli com a Avenida Mir. Era uma rainha, uma tsarina. Não importava quem era e onde vivia, onde trabalhava, ou quão pesado era o seu quinhão na vida. Era uma mulher orgulhosa, tão forte quanto infeliz. Como essa mulher, nos trilhos do bonde. De repente senti um aperto por dentro. E depois um brusco relaxamento. Senti o calor do luto e do amor não realizado.

A caixa com as cinzas da minha mãe estava no fundo de uma grosseira mochila jeans. A mesma em que guardei as coisas que levara para aquela viagem de três dias — o suficiente para fazer todos os trâmites funerários.

Desci até o ponto de ônibus e tomei a lotação para Volgogrado. A minha mãe começava sua grande jornada de volta. O ponto final seria a nossa Sibéria, a cidade de Ust-Ilimsk. Eu tentava processar tudo o que acontecia. Vi a estátua da Pátria-Mãe, que aparecia vagarosa por detrás dos montes, seus seios de pedra emergindo por cima dos picos. Vi a cidade combalida, que se estendia por algumas dezenas de quilômetros, cinzenta e doente. Acariciei a mochila como se levasse um animalzinho de estimação silencioso. Queria transmitir às cinzas maternas o calor, a comunhão, o amor, a importância do momento. Mas era um exercício sem sentido.

Eu sabia que a companhia aérea S7 usava o serviço de uma empresa terceirizada para transportar cinzas, e cheguei ao aeroporto antes, para conseguir despachar a bagagem.

É difícil imaginar como despachar uma bagagem que é a sua mãe, mas eu estava pronta para me separar da urna por um par de horas, para depois reencontrá-la e levá-la ao meu apartamento em Moscou. Adiante eu teria dois meses pesados de trabalho num museu estatal. Depois, alguns voos e uma viagem de catorze horas num ônibus através da taiga. A cada hora eu repassava na minha cabeça aquele caminho. Imaginava-o não como um caminho normal, mas um caminho solene. Um caminho adentro, pela taiga. Imaginava tambores ressoando ao meu redor, sublimes, fazendo o acompanhamento. Eu me imaginava Creonte, eu me imaginava Perséfone, eu me imaginava uma carpideira. Eu ia ao inferno.

Mas era um caminho comum.

Cheguei ao aeroporto e fui falar com o atendente da companhia aérea, que me disse que o despacho de bagagens já havia encerrado, que eu não conseguiria mais despachar a bagagem. Me deu ansiedade. Será que eu não conseguiria embarcar? E o meu trabalho? Eu tinha me preparado para voar sob o som de uma música solene, mas agora sequer conseguiria decolar. E o quê? Teria de ficar ali, toscamente sentada no saguão de embarque, enquanto não pudesse tomar o próximo voo a Moscou? Fui de novo até o atendente da S7, expliquei a situação. Ele, por sua vez, olhou para mim com indiferença e arrumou a gravata verde-salada. Em silêncio, pegou o telefone de serviço, falou com alguém sobre alguma coisa que não consegui ouvir por conta do anteparo de plástico no balcão. Obviamente, era algo do tipo: “tem uma moça aqui com uma urna com cinzas, atrasou para despachar, posso deixá-la levar na cabine?”. Ele desligou o telefone e disse que eu poderia seguir para o embarque.

Por dentro, eu regozijava. Não tinha precisado entregar a mãe como bagagem, ela viajaria ao meu lado. A mulher do controle de segurança encrencou e me encarou. Eu disse que na mochila havia uma urna com cinzas, que eu tinha todos os documentos, e abri a bolsa de couro que levava para pegar a pasta com os documentos. Ela saiu de trás do computador e me disse que eu não estava autorizada a levar cinzas na cabine. A isso respondi que sabia, mas que o responsável da companhia aérea tinha dado sinal verde. Ela voltou para o lugar de trabalho, atrás do detector de metais. A fila esperava, nervosa, perto da moldura do detector. A moça pediu que eu abrisse a mochila e, com cuidado, desculpando-se por cada movimento, passou a examinar a caixa com a mãe, usando o detector de metais. Depois olhou os documentos, primeiro os meus, depois os da minha mãe. Assentiu com a cabeça e desejou boa viagem.

Na cabine, tentei enfiar a mochila no compartimento superior das bagagens de mão.

Fazia como se não estivesse levando as cinzas da minha própria mãe, mas algum objeto grande, despretensioso, desprovido de força, sentido ou utilidade.

No bolsinho interno da mochila, eu tinha guardado um potinho com as joias de ouro da mãe. A minha mãe amava ouro. Guardava todas as peças que possuía juntas num saquinho de seda: colares, anéis e broches cravejados de rubis da minha avó e de uma tia paterna, que acabaram ficando para ela. No pote havia ainda uma barrinha de dois gramas, disforme e oxidada, que algum dia fora um implante dentário, e uns outros pedacinhos de ouro, que ela algum dia esperava mandar fundir em anéis e brincos. Nos anos 2000, a mãe com frequência penhorava o seu ouro para aguardar até o dia de pagamento do salário, e em todas as festas esperava que os presentes viessem em dinheiro. Com esse dinheiro, ela ia até a joalheria e comprava as coisinhas em que já estava de olho há tempos. A sua relação com o ouro era peculiar. Quando via ouro em grande quantidade, as mãos começavam a tremer. Usava vários colares e anéis, todos ao mesmo tempo. Brincava que parecia uma árvore de Ano-Novo* carregando aquelas joias, toda brilhosa e reluzente, embora a árvore de Ano-Novo tivesse que brilhar apenas uma vez por ano, e ela, sendo uma mulher de verdade, deveria estar bonita o ano inteiro.

Quando a levaram para os cuidados paliativos, Andrei a despiu de todas as joias de ouro que ela não tirava nunca: uma correntinha fina com uma pequenina cruz, sinal de seu batizado aos trinta anos, e uma miniargolinha de ouro da orelha. A outra, a da orelha esquerda, não se rendeu às suas grandes e desajeitadas mãos. Não nos devolveram, depois, no necrotério, nem no hospital. Ficou de presente para Creonte.

Eu não sabia para que poderia precisar do ouro da minha mãe. Mas era a minha herança. Ela se preocupava com as joias mesmo à beira da morte. Uma vez, tendo sabido que a vizinha do andar de baixo vinha lhe visitar, ela pediu para que escondêssemos todo o ouro. Andrei escondeu o saquinho numa caixa com os talheres extra de cozinha.

No dia seguinte à sua morte ele me entregou o saquinho com o ouro, com as palavras de que, agora, aquilo era meu.

Um tempo depois, abri o saco. Provei os brincos e as correntinhas. Todos me pareciam pesados e gelados. Comecei a escolher e mantive apenas o que realmente me lembrava dela. Um par de brincos, uma correntinha e os anéis "de família". O resto, entreguei a um ourives, para que ele fizesse anéis de noivado para mim e para a minha esposa. Essa volta simbólica me pareceu o mais correto e justo.

* Durante a União Soviética, com a abolição da religião e seus feriados, o costume de enfeitar a árvore de Natal foi transferido para o Ano-Novo, juntamente com a troca de presentes. O costume permanece até hoje na Rússia.

Eu não conseguia ler ou escutar música. O homem ao meu lado dava umas cochiladas e o pescoço dele relaxava a ponto de cair e encostar no meu ombro. Sua cabeça era pesada e cheirava a água-de-colônia adocicada. Tentei acordá-lo algumas vezes. Ele me olhava incomodado, tentava se segurar, mas depois adormecia de novo e caía sobre mim com o corpo todo.

Eu voava para Moscou. Em cima de mim, no compartimento para bagagens de mão, estava a urna com as cinzas da minha mãe. Diante dos meus olhos, enfiado na cadeira à frente, estava o cartão com o esquema de instruções em caso de evacuação ou acidente aéreo. Durante o voo, eu o examinava. E se caíssemos? E se tivesse alguma coisa errada com o avião? O que eu faria? Será que eu salvaria a mochila com as cinzas da minha mãe, no meio da confusão? Ou salvaria a mim mesma? Senti a culpa me queimando por dentro. Um voo solene daqueles, e eu pensando tamanha besteira.

De repente, fui tomada pela ansiedade. E se tivessem roubado a mochila com as cinzas da minha mãe? E se ali, em cima de mim, não houvesse mais nada? O que eu diria à minha família? E se, de repente, alguém tivesse pegado a mãe enquanto eu estava no banheiro, ou buscando água, com a comissária? A sensação de que a minha mãe me fugia vivia em mim até mesmo quando ela se transformara num pequeno objeto. Me pareceu que a mochila com a urna se tinha dissipado. Desaparecido. Magia, algo assim, alguma coisa que levara a minha mãe embora, definitivamente, agora.

Não estava aguentando a ansiedade. Não é possível, pensei, que eu esteja aqui sentada há meia hora olhando para o nada, e o bagageiro ali em cima esteja vazio, enquanto as cinzas da minha mãe são subtraídas de mim. Para onde? Como escondê-las num avião? Onde era possível esconder uma urna metálica do tamanho do ovo de um lagarto pré-histórico, embalada numa caixa de papelão, enrolada em algumas camadas de fita transparente e coberta por um grosso pano preto? Eu estava certa de que a urna se desfizera no ar.

Comecei a suar em bicas. Estava pronta para revirar a cabine do avião. Decidida a encontrar a urna. Eu tinha certeza de que ela tinha desaparecido.

O meu coração acelerou. Chacoalhei o homem desacordado ao meu lado. Ele despertou mais uma vez — com o rosto amassado, pedindo desculpas pela quinta vez por ter adormecido no meu ombro. Eu me desculpei por incomodá-lo, e pedi que me deixasse passar.

Primeiro, fui até o banheiro. Eu queria postergar aquele momento ao máximo. Tinha medo de abrir o bagageiro e ver o vazio que eu não queria ver.

O banheiro tinha fila.

Quando entrei no lavatório, imediatamente lavei as mãos e o rosto. Decidi que, se tinha ido até ali, era preciso também fazer xixi: me ajeitei no vaso, espremi um filete de urina e fiquei ali parada acima do líquido, pensando sobre o que faria se a urna não estivesse no lugar. Não sei quanto tempo gastei naquela posição desconfortável com a calça arriada, mas comecei a ouvir vozes no corredor, até que alguém resolveu bater à porta. A batida me tirou dos pensamentos, busquei o papel higiênico e subi o jeans com pressa, e me olhando no espelho. A luz me deixava mais velha, mais pesada. Eu estava amassada e inchada, como se tivesse me afogado ou com alguma doença grave. Ao sair, senti que minhas pernas doíam por conta da tensão de ficar agachada, e em minhas coxas queimavam os pontos em que eu apoiara os cotovelos.

Saí do banheiro e pedi desculpas à mulher que segurava pelas mãos um menino com as pernas já cruzadas. Voei pelo corredor até o meu assento. Voei até o assento sobre o qual não estariam mais as cinzas da minha mãe. O homem não dormia, mas folheava uma revista de bordo, aberta numa propaganda da nova BMW.

Eu precisava tomar uma decisão, e uma vez tomada, abri o compartimento de bagagem de mão num golpe só.

Minha mochila estava lá, onde eu a deixara. Era uma mochila comum, completamente ordinária, cor de burro quando foge. A ponta direita estava um pouco protuberante, pois mostrava o canto direito da caixa com a urna da minha mãe. Para certificar-me de que não se tratava de um engano, tateei a mochila toda. As coisas estavam no lugar, tudo estava no lugar. Toquei o bolsinho onde guardara o ouro da minha mãe, enrolado em um saquinho de supermercado.

Ninguém precisava da minha mãe, além de mim.

Ninguém sabia que a minha mãe estava na mochila. Como iria desaparecer?

Eu voava para Moscou, onde me esperavam o trabalho, que eu não amava, e a namorada, que eu não amava. Tudo o que eu não amava. Quando a minha mãe estava viva, ela me ligava, de vez em quando, para contar como estava. Contava do hospital e dos doloridos procedimentos hospitalares. Contava do cachorro que criava com Andrei, e da horta, que, a cada ano, ficava mais difícil de cuidar. O calor da região de Volgogrado agravava a sensação da doença, ela se sentia pior e pior. Depois de me contar longamente de si, ela me perguntava, lacônica, como andava minha vida. Eu, também lacônica, respondia que tudo ia bem. Eu desejava muito e, ao mesmo tempo e com a mesma força, não queria contar para ela sobre o meu dia a dia. Eu não sabia nem que língua escolher para contar a minha vida para ela.

Eu tinha a poesia, que valorizava muito, mas a minha poesia era uma pedra, escura e pesada, impossível de abrir ou lapidar e levar até a minha mãe como se fosse uma simples história de uma ida ao mercado ou a compra de novos sapatos de inverno. Quando comecei a trabalhar no museu, fizemos um grande projeto expositivo sobre as revistas grossas.* Numa das salas, posicionamos um berço retangular, imenso. Lindo, num pedestal forrado de tule branco, parecia flutuar sobre o chão numa nuvem. Fotografei a instalação e enviei para a minha mãe na rede social Odnoklássniki.** Em silêncio por um tempo, ela depois perguntou: "O que é isso?". Eu expliquei como pude, ela respondeu: "Ah, tá".

Eu a carregava dentro de uma cápsula pequena e fria, e contava-lhe tudo sobre mim, dizia que lhe mostraria minha vida moscovita. E mostrei, como se ela estivesse viva. Pus a urna em cima da escrivaninha, ao lado de uma pilha de livros, de forma que não fosse vista da rua. Eu tinha medo de que alguém pudesse vir e tomá-la de mim. Simplesmente entrar assim pela janela do apartamento térreo e pegar.

Eu amo a estrada. Acho a estrada a única maneira fiel de estar aqui neste mundo. É um espaço onde não há preocupações com o lugar, há a lenta superação do lugar, a apropriação do lugar por dentro, pela memória. E a memória não entrega os lugares inteiros, ela vive dentro, como um filme complexo e embaralhado. A estrada é um registro do ser em que a companheira

* As "revistas grossas" (*tólstie jurnáli*) eram revistas literárias comuns no Império Russo do século 19. Nelas, eram publicados em fascículos os grandes romances, bem como resenhas críticas. Tornaram-se um espaço frutífero para a crítica social, uma vez que eram menos censuradas do que as revistas científicas.

** Odnoklássniki, literalmente, "colegas de turma", é uma rede social russa criada em 2006, cujo intuito é (re)encontrar colegas de classe ou de trabalho. Tornou-se popular entre pessoas com quarenta anos ou mais.

ou o companheiro de viagem são o seu único reflexo. Se não há companheiro de viagem, não há você. Eu amava viajar com a minha mãe, amava andar de trem com ela, ir à praia ou ao supermercado.

Eu amo a estrada. Na estrada não há vazio, ela é preenchida de espaço e de tempo. Você segue, como o Odisseu de Mandelstam. Quando a estrada termina, vêm o silêncio e o vazio. Nos mapas, os caminhos são geralmente traçados em vermelho e azul, enquanto cidades e lugares são indicados com pontos. Os viajantes marcam os lugares das paradas com alfinetes, que furam o papel, transformando esses pontos em buracos de vazio, redondos mas irregulares.

Ao chegar no meu apartamento de Moscou, sem nem mesmo tirar os sapatos, fui ao quarto. Tudo de pernas para o ar: minha namorada ficara por ali enquanto eu estava fora. Perguntei a ela por que tinha ficado, ao que ela respondeu que ali era mais calmo. Me irritei, o meu lugar com as minhas coisas tinha sido incomodado com a presença dela. Por toda parte havia xícaras com restos de chá, meias jogadas nos cantos, e em três dias o gato conseguira arrasar todas as minhas flores e plantas: no chão envernizado de taco espalhavam-se torrões de terra seca e cinzenta.

Abri um espaço no chão, sentei de casaco e sapato mesmo e comecei a desembrulhar as cinzas da minha mãe. Nervosa, eu usava a tesoura, mas o tecido com o qual eu envolvera a caixa não cedia. As mãos doíam. Quando finalmente atravessei o tecido, vi um dos lados da caixa, brilhante, envolto em fita transparente. Eu não acreditava que ali, sob algumas camadas de fita e de papelão, estavam as cinzas. Eu tinha certeza de que alguém as tinha substituído por uma garrafa de areia ou por um pedaço de tecido molhado. O pensamento intrusivo de que eu perdera a urna me atormentara por todo o caminho. Não havia motivo para pensar isso, mas eu imaginava convulsivamente que a tinha perdido.

Uma parada no meio de um trajeto: o vazio. Havia chegado o tempo do vazio. A parada transforma mesmo as ações mais radicais em rotina e tédio, e não havia qualquer motivo racional para esperar tanto pela continuação da estrada em que entráramos, eu e a minha mãe. Eu poderia comprar passagens novas para a Sibéria e pedir férias não remuneradas no trabalho. Poderia partir amanhã mesmo. Mas não fiz nada disso. Fiquei sentada olhando para a urna, que brilhava na sombra entre os livros. Eu era refém dos meus próprios planos, dos planos que eu mesma fizera alguns meses atrás.

Eu comprara as passagens para a Sibéria sem qualquer intenção especial. Tinha ganhado um bônus de Ano-Novo no trabalho e decidira usar o dinheiro de forma nostálgica. Assinei a tabela de férias de maneira que as minhas anuais caíssem em abril, e planejei o trajeto: de Moscou iria a Novosibirsk, de Novosibirsk tomaria um avião até Irkutsk, depois um ônibus até Ust-Ilimsk, de Ust-Ilimsk de novo até Irkutsk, e de Irkutsk direto a Moscou. Ainda no final de janeiro, eu estendi no chão do meu quarto um calendário tamanho A2 e preenchi tudo o que queria fazer, dia a dia. Na lista de afazeres entraram dois saraus em Novosibirsk (um no bar Otkrói Rot e outro na biblioteca regional), uma visita ao Museu da Morte (lendário e kitsch), um passeio pela cidade, uma ida à cidade universitária, onde ficava o mar de Ob. Em Irkutsk, seria mais difícil, pois lá viviam as amigas da minha mãe que haviam ajudado a me criar, e os meus planos dependiam delas. Em Ust-Ilimsk eu planejava chegar incógnita, alugar um quarto de hotel e vagar pela cidade, observá-la.

Ao examinar o calendário, fiquei muito orgulhosa de mim mesma: eu tinha planejado aquela viagem sozinha, ia à Sibéria, onde não estivera por quase dez anos. Eu imaginava esse retorno triunfante, grandioso. Eu partira da Sibéria aos dezenove anos como uma menininha assustada, com uma vaga ideia de quem queria ou poderia me tornar. Agora, voltaria para mostrar a nova "eu" para mim mesma. Fiquei muito mal-humorada, pois meu livro de poemas ainda não teria sido publicado pela editora AST a tempo da viagem. Então não poderia lançá-lo lá, pois em abril ainda não estaria impresso. O livro era o meu grande orgulho, e trazê-lo a Novosibirsk seria bem oportuno. Mas gastáramos muito tempo o montando, e ele acabou entrando para a lista de espera da gráfica, onde ficou parado um tempo. Em março e abril, eu ainda recebia diariamente versões de provas do livro, uma atrás da outra, e as corrigia. Aqui e ali uma letra ilegível, uma quebra errada de verso, em outro lugar algumas palavras juntas formando uma palavra ininteligível, em algumas partes faltavam pedaços inteiros de texto. Eu lia e relia nervosa os arquivos em PDF e enviava as correções, uma atrás da outra.

Em janeiro, quando a minha mãe começou a morrer, ficou claro que meu retorno triunfal à Sibéria não seria tão triunfal assim. Claro, a viagem mantinha seu caráter ritualístico, mas a lógica da minha movimentação e de meus sentimentos mudava. Tudo passou para a chave do luto. Minha estrada transformou-se na estrada da minha mãe.

Agora, em meu apartamento de Moscou, na Avenida Mir, eu olhava para um ponto fixo. O mundo desabara. Tudo o que eu tinha construído e imaginado encolhera e se tornara uma cinzenta urna metálica. E nossa parada, ali, seria de dois meses de duração. O furo do alfinete no mapa. Era preciso ocupar-me de alguma coisa. Eu me imaginava uma aborígene australiana em sua pequena tenda no meio do grande deserto do mundo que, acariciando um objeto ritual, tinha medo de sair do lugar, porque cada movimento provocava um martírio e deslocava o espaço na direção errada. Qualquer movimentação é sem sentido, e o tempo aqui é o principal objeto de observação.

Não me surpreendi nem um pouco quando a minha mãe decidiu se mudar de Ust-Ilimsk para Vóljski. Ela tinha uns quarenta e três anos, na época. Pediu demissão da fábrica, doou as plantas da casa, vendeu o terreno da datcha e pôs o nosso apartamento de dois cômodos à venda. Juntou tudo o que possuía e que acumulara naqueles últimos vinte e cinco anos. A máquina de lavar, os estofados, as cadeiras, as mesas e as toalhas foram carregados num caminhão e enviados para Vóljski. Um mês depois, ela mesma partiu. Em Vóljski, Andrei esperava por ela; aliás, esperara por ela a vida toda, pois a pedira em namoro ainda antes de eu nascer. Na época, os dois trabalhavam juntos na fábrica, ela de separadora, ele de motorista. A minha mãe recusou, ele se casou e teve filhos, depois pediu demissão. Às vezes, fazia táxi por perto de casa, e, quando via a mãe vindo da feira ou no ponto de ônibus, se oferecia para levá-la até em casa. Eu já tinha uns vinte anos quando a minha mãe, a duras penas, com a força de J. e a ajuda de Andrei, botou Ermoláiev para fora do nosso apartamento.

Eu mesma vinha tentando botar Ermoláiev para fora desde os catorze anos. Depois de todo escândalo, no entanto, me atormentava uma sensação amarga de culpa, pelas coisas que eu lhe jogara na cara. A minha mãe, acostumada a apanhar, a ser humilhada, e sem saber como sair daquele inferno, chorava diante da pergunta de por que não conseguíamos expulsá-lo de casa. E me respondia, honesta: tinha medo de ficar sozinha. Sobraram fotografias daquela época: ela, inchada e triste, com manchas vermelhas no rosto e no pescoço, vestindo um roupão lilás larguíssimo. Encontrei essas fotos quando, a pedido dela, fui arrumar os álbuns antigos. As fotos caíram de uma vez da aba de um dos álbuns velhos, e eu não me contive. Por muito tempo não quisera me lembrar daquela época e da minha magnífica mãe, que até então brilhava nas festas de família em seu tubinho preto, e depois se tornara mole, pesada, insuportável, patética. Recolhi as fotografias depressa e as guardei de volta no álbum. Mas fui tomada por aquela sufocante sensação pantanosa que aparece ao lembrarmos de algo que categoricamente não queremos. Levantei a cabeça e olhei para a minha mãe, moribunda, para seu rosto deformado de dor, para as suas mãos cinzentas. E senti uma pena lancinante dos anos que ela gastara com aquele cafajeste. Ela vivera como se o tempo nunca fosse acabar, mas quando a sua vida mudou, o tempo de repente começou a acabar muito rápido. Rápido, rápido, como água a sair de um copo furado.

A propósito, quando a minha mãe morreu, Ermoláiev já estava morto. Teve uma morte longa e dolorosa, apodreceu ainda vivo. Quando fiquei sabendo, soltei uma gargalhada alta e genuína, pois eu tinha desejado a morte dele muitas vezes. Às vezes, quero acreditar que eu o matei com a força do meu ódio. No entanto, tudo foi muito mais prosaico: num momento, durante a festança de seus quarenta anos, ele resolveu dar um abraço de urso em seu irmão que, muito gentil e cheio de amor fraternal, resolveu retribuir. Sabe-se lá como, o irmão acabou quebrando-lhe o pescoço. O resto ficou por conta da medicina provinciana: primeiro, os médicos o confinaram a uma cadeira de rodas. Depois, pararam de prometer qualquer melhora e, por fim, terminaram por esquecer-se completamente de sua existência. Quando a esposa, com grande esforço e histeria, conseguiu, por fim, irromper na ala hospitalar em que ele se encontrava, percebeu úlceras até na testa. O coração não aguentou, acumulou líquido nos pulmões, o fígado já fraco parou e, antes de chegar aos quarenta e um anos, morreu.

Mas, enquanto ele ainda não tinha morrido e morava com a minha mãe, apareceu outro homem. Que foi Andrei. Andrei, como sempre, ficava no ponto de táxi perto do ponto de ônibus Drujba, e um dia avistou a mãe. Ela esperava o ônibus em pé, fumando. Andrei encostou no meio-fio com seu Lada Priore prateado, abaixou o vidro, levantou o colarinho do casaco e, galantemente, ofereceu-lhe uma carona. Depois, propôs que se tornassem amantes. Ambos já eram bem adultos, por volta dos quarenta anos. Ele já a amava há tempos, e ela aceitou.

Lindo, parece um conto de fadas. Mas não é, pois Andrei era casado e tinha duas filhas, que o odiavam por trair a mãe delas. A esposa, por sua vez, pensou que se pegasse as filhas e mudasse de Ust-Ilimsk para Vóljski — a cidade natal de Andrei —, tudo se ajeitaria e ela conseguiria trazê-lo junto. Não estava errada. Venderam o apartamento, juntaram as coisas e partiram.

A minha mãe ficou sozinha, pela primeira vez em muitos anos. Em seis meses, Andrei telefonou dizendo que em Vóljski fazia calor e que ele a esperava. Ela me ligou e disse que venderia o apartamento e iria para Vóljski para ficar com o amado. Eu fiz de conta que estava surpresa, mas na verdade não estava. Entendia o desejo dela de fugir de Ust-Ilimsk, e entendia também que a fuga é possível apenas quando você se sente desabrigada dentro da sua própria casa. Rejeitar o que foi vivido, largar tudo e partir para uma cidade desconhecida, simplesmente porque tudo o que te circunda e te pertence, na verdade, não te pertence. Eu mesma sentia esse desabrigo, e era algo que me antecedia. Olhando para a geografia da minha família materna, vejo que o século 20 foi, para nós, um século de estradas e desabrigos. Por que motivo minha bisavó saíra da Kamtchatka e fora até a estação de Zimá, em Irkutsk? Como a minha tia-avó Minniguel Muzafárova — que em russo chamávamos de Macha, para simplificar — chegara à Sibéria com o irmão pequeno, o meu avô Ráfik, no colo? Como foi que todas nós aparecêramos em Ust-Ilimsk e a que preço nascêramos, primeiro a minha mãe, depois eu? Não era bem aceito falar sobre esses motivos, mas apenas sobre o presente: a comida, o clima e a capacidade de viver. E eu também vivia assim. E eu também, assim que tive a mínima chance, comecei a fazer de tudo para fugir de Ust-Ilimsk. A decisão da minha mãe me parecia orgânica: nada mais habitual do que levantar de um lugar que você já esquentou e ir para algum outro. Por uma vida melhor, por salvação. A mãe ia atrás do amor. Como uma mulher de verdade.

Em Vóljski, ela alugou um quartinho num apartamento coletivo e passou a esperar até que alguém comprasse o nosso apartamento em Ust-Ilimsk. Depois de trabalhar a vida toda em uma madeireira, percebeu que não sabia fazer mais nada. Aos quarenta anos, não aprendera a usar o computador, em casa nunca tivemos um, e no trabalho a máquina que ela operava possuía apenas três botões, um para cada tipo de madeira. Em Vóljski não havia floresta e, portanto, não havia madeireira. As marcenarias e as fábricas de móveis já recebiam as placas prontas. O treinamento e as qualificações da minha mãe não serviam de nada na estepe. Como vendedora não a contratavam por conta da idade. A floricultura em que tentara trabalhar acabou não dando certo: era fria e úmida, as juntas lhe doíam e, como acabou ficando óbvio depois, ela não sabia vender nada. Através de um anúncio, a mãe achou um trabalho num armazém de alimentos. Estocava chá, café, grãos, bombons. Trabalhava durante a noite, e chegava ao apartamento barulhento de manhã. Ela admitia para mim que não roubava nada do depósito, ainda que as colegas levassem tudo o que estivessem precisando para casa. A minha mãe, certinha, comprava tudo o que precisava com o seu desconto de funcionária. Só de vez em quando ela se permitia afanar alguns bombons do depósito, e os levava para Andrei.

Andrei, ainda dormindo, recebia-a no sofá e perguntava se dessa vez ela tinha trazido bombons. Ela guardava no bolso da jaqueta, às vezes, um Lióvuchka, um Lástotchka ou um Vesná.

Depois, Andrei voltou para a esposa de novo, e a minha mãe ficou sozinha. Ela sabia criar conexões e, quando ele partiu, já fizera amizade com as vizinhas do apartamento e as mulheres do trabalho. Pensando agora, acho que a vida dela parece muito com o enredo de um filme de três horas que passa na televisão, à tarde. Ainda mais porque, assim que Andrei desapareceu, o meu pai voltou ao horizonte. Os dois tinham se separado quando eu tinha nove anos. Meu pai partira imediatamente para Astracã. Com pressa, pois segundo a minha mãe, os amigos o tinham sacaneado. Na versão dela, meu pai acabou dormindo depois de uma bebedeira e, quando acordou, já estava sendo interrogado pela polícia. Descobriu-se, depois, que enquanto ele dormia os amigos tinham rapelado um apartamento inteiro de eletrodomésticos, ouro e dinheiro. Era 1999, qualquer coisa podia acontecer. O meu pai fugiu da investigação e voltou para Astracã, a sua cidade natal. Depois de um ano, fomos visitá-lo, em agosto. Ainda tenho as fotografias em que estamos nadando no Volga. Nelas, o rio Volga é amarelo-turvo, de lodo e areia. Eu, com dez anos, magreza de criança, sorrindo com a água até os joelhos. Pelos meus ombros tensos, no entanto, dá para ver que estou extremamente desconfortável. O pai tinha ido nos receber na estação de trem, mas nos levou direto à casa dos meus bisavós, na aldeia de Trudfront, e só deu as caras uma vez ou outra. Pelas conversas dos adultos, por como a minha mãe chorava e por como a vó Ánia lia a sorte dela nos feijões, entendi que tinha alguma coisa errada. Depois, ela acabou dizendo que o meu pai estava viciado em heroína, em Astracã. Não tínhamos passagem para a volta. Porque no verão do ano 2000 ninguém tinha passagem de volta. A minha mãe quis partir imediatamente, assim que viu o meu pai, mas de fato nos tornamos reféns da situação. Quando algum dos parentes do meu pai conseguiu arranjar passagens até Ekaterinburgo, ele sequer foi nos levar à estação. Em Ekaterinburgo, eu e a mãe ficamos morando na estação por uma semana. Quando o dinheiro acabava, ela ligava do telefone público para Ust-Ilimsk e a vó mandava mil rublos via transferência nominal. A beleza da minha mãe atraía os homens. Uma vez, um vendedor de frutas passou a noite conversando com ela, enquanto eu comia cerejas do seu enorme carrinho de feira com as minhas mãos sujas. Quando fiquei de barriga cheia, a mãe tacitamente se despediu dele, e eu tive uma diarreia terrível. Era o sétimo dia de nosso período na estação. Estávamos cansadas, sujas, sem dinheiro e ainda por cima aquela diarreia. Com os últimos trocados, a mãe pagou uma ducha, para mim e para ela, no banheiro da estação. Enquanto nos lavávamos, outras pessoas como nós, sem passagem e sem dinheiro, cuidavam de nossas coisas. Revezávamos. Enquanto vigiávamos o cantinho deles, eles iam fumar, iam ao banheiro e atrás de comida. Enquanto nos lavávamos e comíamos, eles não deixavam que ninguém ocupasse os nossos lugares. Vivíamos na estação já há um tempo, e nossos lugares eram os mais confortáveis e seguros: no chão, perto da parede mais distante com o telefone público. Depois do banho, a mãe me deixou olhando as coisas e foi fumar na escada de mármore espiralada da estação. Ali, um homem que estava passando casualmente se interessou e perguntou se ela morava na estação. Ela respondeu que sim, e levantou a cabeça para encontrar os olhos dele. O homem desconcertou-se com a resposta, e, hesitante, perguntou se ela estava sozinha ali, ao que a mãe respondeu que estava com a filha. Então aconteceu um verdadeiro milagre. Como no cinema. O homem, na verdade, era funcionário da administração da estação, e naquele exato momento passava por um processo de divórcio, no qual a esposa lhe tirara o filho. Ao ouvir que aquela mulher já zanzava pela estação havia uma semana, estava sem dinheiro e com uma filha de dez anos num calor de trinta graus, na hora conseguiu passagens. Eram bilhetes com três baldeações, e uma delas, já na Sibéria, na cidade de Taichet, duraria um dia inteiro e algumas horas. Enquanto estivemos na estação de trem, e depois no hotel pago pelo homem, esperando a hora do embarque para Taichet, o outono siberiano começou. A estação de Taichet tinha os vidros quebrados, e passamos frio a noite toda sob o vento de setembro, enquanto um sem-teto roncava sonoramente ao nosso lado. Nós vínhamos do sul, e não estavam nos nossos planos nem Taichet, muito menos uma noite no frio de setembro. Vestíamos shortinho e camiseta, e tentávamos nos cobrir com o suéter da minha mãe. Ela nunca disse nada sobre o tal homem. Não sei se ele realmente teve pena de nós, e por isso nos alimentou e comprou as passagens, ou se tem alguma coisa que a minha mãe escondeu de mim.

Depois de nossa viagem a Astracã, meu pai sumiu por seis anos. Mais tarde, quando começaram a aparecer os telefones celulares, ele ligou para casa em Ust-Ilimsk. Trocamos mensagens por alguns anos e nos ligávamos uma vez por mês. Ele trabalhava como caminhoneiro, e entregava carga com frequência em Volgogrado. Às vezes carregava em Vóljski, que ficava a trinta quilômetros dali. Eu vivia em Moscou e o meu telefone vivia desligado. Por isso, de vez em quando ele e a mãe se ligavam para saber qual dos dois tinha falado comigo por último. Quando Andrei foi embora, o meu pai deu uma dessas ligadas para saber o que tinha acontecido comigo, que não respondia. Os dois voltaram a morar juntos por mais dois anos. Não dá para dizer que a minha mãe fosse feliz com ele. A decisão de viver junto me parecia inércia e desespero. E era mesmo. Quando fui visitá-los em Vóljski, uma vez, compramos um barril de cerveja, peixe seco e saímos para passear. Paramos numa passarela de concreto sobre a várzea do rio, estendemos jornais velhos para sentar, bebemos a cerveja em pequenos copinhos de plástico, repartimos o peixe. A cerveja estava quente e completamente choca; o dia, abafado e sem vento. Não conversávamos, e o meu pai apenas suspirava, olhando para a várzea. A minha mãe tentava sorrir. Fiquei incomodada, éramos estranhos uns aos outros. E eu era ainda mais estranha, mais do que eles eram um para o outro. Depois, o meu pai morreu em decorrência da aids. Após a morte dele a minha mãe encontrou Andrei por acaso, na rua. Ele a consolou e os dois ficaram morando juntos até a morte dela, uns cinco anos depois. Por fim, o nosso apartamento de Ust-Ilimsk foi vendido, e com o dinheiro ela comprou o apartamentinho de um cômodo na periferia de Vóljski. Lá, morreu.

Na infância, eu sempre esperava o dia em que caía o salário da minha mãe. Acordávamos de manhãzinha, primeiro íamos ao banco e, depois, seguíamos por uma longa jornada através de Ust-Ilimsk. Primeiro, íamos até o administrativo, do outro lado da cidade, perto do estádio. O escritório ficava no térreo de um prédio outrora construído como moradia para atletas. Ali era sempre úmido, a luz esverdeada das lâmpadas coloria nossos rostos. Caminhávamos em silêncio, no inverno, através dos montes de neve e pela grande escadaria de concreto, congelada, soltando fumacinha de vapor pela boca. Respirava-se de um jeito tal que o vapor chegava até os cílios, congelava e se transformava num rímel delicado e branco, como o da menina das neves das histórias infantis. Eu sentia meus pés gelados, mas não falava nada para a minha mãe. Andávamos lado a lado, e eu sabia que depois iríamos até a feira para comprar comida. Minha comida preferida era o salsichão cozido. Apenas em dias de pagamento a mãe se permitia cortar um pedaço e comê-lo sem pão. Era uma espécie de festinha, na qual, depois de voltar do percurso pelo frio cortante, púnhamos as compras à mesa. Toucinho, maçãs frescas, ovos, grãos, o queijo molenga, alaranjado e salgado que se fazia na Rússia, e o salsichão. Chegávamos em casa ainda antes do pôr do sol, a minha mãe ficava de costas para a janela e fatiava o salsichão sem tábua, direto na mesa. Era contra as regras, mas no dia do pagamento podia até cortar fora da tábua. Ela espetava um pedaço do salsichão rosado com suas lindas e compridas unhas, levantava-o alto e, de um jeito bem específico e cheio de cerimônia, alimentava-se. Escrevo "alimentava-se" precisamente porque naqueles momentos era como se ela se dividisse em duas partes, mão e cabeça. A mão alimentava, segurando firme a rodelinha de salsichão na altura dos olhos. Enquanto isso a cabeça, com seu queixo pesado e quadrado, como um animal, se ajustava a esse salsichão e o pegava pelos dentes. A minha mãe sorria, ela amava salsicha sem pão.

De costas para o sol branco da Sibéria, ela reluzia em todas as cores do crepúsculo de inverno através das rendas da cortina da cozinha. Em um robe de seda decotado cor de berinjela, ficava emoldurada pelo desenho das sobrancelhas finíssimas e pelas correntes de ouro brilhantes no pescoço cheio de sardas. Eu a amava, a adorava, desejava prolongar aqueles banquetes de meia hora. A minha mãe era luz, era toda feita de luz. Ela ria e se alimentava do salsichão cozido. E eu também comia o salsichão. Era meio adocicado, eu gostava da sensação dos dentes se fincando no tecido borrachudo. Naqueles minutos, eu queria chorar e me regozijar de felicidade, ao mesmo tempo.

Estávamos juntas, tínhamos andado um bom tempo pelo frio, nos enfiado por entre todos os recantos da feira juntas, escolhido a comida juntas. Eu via como a minha mãe apertava os olhos para examinar os sacos de arroz e de trigo-sarraceno, como se quisesse que o seu olhar os atravessasse, para ver se não continham grãos podres ou pedregulhos demais. Eu via como ela pedia para ver, um atrás do outro, os pedaços de toucinho com bastante couro, que depois ela salgaria e marinaria no alho. A vendedora, de mau humor em seu avental de plástico azul e rendinhas, repleto de manchas engorduradas marrons, pegava um a um os pedaços de toucinho, enquanto a minha mãe os examinava com muito rigor. Depois, pedia carinhosamente que lhe embrulhassem um que tivesse mais carne e pouca gordura. Minha mãe olhava para a comida e avaliava. Pechinchava com homens, mulheres e pagava somente a quantia mostrada pelas calculadoras sujas dos feirantes. Enquanto isso, eu observava como ela se elevava imponente sobre as sacas de víveres, em sua jaqueta de couro forrada de lã.

A minha mãe sabia escolher, era muito atenciosa ao se relacionar com a comida. Ela tinha um saquinho especial com alças de plástico, onde cuidadosamente guardava sua grande carteira de couro quadrada.

Tudo aquilo me deixava hipnotizada. Ela me conduzia pela cidade, pela feira, e eu poderia ir e ir, infinitamente. Ela podia me levar para onde quisesse. Para a floresta, para um forno aceso. E eu, fiel, sumiria por lá. Mesmo agora, penso que essa capacidade que ela tinha, de ter poder sobre mim, não diminui de jeito nenhum. E eu continuo indo atrás dela e olho para a sua morte. Estou hipnotizada por ela. Pela minha mãe.

A minha mãe amava peixe: arenque, tímalo, espadilha. Comíamos arenque e torta de espadilhas sempre e, nos dias de festa, salmão. A mãe geralmente comprava alguns arenques frescos e ela própria os limpava. Eu me lembro do cheiro do peixe sendo limpo, quente, úmido e com uma suave nota de sangue. Eu me lembro do sangue preto de peixe embaixo das unhas da minha mãe. Ela sempre teve as unhas lindas e bem cuidadas. Limpava o peixe em seu roupão amarelo e, quando uma das espinhas lhe picava o dedo, soltava um gritinho de insatisfação. Depois, era necessário cortar o arenque — ninguém em casa tinha a audácia de jogar as cabeças fora — e a mãe salgava os pedaços junto com as cabeças. Algumas horas depois, ela os mergulhava no óleo e misturava tudo com anéis de cebola. A minha mãe comia peixe com muita dedicação, sugava até o cérebro e outros líquidos.

Uma vez, ela fez um pote de dois litros de arenque salgado. Não tínhamos nada além de pão branco, então devoramos o pote todo em uma só noite, depois ficamos passando mal. Eu era criança e não gostava tanto de arenque. Mas amava a minha mãe, e fazia tudo como ela. Foi assim que comemos uma vasilha inteira de arenque, à frente da televisão. Eu me lembro da luz quente amarelada do abajur, da luz fria do programa "Roda da Fortuna" e da náusea pesada do arenque oleoso. Ríamos de nós mesmas, dizendo que estávamos empanturradas.

Eu me lembro das mãos da minha mãe, lindas. Sempre avaras e sem carícias. Quando o brigadista da equipe funerária lhe desamarrou as mãos no caixão, vi que elas ainda eram lindas, mas agora pedras. Mais frias e mais avaras. No caixão, ela era toda pequenina. Dois meses antes de morrer, ela parou de comer. Não conseguia mais, porque o fígado estava tomado pelas metástases. Olhei na internet como é a aparência de um fígado tomado por tumores cancerígenos, e é como um monte de massinha de modelar seca do jardim da infância. Roxa-preta-verde, com manchas amarronzadas.

A última vez que a minha mãe levantou na vida foi para salgar arenque. Depois voltou a deitar, e as batatas cozidas para acompanhar fui eu quem fiz. Eu amo os pedacinhos de amido que saem da batata cozida. São sequinhos e têm cheiro de papel. Eu levei um par de postas de arenque e uns pedaços de batata cozida para ela. A batata ela não comeu, mas devorou o arenque com o maior apetite e ainda pediu mais. Eu disse que o arenque tinha muito sal e que não fazia muito bem comer tanta coisa salgada com um fígado como o dela. Mas ela pediu mais, e eu trouxe. Comeu todo o arenque. Depois parou de comer e parou de levantar.

Eu vivia em dois cômodos de uma antiga mansão na Avenida Mir, em Moscou. O proprietário tinha deixado que eu e Lera morássemos num espaço meio em ruínas, onde sequer havia luz. Dependuradas sob as janelas, ficavam pesadas baterias de chumbo preto, para a calefação, e num pequenino cômodo perto da entrada havia um vaso sanitário meio bambo. O proprietário tinha me aconselhado a não subir nele, ou então quebraria. Brinquei dizendo que, em casa, eu não me comportava como na rua. Três dias antes de mudarmos, ele instalou uma lâmpada em cada cômodo, um box para o chuveiro e, dos restos de várias partes antigas da bancada da cozinha, construiu uma nova. No apartamento havia ainda mais um cômodo, que certa vez fora o banheiro, onde era perigoso entrar — o teto começara a cair com a umidade, e dava para ver as estruturas da laje por entre os buracos; num outro canto, um dos pedaços do teto estava pendurado em forma de estalactite. Usávamos esse quarto como depósito. Depois, o gato se apropriou dele: podia ficar lá, deitado em paz num colchãozinho extra que tínhamos, e observar, de uma distância segura, o que acontecia por uma fenda na porta. Na antiga cozinha, o proprietário fizera o banheiro, e num terceiro cômodo minúsculo, com cantos tortos, a cozinha.

Sobravam dois quartos para nós. Pagávamos uns míseros copeques pelo espaço, que tinha uma área de cinquenta e dois metros quadrados. Eu o tinha encontrado por meio da proprietária de nosso apartamento anterior. No primeiro andar da mansão viviam a ex-esposa, os filhos e a mãe do proprietário, herdeiro do arquiteto soviético Ivan Fomin. A ex-esposa era editora de livros infantis e infantojuvenis. No apartamento ao lado, vivia a esposa atual — francesa, tradutora literária — e dois filhos, com um ano de diferença entre si. O resto da mansão estava em reforma. O proprietário nunca tinha dinheiro o suficiente, e por isso a reforma nunca terminava.

Mudamos para esse lugar com um colchão e dez caixas de livros, e o segundo colchão foi emprestado de uma amiga filósofa, que morava no prédio ao lado. Não tínhamos mais nada. Mas o pior de tudo era que tampouco tínhamos amor. Por isso, o ditado que diz que "com o amor da sua vida um barraco é o céu" soava, ali, como uma piada de mau gosto.

Eu insistira na mudança para um apartamento com dois quartos para conseguir um pouco de espaço pessoal. Até então, morávamos num apartamento coletivo com alguns conhecidos: o aperto, o barulho constante e a sujeira alheia me tiravam do sério. Aliás, o aperto e a sujeira alheia eram dois dos poucos temas sobre os quais eu e a minha mãe conseguíamos falar abertamente. Ela odiava ambos. Ela, uma mulher de quarenta anos que sempre vivera num apartamento seu, teve de ir morar num apartamento coletivo também. Quando se mudou de Ust-Ilimsk para Vóljski, enquanto o próprio apartamento não vendia, ela alugara um quartinho de dez metros quadrados num apartamento coletivo de seis quartos. Lá, roubaram-lhe as joias e o telefone, arranharam a pintura da máquina de lavar e não a deixavam dormir depois do turno noturno, nunca.

Não havia ladrões no apartamento de dois quartos no segundo andar do predinho soviético dos anos 1960 em que vivíamos antes de ir para a Avenida Mir. Ninguém roubava joias ali e eu não possuía muita coisa que pudesse ser estragada de fato. Ali, em diferentes épocas, viveram artistas, pesquisadores de gênero, ativistas políticos e poetas. Mas isso não tornava o apartamento mais suportável. Naquele ambiente, a minha depressão começou pouco a pouco a se aprofundar, as crises de ansiedade ficaram mais frequentes e, à noite, eu sofria ataques de pânico. Foi bem egoísta da minha parte insistir tanto para mudar de apartamento. Eu me aproveitei, descaradamente, do carinho de Lera. Ela não tinha como recusar, já que era eu quem cuidava do dinheiro. Não, eu não pegava dinheiro dela, nem vivia às suas custas, apenas sabia que viver num lugar detonado era mais barato, e sabia que Lera viria atrás de mim. Eu me aproveitei disso.

Paguei pelo meu egoísmo tendo de ouvir reclamações dia e noite. Lera era absolutamente incapaz para a vida cotidiana, e era eu quem resolvia as tarefas rotineiras — pagar os boletos, comprar o colchão, lavar as janelas. No apartamento novo tive inclusive de lixar e pintar sozinha o quarto de Lera, apenas para não ouvir o seu chororô e as reclamações de que eu tinha ficado com o quarto maior e mais limpo. Aquela simbiose monstruosa funcionava mais ou menos para mim. Não transávamos há bastante tempo, desde o segundo mês em que morávamos juntas.

Passei a estudar o corpo dela em segredo. Era pálido e flácido, seu andar era lânguido, como se cada articulação tivesse sido lubrificada. Suas mãos me pareciam mais terríveis ainda, rosadas e fracas. Olhava para ela e me perguntava por que vivíamos juntas. Me impressionava comigo mesma e com a própria indecisão. A minha mãe me ensinara a dizer a verdade — na poesia e na cara. Mas eu não conseguia admitir para Lera que não a amava. Me envenenava em silêncio com a repulsa e aguentava; o pior era que eu a mantinha por perto. Aguentava sua voz esganiçada e seu riso latido. Ela me causava repulsa de um jeito físico. E eu aguentava, aguentava e aguentava. Nas redes sociais, ficava olhando as fotos da nossa amiga Alina, mas não sabia se ela gostava de mim. Um enredo simples, desses tipicamente lésbico. Apenas seis meses depois da morte da minha mãe, quando Alina veio nos visitar em Moscou, foi que eu pude declarar meus sentimentos a ela.

Lera entrou no meu quarto e olhou indiferente para a urna com as cinzas da minha mãe. O processo de morte da minha mãe me tirara dela, por fim. Agora, ela não tinha mais direito de choramingar e reclamar, de exigir a minha atenção e o meu amor. Eu tinha um motivo legal para não me atrelar a ela emocionalmente. E parecia que aquilo a irritava.

O dia chegou ao fim. Na manhã seguinte, eu já deveria ir para o trabalho. Seria um daqueles dias brancos de Moscou, que rapidamente acinzentava o jardim de casa e se transformava num lusco-fusco escuro. Quase não havia neve e as árvores no quintal pareciam sujas com o fundo do céu turvo e a terra preta.

Ela pediu permissão para deitar do meu lado. Pela primeira vez, recusei. Precisava ficar sozinha, dormir sozinha. Fiquei acariciando o gato, morno e cinzento, que ficou dando voltas e cheirando a urna da mãe, enfiando o focinho no aço, ronronando um pouco. Para ele era um novo objeto da casa, cheirava diferente.

Eu tinha dezesseis anos quando fui a Novosibirsk pela primeira vez. Lá, morava já havia um ano uma antiga amiga minha de escola, Oléssia, dois anos mais velha do que eu. Ela me convidara para visitá-la nas férias. Ust-Ilimsk é uma cidade branca de pradaria rasa e taiga; no inverno, a neve cega, e é calmo como uma caverna, dá para viver em silêncio e segurança. Todo o entorno é só a imensa e silenciosa taiga. Novosibirsk é diferente, turva, típica da estepe, lá venta muito, sempre.

Eu gostava muito de Oléssia e a obedecia cegamente. Ela tinha cabelos longos e finos com luzes e uma franja de lado, um nariz estreitinho e adunco, estava sempre brincando, fazendo piada. Ela adorava tocar nas pessoas, era capaz de sentar ao meu lado e ficar abraçada, conversando por longas horas a fio. Essa proximidade me atormentava. A minha mãe era fria e até os meus treze anos, mais ou menos, ela me beijava apenas na hora de dormir e em dias de festa. Eram beijos nervosos, oblíquos e que não transmitiam emoções. Eram beijos rituais, vazios. Já Oléssia podia ficar grudada, com os seus lábios quentes e delicados no meu pescoço, respirando o ar com o meu cheiro. Ela sentia prazer no toque, que me transformava num poste, e eu sorria incomodada, olhando fascinada os seus movimentos corajosos, ou como lhe caía bem a gola da camiseta de tricô.

Vi seus seios muitas vezes, pois com frequência pegávamos a roupa uma da outra emprestada, e quando eu ia até sua casa para sairmos à noite, ela se trocava na minha frente. Vivia com a mãe num conjunto de apartamentos para famílias pequenas, e não havia para onde fugir: um cômodo era quarto e sala, o outro, cozinha e escritório. Oléssia tinha peitos grandes em formato de pera, para os quais eu olhava sempre. Olhava como reluziam as veias, finas e largas, arroxeadas, através da pele.

Para ela, eu era uma amiga. Ficávamos a noite toda na frente da Casa de Cultura Naimúchin, com o resto da juventude alternativa. Ela me ensinou a fumar maconha. Não gostei, porque imediatamente me dava sono, mas seguia todos os passos de Oléssia. Ela era minha amiga, e eu tinha certeza de que todas as mulheres sentiam a mesma coisa em relação às amigas — olhavam para elas com fascínio, desejavam escutar, obedecer e fazer a vontade uma da outra. Só depois de quinze anos é que fui descobrir que ser amiga não era nada daquilo. Mas, na época, a minha amizade era uma emoção, e a minha amiga era a Oléssia.

Havia uns meninos, mas os relacionamentos com eles eram todos vazios e sem sentido. Eu fazia tudo o que uma menina adolescente devia fazer: saía e beijava meninos, transava com eles, brigava, me separava. Uma vez, à noite, deitada no meu quarto, chorei por não entender para que precisava daquela farsa idiota de amar meninos. Mas eu continuava a fazer tudo, porque era o normal.

Peguei o trem para visitar Oléssia. Trinta e seis horas na terceira classe. Trouxera comigo minha melhor roupa, com a intenção de surpreender tanto Oléssia como Novosibirsk. O trem vindo de Ust-Ilimsk chegava às cinco da manhã. Oléssia estava me esperando na plataforma, recoberta pela névoa das manhãs de inverno, fumando um cigarro fino. Imediatamente ela pôs-se a tagarelar, o cigarro balançando, pendurado entre seus dedos. Pedi um cigarro, e ela tirou do bolso uma caixa amassada de cigarros de maçã, da marca Kiss. Não era agradável fumar no vento gelado, então descemos até a estação de metrô.

Oléssia me levou até o seu pequeno apartamento de dois cômodos, cheio de tapetes pendurados nas paredes. Nele, viviam ela e a irmã mais velha. A irmã não estava, e Oléssia, depois de atirar-se no sofazinho de dois lugares, começou a falar, em alto e bom som, sobre a música que descobrira ali, na nova cidade. Ela ia pondo as faixas para tocar no MP3 player uma atrás da outra, e me dava para ouvir seus imensos fones de ouvido da marca AKG. Era Drum'n'Bass. Ouvíamos Drum'n'Bass há muito tempo, mas em Ust-Ilimsk não havia internet, o que fazia com que tivéssemos de receber as músicas novas de outras cidades e, só depois, distribuí-las pela rede local. Era 2006. A música que Oléssia escutava e me mostrava era assustadora. Sombria. Em

Ust-Ilimsk ouvíamos um *liquid funk* normal, leve e pop. Ela me mostrava o pesado e dramático *neurofunk*. E ia me dizendo os nomes dos músicos e das faixas.

A música me oprimia. E me oprimia também o fato de eu ter passado a noite balançando num vagão fedido e não ter conseguido dormir. Senti medo.

Senti medo também ao ver a barriga de Oléssia sob a sua blusa curta e colada. À luz que antecede o amanhecer, sua barriga estava azulada e a pele tinha algumas pintinhas. Em seguida vinham os seios redondos e grandes e a marca rosada da meia-calça na altura da cintura. O ar era pesado, e eu o sentia flutuando sobre a minha cabeça como se fosse uma gelatina abafada. Sentia gotículas de suor se formando na minha testa, o forro da minha calcinha ficando molhado e frio logo em seguida. Eu tinha medo. Eu tinha medo de mim mesma.

Poderia dizer para ela que queria beijá-la ali mesmo. Tirar a sua camiseta com o leãozinho do desenho animado, arrancar o tricô cinzento e puído, e cair bem ali. Primeiro, na sua boca enorme ladeada por finos lábios, e depois, nela. Eu nunca fizera algo assim, mas ali entendi que precisava fazer. Queria estar entre as pernas dela. Tocar a sua pele, a cintura, a barriga, os seios, beijar a delicada parte de dentro das virilhas. De algum jeito, eu sabia como se fazia, e isso só tornava tudo ainda mais amedrontador. Perdi o fôlego.

Oléssia tagarelava. Ela me contava sobre o namorado descolado, que trabalhava como dançarino em festas de tecno. Chamava-se Leo e era alto, bonito e estranho. Os dois transavam, dizia, e ela gostava muito.

Ela jogou as duas mãos para trás da cabeça, e os seios se esticaram e levantaram. Minha visão ficou turva. Eu a desejava e, ao mesmo tempo, queria o fim daquele ataque. Eu não podia fazer nada comigo mesma.

Pedi a Oléssia que me emprestasse um jogo de lençol e cobertor, pois estava muito cansada da viagem e ela, em uma hora, já precisaria estar na universidade. Combinamos que mais tarde eu iria até lá para encontrá-la e conhecer Leo. Oléssia me explicou como chegar até a Universidade Estatal de Novosibirsk.

No banheiro, me despi. No forro da calcinha, que eu comprara especialmente para a viagem, brilhava uma grande mancha transparente de lubrificação. Eu doía de mim mesma.

O que eu poderia saber, naquela época, sobre mim mesma? O meu desejo era muito forte, e era o que me assustava. Eu não sabia nada de como eram as lésbicas. Na pequena Ust-Ilimsk não havia lésbicas. Quando, na oitava série, as meninas se beijavam no pátio e diziam que eram lésbicas, ninguém acreditava, era de brincadeira. Mas eu, por alguma razão, não achava engraçado. Eu gostava da banda Nochnye Snaipery, e tinha em minha coleção o disco com o show acústico delas, o "Trigonometria", que ouvia várias vezes por dia. A voz que saía em meus fones de ouvido soava familiar de um jeito físico, e por dentro, eu sentia como se me carregasse. Eu não entendia o significado de algumas músicas, mas sentia tudo o que elas cantavam, eu me identificava com a heroína lírica delas. Elas me ensinaram a sentir.

O fato de que as Snaipery eram e são, até hoje, um ícone lésbico, eu vim a saber muito depois, quando trabalhava na loja de roupas em que conheci a Janna.

O ano em que trabalhei na Depô — assim chamava-se a loja — foi uma verdadeira imersão na cultura do "meio" do final dos anos 2000. Saíamos para clubes noturnos, assistíamos *The L Word*, escutávamos Zemfira, as Nochnye Snaipery, e a gerente da loja chegou a me dar todo um HD com filmes sobre lésbicas, para que eu baixasse os arquivos no meu computador. Passei a assistir sem parar as duas partes de *O preço de uma escolha* e *Imagine eu e você*. Não gostava de *The L Word*, pois todas as meninas eram muito glamurosas, e eu não entendia aquele mundo. Ainda que uma das personagens, Shane, me parecesse muito legal, eu não suportava olhar para ela, já que Janna tentava imitá-la, e tudo o que estava de alguma forma ligado a ela me causava dor e sofrimento. Janna era azarona e come-quieto como Shane, usava calças de cintura baixa e tinha uma franja preta reta que caía sobre os olhos. Eu desejava Janna, muito. Mas ela, ao sentir o poder que tinha sobre mim, logo esfriou.

Nos clubes, bebíamos, dançávamos e comentávamos as outras lésbicas. Das conversas e comentários, descobri que as lésbicas se dividiam em tipos: as meninas que se pareciam com Janna eram chamadas de *dáik* e eram as mais populares, sua androginia e a dedicação para com o próprio visual eram muito valorizadas no meio lésbico; as femininas eram as *femkas*, e não recebiam muita atenção por reunir em si todos os atributos da feminilidade; as mais desprezadas, entretanto, eram as *bútch* — as mulheres masculinas. Consideravam que elas imitavam os homens, faziam sexo de roupa e brigavam bêbadas na balada. Você podia amar uma *bútch* só se fosse uma *femka*, ou louca.*

Eu, pelo jeito, era as duas coisas. Porque eu gostava muito das mulheres masculinas de cabelos curtinhos. Elas me pareciam ideais. Num clube, uma vez, Janna notou que eu olhava com muita atenção para uma menina de camisa jeans azul, então me puxou para o lado e riu. Riu de mim porque eu gostava

* Apesar de serem decalques do inglês (*dyke*, *femme* e *butch*, respectivamente), preferimos manter a grafia da pronúncia russa transliterada, com o fim de enfatizar o contexto específico em que as palavras são apropriadas ou usadas. Pensando nessa especificidade cultural, optou-se, também, por não traduzir os termos, embora haja, em português, uma gama de possibilidades historicamente criadas e utilizadas pela comunidade lésbica.

daquela mulher grande, gostava de como se mexia, de como falava, de como pegava o copo de cerveja e de como o segurava. Mais ainda, eu gostava do olhar daquela menina. Era um olhar que pegava as coisas para si, um olhar no qual eu queria amolecer e me abrir, como se fosse algo duro que precisasse ser amolecido e aberto. Ela tinha um olhar-chave.

Janna ria de mim até quase chorar, e eu pude ver como as lágrimas de escárnio acabaram manchando o rímel preto em seus cílios. Ela ria de mim, da minha sexualidade. Quando parou, foi até o ouvido da esposa, Iúlia, e disse alguma coisa. Iúlia abriu a boca embasbacada e começou a tirar sarro de mim, como se eu tivesse ido à balada num tutu de balé.

Dancei com a menina da camisa azul naquela noite e, na manhã seguinte, todas ficaram tirando com a minha cara no trabalho. Aguentei o sarro e não conseguia defender o meu próprio desejo, pois tinha como objeto um "homem com buceta".

A vergonha de ser lésbica e de gostar de mulheres masculinas vivia em mim. Ela me devorava por dentro, e eu me proibia inclusive de olhar para elas. Ao adentrar o meio feminista, encontrei uma má vontade ainda maior para com as *bútch*. De fato, assistira a algo parecido na segunda parte de *O preço de uma escolha*, no qual a jovem e ruiva Linda, militante de uma organização feminista, conhece a taciturna Amy num bar lésbico. Amy é uma rebelde de jaqueta de couro, Linda é uma jovem universitária ruiva. Amy causa incômodo nas amigas de Linda por estar muito longe de sua feminilidade essencial, pela qual lutavam as feministas da segunda onda. Ela imita os homens e, com isso, é tida como agente do patriarcado. Assim também pensavam as feministas moscovitas do meio dos anos 2000; aliás, parece que muitas ainda pensam desse modo. Ainda que esse mesmo olhar essencialista seja o que atrela a feminilidade às mulheres e não lhes dá o direito às variantes de comportamento. A masculinidade e a feminilidade não pertencem ao homem ou à mulher, e as mulheres masculinas são a prova cabal disso. No meio lésbico e feminista, admitia-se um certo "nem lá nem cá", mas tudo o que dizia respeito à aproximação radical de uma das bordas do espectro de gênero era amedrontador e desprezível. Voltando do céu da teoria de gênero para a terra, posso dizer que as mulheres masculinas assustavam as feministas ainda mais do que os homens. E assim como, anos atrás, eu caí na influência do meio lésbico, agora também eu não podia me permitir sequer olhar na direção das *bútch*. E isso me atormentava muito. Eu conseguia fazer sexo e sair com mulheres afeminadas, mas não durava, no geral eu me decepcionava rápido e punha um freio na relação. Foram assim as relações com Kátia e Lera. Primeiro transávamos incansavelmente, e depois eu percebia que, na vida cotidiana, era muito pesado para mim estar com elas. Pesado, desinteressante e ainda desconfortável, porque tudo o que eu tinha, elas tinham também. Mas nem eu nem elas tínhamos as qualidades que sempre me atraíam nas mulheres.

Depois, encontrei Alina. Ela veio nos visitar quando eu e Lera morávamos no bairro Kuzminki, e entendi imediatamente que ela viera por minha causa. Primeiro, senti seu olhar atencioso para mim, me acompanhando em cada um dos meus movimentos. Depois, percebi a atenção com que me escutava. Depois, ouvi como falava. Alina era alguns anos mais nova, mas eu sentia nela algo de que eu sempre gostara, e que sempre me fizera falta. Ela era autônoma, tinha sempre opinião própria e a sustentava. Mas a questão não era como ela se portava: eu via o seu olhar, que transformava o espaço num lugar quente e seguro.

Eu podia habitar aquele espaço por um longo tempo, sem pensar em nada. Às vezes, olhava o perfil dela nas redes em segredo, e invejava amargamente a mulher que estava ao seu lado. Eu odiava a mulher porque queria estar no lugar dela.

Os grandes olhos escuros e quentes de Alina sempre me encaravam, e eu me acalmava quando ela estava por perto. Eu tinha me proibido de olhar para ela por inteiro durante tanto tempo que demorei muito para perceber as suas mãos. Depois de dois anos de termos nos conhecido, enfim, eu as vi. Ela estava sentada numa poltrona na minha pequena cozinha, e segurava uma garrafa de Hoegaarden. Comemorávamos sua volta de Israel. Alina contava do Líbano e da Geórgia, enquanto eu, em segredo, a examinava. Primeiro, vi os seus pés bronzeados, grandes e esculturais, com ossinhos sobressalentes, e me impressionei com a beleza deles. Pensei que, se ela tinha aqueles pés, então, com certeza teria belas mãos. Levantei os olhos para as mãos. A mão, enorme, abraçava a garrafa de cerveja gelada, e no pulso largo havia uma pulseirinha de corda. Me impressionou mais que tudo o contraste entre seus longos dedos cor de avelã e a etiqueta cinza-clara da cerveja. Ela era como uma bengala maravilhosamente esculpida em mogno. Alina flagrou meu olhar em suas mãos e, eu, sem graça, desviei os olhos para o cinzeiro. Eu queria tocá-la. Tocar a pele dourada com aquelas tatuagens pretas nos ombros. Tocar os cabelos pretos e cacheados. Acariciar os pés. Mais ainda, porém, eu queria pôr a boca nos seus pulsos. Eu queria muito lamber os seus dedos.

Ao escutar o que ela falava, eu imaginava suas mãos me acariciando. À noite, não consegui dormir: pensava nela, nas mãos dela, que me tocavam em todos os lugares e não me davam paz. Ia até o banheiro, até a cozinha, bebia água e voltava a deitar, pensando que aquela mulher poderia, algum dia, me tocar. Quando comecei a imaginar ela tirando minha roupa, me pegando com suas mãos e depois encostando em minha vulva, um espasmo gelado correu pela parte baixa de meu ventre. Era prazeroso e amedrontador, ao mesmo tempo. Eu queria estar com ela, queria que ela me levasse consigo para sempre. Intuitivamente, eu entendia que aquela mulher era a minha futura esposa e o meu apoio. Mas primeiro era necessário tocá-la, cheirá-la e beijá-la.

Hoje pela manhã uma gralha enorme e curiosa pousou na minha sacada. Acordei com o arranhar das suas garras na moldura da janela de madeira. A gralha buscava restos de sementes caídos das árvores do quintal. Muito absorta, sequer percebeu quando eu me aproximei devagar da janela para observá-la melhor. Depois de comer todas as sementes mais macias que haviam sobrado, a gralha começou a examinar o resto da sacada. Primeiro, percebeu, na escada de alumínio do outro lado da sacada, um vasinho plástico com uma muda de salsinha que não vingara. Logo que começara a brotar, faltou alguma coisa — luz ou nutrientes, não sei — e ela foi murchando e caindo em finos fios pelas laterais do vaso, pesada com suas folhas amareladas. A gralha se moveu pela sacada em direção à salsinha. No caminho, examinou tudo com seus úmidos olhos de pedra, virando a cabeça desengonçada para lá e para cá. Soltou um grasnido e foi para o outro lado. Já no parapeito, olhou para a pobre salsinha e transferiu o olhar para um balde de plástico com um saco de dormir, para os potes de terracota com torrões de argila e restos de terra preta seca. Nada do que a gralha via era interessante, nada lhe servia de presa. Virou, então, seu traseiro rebolante e viu uma pequenina xícara de café, de porcelana, com florzinhas aquareladas pintadas na lateral. Eu usava essa xícara como cinzeiro, pois tinha uma base pequena que cabia no pequeno parapeito de madeira, enchia depressa de bitucas e era muito fácil de levar do quarto para o lixo da cozinha. A gralha, espichando a cabeça preta e trocando o apoio dos pés, foi até o meu cinzeiro. Examinou a xícara de todos os lados e, bruscamente, fisgou-a pela alça com seu bico ossudo. A xícara entornou, e dela se esparramaram todas as bitucas de cigarro. A gralha se espichou de novo, mas a xícara era muito pesada. Ela conseguiu apenas levantá-la de leve sob o balcão e então a derrubou no chão, virou-se e bateu asas da sacada.

Embora as suas ações tivessem me divertido, pensei que a visita de uma gralha poderia ser um sinal. Pássaros são seres especiais, possuem uma agência própria, e sempre significaram alguma coisa para as pessoas. Eles sempre trouxeram novas sobre a tragédia e a morte, e os gregos antigos inclusive usavam suas entranhas para adivinhar a sorte. Eu também leio a sorte usando pássaros. Quando eles se aproximam, algo muito antigo, rural, desperta em mim.

As janelas do apartamento da Avenida Mir davam para o jardim, e no jardim sempre havia passarinhos cujos nomes eu não sabia. Na primavera, o nosso gato sempre trazia alguns caídos do ninho, filhotinhos. Alguns meses antes da morte da minha mãe, eu trabalhava em meu quarto. Quase não saía de casa, pois a minha depressão era tão forte que eu mal conseguia ir até a cozinha para abrir o velho laptop. Os médicos me receitavam diferentes combinações de remédios, uma atrás da outra, mas nenhuma funcionava. Os comprimidos me deixavam pior. Eu trabalhava à distância, apenas. Um dia, estava sentada ao computador com a janela aberta, suando perante a dificuldade dos e-mails de trabalho. A janela estava aberta, e escutei uma batida exata. Voltei a cabeça e vi, sentado no parapeito, um grande pardal me observando. Assim que o notei, ele piou e, decolando do parapeito, foi embora voando. Senti um peso estranho por dentro, como se uma escuridão irrefreável tivesse aparecido em minha barriga. Eu sabia que alguma coisa iria acontecer. Nesse dia, a minha mãe me ligou e disse que tinham aparecido novas metástases. Duas, cada uma do tamanho de um grão de feijão, e disse que o fígado era um órgão inoperável.

No começo de janeiro do ano seguinte, eu voltava do trabalho. Não me lembro por que ia para casa tão cedo, mas ainda estava claro. Entrei num mercado Perekrióstok e comprei salsichas, ovos e mais alguma comida para o jantar. Nosso quintal era murado, e quem deveria limpar a neve no inverno era o proprietário. O caminho até a casa e o estacionamento estavam sempre atulhados de neve, ninguém a retirava, e acabava acumulando em montes tão altos e compactos que os filhos do proprietário brincavam de rolar e cavar pequenas tocas em suas encostas. Num desses montes, vi uma mancha vermelha e me aproximei — na encosta acinzentada jazia um pintalhão, pequeno e bonito. Seu peito era vermelho, mas não como sangue, como um suculento tomate do sul. Era como se o pintalhão, morto, estivesse dormindo. Fiquei impressionada. Até aquele momento, eu vira esses passarinhos apenas nas ilustrações de livros infantis e nos cartões soviéticos de Ano-Novo. Agora, o pássaro jazia sob meus olhos e eu achava difícil crer em sua materialidade. Toquei o peito vermelho e macio com meu dedo indicador. O pintalhão estava duro, e as penas em seu peito coladas em alguns lugares. Percebi nele, vermelho e morto, um sinal de morte vindoura. Fiquei arrepiada e olhei para ele como que esperando a ressurreição. No dia seguinte, recebi um SMS dizendo que a minha mãe não conseguia mais levantar.

Um dia antes de partir para Vóljski, vi outro pássaro. Vi um pardal cinza na porta de casa, no meio do caminho que ligava o quintal à rua. Estava vivo, mas respirava muito pesadamente. Quando me aproximei, ele não se mexeu, continuou lá, parado no mesmo lugar, e por um instante achei que ouvia sua respiração, alta e pesada. Arregacei as mangas, peguei-o na palma das mãos, tirei-o do caminho e o acomodei num dos cantinhos do jardim. Sabia que dentro daquele pássaro estava o sinal de que eu deveria ajudar a minha mãe a partir sem dor. Por isso, ao voltar para Moscou depois de cinco dias vivendo ao lado dela, encontrei uma maneira de interná-la na clínica de cuidados paliativos, onde ela, sem sentir dor, sem sentir nada, passaria alguns dias morrendo. Eu pensava muito que os pássaros vinham até mim, naquela casa, porque era dali que eu partiria para buscar a minha mãe morta, e para cá eu a traria. Eles sentiam a morte e me avisavam sobre ela, sobre o caminho que me estava posto adiante, sobre o meu sofrimento mudo perante a morte dela, sobre a vida com as cinzas da mãe no meu próprio quarto. Eu conhecia a língua dos pássaros, e os pássaros sabiam que eu podia decifrar as suas mensagens.

A gralha engraçada de hoje não me parecia agourenta. A morte da minha mãe tinha eliminado o significado daquelas aparições, o mundo dela desmoronara e a predestinação mágica dos pássaros se dissipara. A gralha era apenas um pássaro curioso. Ela tinha pousado ali e só. Não me conhecia e a morte já estava longe; tinha sido atraída pelas delicadas sementinhas e pelo reluzente brilho da xícara de porcelana. Queria apenas comer e bagunçar um pouco.

Recentemente percebi que, além dos sons habituais do jardim e da rua, havia outros: batidinhas, grasnidos e arranhados. Fiquei um bom tempo dando voltas pelo apartamento, tentando descobrir de onde vinham esses sons, e, ao sair à sacada pela quinta vez, resolvi me ajoelhar e escutar o chão. Em uma das frestas entre as ripas de madeira da sacada havia um ninho cheio de passarinhos, os ovos haviam acabado de chocar. Os piados esganiçados dos filhotes cobriam uns aos outros e, às vezes, podia-se ouvir o piar dos pais também. Viviam ao nosso lado, mas o seu mundo era à parte e muito frágil. Pelo visto eles não precisam de nós para continuar existindo e transmitindo a vida passarinheira, de geração em geração.

Quando começaram a aparecer pelinhos finos no meu púbis, eu não percebi. Foi a minha mãe quem notou, enquanto eu, nua e sentada no banquinho de madeira do banheiro, fazia escalda-pés numa bacia vermelha de plástico. Ela se aproximou com a toalha para me ajudar a sair, e abaixou-se para enxugar meus pés escaldados. De repente fez uma pausa e tocou meu púbis gordinho com seus dedos de unhas compridas. Por algumas vezes ela passou os dedos entre os finos e encaracolados cabelinhos, soltou "hum" e disse, distraída, que eu me tornava uma mulher.

Eu não queria tornar-me mulher. Eu queria permanecer corpo, o corpo que eu já era. Pois tornar-me mulher significava virar a minha mãe. Eu amava a minha mãe apaixonadamente, mas o meu amor era um amor ávido por possuir. Ser significa equivaler a si mesma, mas *possuir* implica obter algo que já é. Ou seja: não equivale a si mesma. E o que você possui perde a própria autonomia.

No dia seguinte, decidi tocar os pelinhos no meu púbis macio. Eram os pelos da decepção, pelos do luto. Eram dourados e macios, grossos entre meus dedos.

Demorei muito tempo ainda para me tornar mulher. Eu me opunha a ser mulher e não percebia os seios que começavam a aparecer, as primeiras menstruações, não percebia que o meu corpo se tornava um corpo de mulher.

Parada diante do túmulo da minha mãe, olhei para mim: eu usava um largo jeans preto e um casaco grande, também preto, sob o qual escondia meu próprio corpo, de mim mesma e do mundo.

A minha mãe morreu sem deixar nada: no surrado celular de botão dela restaram apenas os SMS sobre o pagamento das contas de luz e gás. Depois que ela morreu, senti que começou a aparecer um novo vazio dentro de mim, um vazio que aos poucos comecei a penetrar. Eu entrava nele, e a minha língua e o meu olhar aos poucos tornavam-se os da minha mãe, como também os meus hábitos do dia a dia. Quando olho para o mundo, sinto que ela olha para o mundo através de mim. Eu a sinto dentro de mim, constantemente.

Depois da morte dela, minha máquina poética quebrou. Rebentou, como um músculo. Quando você faz muitos agachamentos, os músculos da panturrilha queimam, endurecem e param de obedecer. Foi precisamente isso o que aconteceu com a minha voz poética: parou de me obedecer. A língua quebrou, o órgão de produção da matéria poética quebrou.

Escrevo de forma grosseira e com toda a força, mas ainda assim acabei fazendo alguma coisa depois da morte dela, em torno da qual se condensou toda a minha atenção. Eu ia atrás dela, em sua morte, e examinava como se construía o mundo do morrer; eu me lembrava de como o corpo ia se desfazendo. Deitada no escuro, antes de dormir, eu examinava a figura da minha mãe e, na imaginação, acompanhava a sua morte. Sentia medo de olhar para lá, mas também não podia não olhar. Porque depois da morte não havia nada. Porque a morte era o único lugar onde se podia olhar e ver.

E havia ainda o amor. Mas o amor é mais difícil que a morte. Na morte um só age, enquanto o amor é um espaço de interação. Eu tentava fundir, dentro de mim, o amor e a morte. Eu não queria vulgaridade, eu queria a vida, a prática cotidiana e o trabalho. Então, peguei e escrevi um poema. O amor me trazia dor, a morte me trazia dor. Mas o amor me trazia a dor da coexistência; a morte, a dor da não existência. Aqui se encontravam ambos: na dor.

garotas garotas
virando areia
lindas magras brilho de náilon
virando areia

eu te leio poemas de Inna Lisniánskaia do livro *Na periferia de*
[*Sodoma*
e em um dos versos ela compara a sua barriga
a sua velha enrugada barriga
a desenhos ondulados na areia
e são versos tão perfeitos sobre velhice e pesar
(mas que sei eu da velhice e do pesar além de
que garotas garotas viram areia
e que a morte existe e se aproxima)

meninas virando
virando cinzas, inconsoláveis
pezinhos de menininhas se tornando intransponíveis
[penhascos
mãos de menininhas virando ossos pesados como pedras
e as menininhas virando um monte de ossinhos

eu te mostro poemas como pequeninas e delicadas coisas
que sinto guardar num saquinho de veludo com cordinhas
[douradas
tenho Mandelstam, Glazova, Grimberg, Fanáilova, Schwartz
eu os mostro e você
os toca com o seu olhar sensível
como se o seu olhar fosse um delicado tentáculo com mil
[minúsculas ventosas
você os examina junto comigo
são como tesouros puros

puros pois nunca tiveram preço
e não terão hoje
são como tesouros puros são como o vento que se esvai
são rápidas explosões inacessíveis
e bem às vezes — arreganhadas

eu ponho os pés na borda da banheira
você se inclina e me revela a sua larga nuca cacheada
e com cuidado uma a uma
corta minhas unhas grandes
primeiro do pé direito depois do pé esquerdo
e eu olho para as suas costas como para uma coisa forte e
[delicada
e olho como as suas orelhas se atrelam tão bem à sua cabeça
elas são espirais de carne e cartilagem e pele
tão delicadas
mas você corta concentrada e não vê o meu olhar
ele é como água turvo de amor e hino erótico
aqui você está mais próxima de mim
no doce serviço ao meu corpo
do que se me olhasse à distância pelos dedos abertos da mão
aqui eu te vejo
aqui você maneja o alicate tão bem
como se fosse um pássaro gigante
de penacho negro perolado
que balança pisca e diz:
isso isso e isso mais uma vez — o alicate estalando
e diz mais uma vez:
Que unhas pequenas e engraçadas!
e depois beija e beija mais uma vez

e eu te vejo grande
grande como uma ilha de pedra

grande como uma ilha escura que respira
que serve de refúgio para espécies de grama e tocas de
[pequenos animais
você é como a terra você é como um corpo de pedra
[desabitado

e depois eu te leio trechos deste poema
e você sorri
diz que são muito bonitos
e eu amo coisas bonitas e poemas
poemas também são coisas — faíscas complicadas
esculpidas como rendas de vidro
ou como carne viva ferida
poemas são como pequenas pedras
quando elas são muitas farfalham dentro de você como
[sussurram os seixos de rio
no sopro da água

está tão fora de moda
pensar sobre poesia não como algo que quebra as fronteiras
ao contrário — como algo que empacota emoções ou
[acontecimentos numa coisa difícil e inquebrável
poemas são flashes pedrinhas e pequenas coisinhas
[vulneráveis
poemas são coisas de dentro
são microfissuras no coração que já cicatrizaram
no coração elas respiram como pequenos insetos carinhosos
arranhando e fazendo um pouco de cócegas
são obra da dor e do tempo
são uma luz delicada e cegante
são obra do luto e da alegria

Em 1995, de três em três meses, a minha mãe ia até a cidade vizinha, Bratsk, fazer provas. Ela trabalhava numa fábrica, e em Bratsk havia uma escola técnica, onde ela fazia uma especialização. Depois, seus rascunhos ainda ficariam por um bom tempo no quadro de cortiça, junto a decalques em papel vegetal e pesados cadernos pretos de capa xadrez. A pauta do caderno já tinha se apagado e restava apenas a sua caligrafia, azul e grossa. Às vezes, eu olhava e folheava essas anotações. Nelas, tudo me era incompreensível — fórmulas de engenharia, tabelas com tipos de compensado de madeira, gráficos e rascunhos de linhas de montagem para diferentes materiais. De alguma forma, aquelas páginas acumulavam umidade. Eram pesadas, inchadas e amarelas como madeira fresca. Cheiravam a algo ácido e seco. As folhas grudavam nos dedos, pois estavam cobertas com uma fina camada de resina.

Ela partia e me deixava com o meu pai. E tudo desandava. A minha mãe era a matriz, ela estruturava o tempo e o espaço. O meu pai me dava macarrão empapado para comer e os amigos dele vagavam pela casa. Ele não me levava para a creche, eu ficava sozinha. Podia assistir a apenas dois canais na televisão, mas em nenhum deles havia coisa que me interessasse. Aos cinco anos, era entregue à minha própria sorte. Tínhamos, ainda, um videocassete com uma única fita. Na primeira parte, tinham gravado videoclipes do grupo Enigma, e eu me lembro da aterrorizante voz uivante e do efeito especial analógico, com a ajuda do qual o rapaz voava pelo fundo fluorescente agitando as mãos. Eu tinha medo dessa gravação, havia algo de maligno nela. Na segunda parte da fita, alguém gravara o filme *The Wall*, de Alan Parker. *The Wall* era todo imiscuído de um páthos antimilitar, e as representações naturalistas da guerra não pareciam com as imagens da guerra mostradas na televisão. Eu fechava os olhos quando, no começo do filme, depois da explosão, a câmera vagava por entre os corpos feridos e parava em um homem com a cabeça completamente enfaixada e cheia de sangue. Não dava para ver o rosto, ele era todo corpo de guerra, terrível, vivendo a dor e o horror. A cabeça enfaixada parecia as máscaras que, depois, as crianças e adultos vestem nas cenas de massa do filme. Eu não tinha as palavras necessárias, mas sentia a mensagem do filme: temos medo, somos todos iguais ante o totalitarismo e a morte.

As partes em desenho animado — a marcha dos martelos e os juízes-genitais — me davam nojo. Eu punha *The Wall* de novo e de novo, assistia o filme várias vezes por dia. Com cinco anos, conseguia apertar o botão do videocassete, mas não conseguia entender o que especificamente me fascinava naquela representação naturalista dos sofrimentos humanos. Hoje sei que era o menino, o protagonista do filme. Ele era muito sozinho. Junto a ele, eu andava pelo parquinho e abordava um adulto estranho, para que me empurrasse no gira-gira. Junto a ele, eu encontrava uma grande ratazana no campo dourado pelo pôr do sol. Junto a ele, eu enterrava a amiga-ratazana no canal. O filme literalmente abundava em imagens de corpos mortos e da própria morte, e me fascinava que o tema da morte costurava tudo, era o início e o motivo de tudo o que acontecia com o protagonista. Suponho que venha daí meu profundo apego à elaboração detalhada da corporeidade: morta, viva, moribunda. Vem daí meu olhar cristalino para onde geralmente não se olha, não se deseja olhar.

Eu deveria ter me tornado médica-legista ou segurança do museu Kunstkamera,* mas me ocupei da poesia. Acho que tudo estava em *The Wall*, o muro que primeiro me conduziu ao entendimento das metáforas. *The Wall* me ensinou que o mundo é

* Considerado o primeiro museu do Império Russo, o Kunstkamera foi fundado por Pedro, o Grande, em 1727, a exemplo das "câmaras das maravilhas", então em voga pela Europa Ocidental. Ainda hoje é possível ver parte do acervo original de anatomia, empalhamentos e curiosidades.

uma coisa complexa e imbricada, e a sua elaboração é possível apenas depois de experimentá-lo e transformá-lo. E a poesia é o próprio trabalho de elaboração. A poesia vive sempre em elo com a memória e o esquecimento: desde que Homero começou a contar os navios, e Simônides, a listar os nomes dos mortos no banquete.

A poesia é a minha forma de esquecer para que os outros saibam: tanto os que leem como os que escutam. Na canção "Mother", do Pink Floyd, há um verso que diz "*Mother do you think they'll like this song?*", e, logo depois, outra pergunta: mãe, você acha que vão tentar me castrar? A poesia sobre a memória e o esquecimento é uma coisa perigosa. Ela ameaça os que são lembrados, mas especialmente os que se lembram e querem esquecer. Ela salva aqueles para os quais lembrar-se é imprescindível.

Tem muitas coisas que eu gostaria de esquecer — a violência, a sensação de estar alheio a tudo, a miséria —, e escrevi um livro inteiro sobre isso e fui condenada por quem se lembrava de mim e me conhecia. Depois, fui desculpada. Nisso também consiste a força da poesia, que é capaz de ajudar e perdoar. Ela ensina a perdoar e a lidar com a experiência de outras pessoas.

Comecei a escrever o ciclo "Ode à morte" quando a minha mãe ainda era viva.

3

ODE À MORTE

1.

um par de semanas antes de morrer a mãe admitiu que
[quando parou de levantar
percebeu que o corrimento no forro da calcinha cheirava
[estranho

eu perguntei: tem cheiro de quê?
e ela respondeu: tem cheiro de canoa velha que nunca foi
[ao mar
e então eu brinquei que a mãe tinha virado poeta
e ela sorriu baixinho. acho que não entendeu por que eu
[disse poeta sendo que, ora, é tão simples —
a canoa-vagina secou
sem ser lançada ao mar e a vida parou como se vida nunca
[houvera
mas sim o ar do desespero mudo e pesado e da dor
e também o trabalho de paciência

e agora ela jaz no sofá como uma carcaça cinzenta em pedaços
que nunca viveu

dormimos de valete no sofá capenga de dois lugares e
[esperamos a sua morte juntas
assistimos seriados de bandidos e polícias
e diante de seus olhos morrem dezenas de pessoas todo dia
e quero crer que a mãe está se acostumando com a ideia da
[própria morte
com os olhos congelados ela vê como os polícias salvam
[nosso mundo russo impensável
e eu sento no chão ao seu lado e também assisto
e nesse infinito assistir de seriados conjunto
eu declaro o meu louco amor não correspondido
e ela o reconhece em silêncio

e a primavera vem empurrando tudo com a sua atroz barriga
[bege e já-já os rios e córregos vão inchar com a água
[lamacenta e fétida
já-já o verde explodirá em ofuscante nudez
e a primavera espreme tudo com a sua atroz barriga bege
e a mãe contorcida depois da injeção
o rosto calmo olhando os galhos que cortam o céu de antes
[do entardecer no sul
e nela não há cansaço só uma trêmula leveza quieta

nós dormimos de valete no mesmo sofá
eu olho para os seus olhos castanhos acesos em sua grisalha
[cabeça infantil e não digo nada
apenas observo como ela meio adormecida mexe os dedos dos
[pés
ouço como ela murmura sonhando e diz — não, não, não
[precisa

e como vomita
como tenta vomitar em silêncio para não me acordar
e eu aceito a brincadeira faço de conta que durmo
para não importuná-la com a minha atenção

perguntei de onde viera aquela metáfora do cheiro
mas ela não soube me responder
eu queria acreditar que todo o terrível mundo ante a morte
é um mundo de imagens em que mesmo corrimentos fétidos
[parecem ter algum significado
como se o surrado sofá cor de areia fosse uma calma encosta
[aberta
e o choro da televisão um complexo coral de gritos das
[gaivotas na água e do farfalhar da relva
e que ela não sentisse dor apenas
fosse uma canoa cinzenta
encalhada à espera do fim
ou sem nem esperar
apenas encalhada parada
e assim para sempre

2.

a noite diante dos meus olhos se transforma em um jardim
[furioso selvagem e disforme
✷
eu queria explicá-la e reinventá-la para mim
✷
e mostrar aos outros que a noite não tem maldade apenas
[outro mundo conhecido
composto de mil línguas e edifícios
pensados por mentes mortas pesadas e ruins

mas não há cadáveres todos
vivem entre nós
e adquirem nossos traços e desejos tornaram-se nós
voltaram como a nossa gente
e mais do que nós eles se tornaram o nosso mundo

a minha mãe morria devagar e quieta
arfando fundo em seu pequeno sofá duro
antes de eu sair ela levantou e sentou
dizendo apenas — será que você pode me dar um beijo de
[despedida
e eu me aproximei e beijei
como se essa carícia não fosse uma despedida
mas sim uma suave e eterna carícia com um toque animal
[de tempos calamitosos
beijei sua fina orelha cinzenta
e apoiei a mão na cabeça de cabelos bagunçados
ela era toda mole como se feita de lã
como se por um instante o calor voltasse ao corpo
e a vida voltasse
e o último toque
fosse uma cutucada curta e suave, como um bichinho
[carinhoso
vivendo uma vida ainda não completa

ela morria
como morrem as árvores
ou os organismos grandes e pesados
quieta mas
como se o espaço ao redor se partisse
a cada um dos suspiros da minha mãe
quieta mas

como se cada gotícula de vida que ela dava ao mundo dos
[vivos
iluminasse o espaço
com uma luz clara e sólida do entardecer de agosto
e devagar minha mãe morria

não vejo o resto mas vejo a morte
costurada à luz do nosso mundo em fúria
nosso mundo impecável de caos reluzente

mundo impecável como a cabeça
de um bestial monstro disforme amarelo impecável
como a cabeça da morta mãe agora morta para sempre
ou seu nariz arrebitado amarelado

mundo impecável
como a mãe morta que jaz
num lindo caixão forrado sem cuidado pelos agentes
[funerários com uma delicada seda cor de areia transparente

ele é impecável como o corpo morto materno
ele é completo e impecável
como um cacho de uvas
brilhando através de um frágil saco plástico vitrificado ao sol

e a minha mãe impecável e finita
jazia em sua mortalha preta
como se tudo o que eu tivesse escolhido para o depois —
o manto de cetim branco como a neve
e os ternos sapatinhos enfeitados
tudo o que lhe dava contorno —
fosse gramática da luz

e a luz fazia sua pele gasta como uma velha árvore descascada
mais honesta e bonita

a noite vem, mas o dia é mais terrível e mais bonito
e no crepúsculo do dia todas as nuvens pairam sobre os
[telhados como lembranças
como a dor terrível e a ameaça
como o corpo branco da angústia e o corpo nu da ameaça
a noite vem como a difícil liberação da face e dos órgãos do
[espírito
a noite vem e nela não reconheço nada
além da escura parede de segurança da não existência

a minha mãe morreu numa cama pública cruel
sem a música da voz e toques cálidos
seus olhos estavam abertos sem ver
mas cortavam o espaço
e olhavam lá para onde a suave morte vinha
abria caminho
seus olhos abertos
e o peito de um só seio solto no ar
como se ela já flutuasse qual canoa
e atrás dela a cauda de lençóis azuis amarelos e rosados
lavados até quase perder a cor
dobrados e guardados pelas mãos alheias dos trabalhadores
[médicos do hospital público
ela não fechava os olhos
como se no movimento em direção à morte
ela absorvesse o espaço ao redor como uma vela de navio
como uma vela fina e frenética desgastada pelo trabalho
[pesado
remendada em toda a sua extensão

a minha mãe morreu e o terrível mundo parou
fez-se inteiro como uma forte e impecável gota d'água
brilhando eternamente
cortando a consciência
com uma precisão furiosa

3.

algo turvo pulsa sobre a estepe furiosa
à noite é sufocante respirar
e a tosse quebra o espaço como pedra

eu não vejo nada além da vida estilhaçada e murcha de Andrei
cujos olhos mudos pediram para deixar o corpo da minha
[mãe nesta terra
mas eu a levei numa vasilha lisa e cromada para a nossa
[Sibéria
ele dorme no chão da minúscula cozinha
entre a máquina de lavar que a mãe trouxe para cá da Sibéria
[e o parapeito da janela
em sonho ele grita ele uiva como um pesado javali ferido
como um deus ciclope
como os subterrâneos da terra
ele uiva diante da luz esparramada
do canal Rússia-24
e as vozes da televisão gritam vomitam o mágico gasto
[mundo fanático russo
ele ou fala ou cala
ou ruge como lâmina cega de serrote emperrada em um
[corpo de madeira denso e úmido
e ele se dirige à minha mãe
como se dirigiu sempre enquanto ela estava viva e até depois

em seu rugido ele canta: Filhota! Filhota! Não vai!
sempre foi tão estranho
ele a chamar de filha sua esposa cruel e pesada com rosto
[de madeira
e quando ela tinha um só seio
ele a amou com pena
como se ela fosse realmente sua filha
uma filha fraca de cabelos assustadores

quando ela já não vivia
apenas boiava no lençol
como um fantasma amarrotado
e toda sua rigidez feminina pelo seio perdido se dissipara
[restando apenas o corpo amarelado
ele a viu de roupão aberto
e ela nos vapores *ante mortem* já não via que seu peito sem
[seios e a triste velhice selvagem se expunham em público
ele tentou cobrir a disformidade feminina dela
e chorou como choram os bichos em silêncio
e limpou o sangue dos lábios dela
e deu de colherinha a última água fenecente a ela

algo turvo pulsa sobre a estepe furiosa
a estepe te atravessa
examina seu corpo e seu rosto
enraivece e enraivece ao vento
à noite na estepe impecável
terrível como o estômago de uma vaca doente e manca
selvagem como um pintalhão morto na neve suja

algo turvo arremete sobre a frenética estepe
esta é a estepe nua

ela te golpeia
e para ela você não é sequer barreira
ela te olha como se nem sequer existisse

a estepe canta
como uma lona linda e cruel
golpeia golpeia incansável a janela do carro

e aí ela vem e olha para você como para uma filha pobre e
[rouca

e aí ela olhou para você e isso te convenceu a desabar
[anestesiada

algo turvo rumina sobre a irrefreável estepe
eis que ele levanta às cinco da manhã e lava a louça quieto
eis que ele sai para o trabalho no vento da estepe sem ver o
[vento
eis que ele abre o miserável livro da guerra e da morte
eis que o pessoal junta uma mísera esmola
moedinhas velhas e notinhas de quinhentos
uma amável pequena esmola
para o enterro
para o velório
para a vida depois da vida
eis que veja só ele vai
eis que ele dorme
eis que ele desmaia
um homem forte magnífico desses enormes como um animal
[furioso
com olhinhos chorosos de filhote

eis que ele vai
eis que ele vai
eis o coração destroçado

algo turvo rumina sobre a estepe enlutada
eis que ele fecha os olhos
no pequeno sofá duro
onde a minha mãe morreu
homem órfão e pesado
eis que ele dorme eis que dorme
eis que ele dorme e ruge em sonho
eis que ele dorme
este é o Andrei
eis Andrei

4.

a morte espreme e o tempo curto torce como um trapo ou
[pano de chão
a mãe no saco preto
como se fôssemos as duas — um filme tosco sobre
o cotidiano criminal dos polícias frios e imortais

e abrem o saco com um ruído seco rasgado
e nele jaz minha mãe
na maca de ferro como um corpo
como um monte corpóreo
e quando o legista pega a cabeça dela eu a percebo
muito pesada como uma melancia madura
ele a levanta virando-a para que eu a reconheça como se na
[silhueta morta virada para o outro lado
eu não pudesse reconhecer

e agora eu digo firme: sim, é minha mãe
como se eu não fosse reconhecer
dobrado sobre o peito
seu braço longilíneo e magro
da cor do limão
e a nuca com os cabelos grisalhos embaraçados

mas é o procedimento

o tempo é trapo o tempo é pão amanhecido
úmido e frio jogado em sua cara
faz lembrar o corpo
o mundo não te retém
o mundo é um lugar muito fraco para reter o seu olhar
para deixar você em seu macio interior de madrepérola
o mundo está partido e nele há estranhos buracos
buracos vazios para onde dá muito medo olhar
como se fossem valas silenciosas e modestas de túmulos
de gente eviscerada e queimada

O meu texto sempre se perde nas lembranças e nas tentativas de entender o que, afinal de contas, foi a minha mãe para mim. Escrevo o poema para ao mesmo tempo lê-lo. O poeta Vladímir Búritch escreveu:

O tempo da leitura dos versos
É o tempo de sua escrita

Eu respondo: não, o tempo da escrita é o tempo da leitura. Penso o meu livro e a escrita como um caminho, uma estrada em que sigo através de mim em direção aos outros.

Quando parei de escrever poesia, entrei em pânico. Pensei que nunca mais escreveria versos. Mas em seu lugar veio outro tipo de pensamento, novo. Comecei a escrever ensaios sobre poesia, escrita, língua, e foi com a ajuda deles que eu tentei conversar com o mundo dos mortos. Se a poesia, para mim, é uma maneira de revelar a mim mesma o mundo dos vivos, a ensaística se tornou uma maneira de conversar com a minha mãe morta. As notas me atraem como gênero textual, pois são limiares e guardam em si muitas possibilidades, até agora não de todo realizadas na língua russa. Quero pensar que as notas, como os fragmentos, são o gênero mais fortuito para a escrita de mulheres. A atenção derrapa, mas imediatamente se aguça — seria por isso que Elena Guro, tão sensual, e Lídia Ginsburg, tão analítica, teriam escolhido esse gênero de escrita? As notas possibilitam capturar o espaço e a experiência, olhar os objetos de perto e sentir a proximidade do descrito. Nas notas o sujeito tem sempre ênfase e não se encontra estranhado pela posição de autor e narrador. Trata-se do gênero da sinceridade, um gênero no qual o sujeito que narra não teme se relacionar com as coisas. Olha e não teme olhar. Mesmo porque o status de uma nota nem sempre é completamente claro. O que é isso? Um diário? Uma carta íntima? Aqui, o íntimo não está no campo do erótico, mas em como se aproxima do *sujeito* que escreve. Por exemplo, em suas notas, Guro é idêntica ao que descreve: à terra e às bétulas, à fala, idêntica ao espaço e ao mesmo tempo capaz de acomodá-lo todo dentro de si. O gênero da nota dá a possibilidade de um olhar aberto e de uma inquisição honesta.

NOTAS SOBRE O PERGAMINHO E A FLOR

Há tanta coisa no passado, que sinto ver o mundo através de um tule. Coisas tecidas num véu e jogadas sobre minha cabeça.

Através da janela da cozinha, vejo estender-se uma colina amarela. A grama ao vento se esparrama ora para lá, ora para cá. Parece uma grosseira pilha de mato e, ao mesmo tempo, macios fios de náilon.

Com que se parece a experiência de viver, se não há passado? Certamente luz infinita e dia contínuo. Não, eu não nadei nas águas geladas da represa e não saí carregando um filhote de castor morto. Não, eu não o deixei cair sobre as pedras. Não, eu não vi a morte. Não, eu não fumei assim, com a cara ao vento. Olhando como ele sopra a água que reflete a tempestade por vir.

Eu não vi nada. A memória, como um véu, pode ser lançada para trás da cabeça para que se observe um pardal nervoso pousar nas grades da sacada.

[...]

Escrevo cartas para ela todos os dias. Escrevo como se ela vivesse na outra margem do rio e uma carteira manca as fosse entregar. A carteira usa uma boina lilás com um broche, grossa meia-calça de lã bege e galochas sujas da lama cinzenta de primavera. Manca e volumosa, ela primeiro segue ao longo de toda a margem, para depois entrar na água. Então anda, anda e anda, até que meus olhos percam sua silhueta vista. Escrevo cartas para ela todos os dias. Nelas, ponho cacos de ânforas quebradas, nacos de epiderme e tudo o que me parece sinal de uma despedida ingênua e do perdão. Ou reconhecimento.

[...]

A morte de uma mulher destrói o mundo das pessoas ao redor. É uma implosão, como se as paredes de sua casa desmoronassem e você estivesse ali, de pantufas, um livro na mão e um pano de prato na outra. A morte de uma mulher, mesmo a de uma mulher cruel, não é a morte de um homem. A mulher é o envoltório e a garantia do seu mundo. É ela que te perpetua no futuro e mantém um lugar no passado para você. Ela é a condição da sua experiência e da interpretação desta.

Quando ela morreu, eu me vi nua na estrada.

[...]

Que coisa tirar a água do café do fogão e entender que, olha aí, a borda do tempo. Senti-la é privilégio dos vivos.

[...]

A memória é um pergaminho. Uma membrana ocre e delicada. Feita do couro de um animal morto. É um material muito caro, onde não cabe muita coisa. Deve-se lavar os textos e as imagens, um após o outro, para inscrever novos. As imagens anteriores não morrem, ficam como sulcos no couro bovino, como ranhuras do objeto com que se escreveu. O ser humano é um ser analógico, muito antigo. Nele ainda há muito espaço para a memória e para as coisas apagadas. Veja, eu cravei a unha no caule flexível de uma tulipa pungente, e o líquido se acumulou na minha ferida em meia-lua. Que metáfora mais demodê: pergaminho e flor. Flores e pergaminhos são coisas cálidas, e eu as guardo.

[...]

Você pediu para que eu te escrevesse um poema. É muito simples escrever poesias. Todos podem escrever um poema. Eu, no entanto, acho que não consigo. Escrever poemas é como lamber pedra. Ou escutar o farfalhar de uma fita zebrada que isola um parquinho infantil. A poesia é uma coisa muito simples, feita de som e corpo. Como qualquer outra matéria sem aplicação nenhuma, mas de aguda necessidade. Para que Catulo escreveu elegias de amor? Isso foi há dois mil anos. A paixão pela escrita, por lamber pedra, existia mesmo naquele homem antigo. E existe em mim. Especialmente quando vejo um gato branco de rua com manchas alaranjadas atravessar um quintal vazio. Aí então posso te escrever alguma coisa.

Quando vejo os andaimes de um novo arranha-céu além dos trilhos de trem, eu posso escrever alguma coisa.

Eu posso escrever alguma coisa quando ouço sons, ao longe.

[...]

E todos escrevem e dizem: a escrita de mulheres é extremamente corporal. Mas o que poderia se dizer da poesia lírica lésbica, então? Nela, a corporalidade é elevada ao quadrado. A contínua nomeação dos líquidos e de partes da vagina e dos seios. A afirmação do espelhamento da sexualidade feminina. Se eu olho para uma vagina como por um olho mágico e vejo lá um universo carmim em pleno funcionamento, seria eu capaz de afastar o olhar e ver acima do ventre, através das cúpulas dos seios, e chegar até os olhos? Será que vale a pena resumir toda a minha experiência à penetração com os dedos? Será que eu gostaria de ser uma vagina sobre pernas, sem tempo e sem ar?

Não quero me atirar ao caldeirão da anonimidade grudenta em ebulição. Tenho cabeça, caráter, experiência e desejo olhar para além do ventre.

Não desejo escrever sobre o amor como o universo do sexo. Quero escrever sobre o espaço de um quarto, onde olhares se encontram ao crepúsculo e geram calor e caminhos. Quero olhar para além do ventre, nos olhos de minha amada.

[...]

A escrita é uma aproximação lenta. O que eu gostaria de dizer? Eu só queria escrever sobre o que gostaria de ver na poesia lírica lésbica de amor. Mas acabei fazendo perguntas demais. Trouxe a pedra, o pergaminho gasto. O que mais? A renda sintética preta, a voz agitada do policial, vinda da viatura. Eu só queria escrever sobre o amor. A escrita é uma aproximação ao amor. Certamente, é isso.

O amor é um caminho.

Que às vezes é um círculo.

[...]

A mulher é inseparável do espaço. Quando uma mulher se apaga, sua casa definha. Quando retornei para o nosso apartamento de Ust-Ilimsk depois de ter me mudado para Novosibirsk, a minha mãe já estava num estado péssimo. Bebia muito e fora devorada por completo pelo homem com quem então vivia. Eu me lembro da casa da minha mãe como um espaço limpo e estéril. Todo domingo ela botava ordem na casa: limpava os rodapés, lavava o vaso sanitário e os armários da cozinha. O apartamento cheirava a água sanitária e produto de limpeza, tudo tinha o seu lugar, a sua atribuição e o seu sentido. Nenhuma bugiganga, nenhum guardanapo a mais, apenas um espaço limpo e desentulhado.

Depois do ensino médio, eu me mudei para Novosibirsk. Ao retornar, um ano após a partida, percebi uma grossa camada de pó num porta-retrato com uma fotografia minha e, no vaso sanitário, uma crosta gordurenta circundando a superfície da água. O meu quarto com papel de parede de macaquinhos em ilhotas tinha se transformado num depósito. Ali, em cima dos meus pôsteres da Zemfira e de rappers, haviam sido colocados pedaços de um armário desmontado, e no canto vi um fogareiro elétrico, em cima do qual a mãe depositava pilhas de roupa velha. O quarto, que já era pequeno, ficara ainda menor. Já não era mais o meu quarto, a minha casa.

Mas o velho sofá-cama ainda estava lá. Anna Altschuk fez uma foto-performance, *Jogo duplo*, num sofá parecido, onde ela e o parceiro faziam poses de garotas sedutoras lendo romances baratos. Esse sofá machucava as costas, e eu dormia nele quando ia para o nosso apartamento de Ust-Ilimsk.

O apartamento da minha mãe em Vóljski também definhava à medida em que ela enfraquecia. Eu via como ela já não podia cuidar bem dele. Apareciam manchas amareladas no papel de parede lavável da cozinha, e notei uma pilha de cartões-postais enfiada atrás de um quadrinho com uma paisagenzinha feita de pedrinhas de âmbar, emoldurada em madeira. A minha mãe mantinha uma relação pragmática com o espaço, mas, ao enfraquecer, tornava-se sentimental. Na parede tinham sido pendurados um desenho em aquarela feito por uma amiga de juventude, um cartão-postal que eu enviara e uma grande quantidade de outros quadrinhos, calendariozinhos, cartõezinhos, coisas que eu consideraria lixo.

Ao morrer, a mulher encerra o espaço, o mortifica. Tudo ao redor se torna morto, e o pequeno apartamento começa a cheirar azedo.

Voltei para lá sete meses depois da morte dela e não reconheci o apartamento. Pedi a Andrei permissão para pegar no armário os panos de prato listrados de algodão que a minha avó costurara para ela. Estavam praticamente novos. A avó os fizera só com pedaços de tecido, e nas bordas eu podia notar a cuidadosa linha da costura à máquina. Ela tinha uma máquina de costura de mesa, onde eram cosidos os meus trajes de Ano-Novo, as roupinhas para os móveis, os panos de prato, e onde se customizavam as calças e saias que comprávamos no mercado.

A minha mãe trouxera aqueles panos de prato da Sibéria, junto de todas as outras coisas domésticas, desde a paisagenzinha de âmbar até a máquina de lavar, que comprara a prestações no começo dos anos 2000. A loja Eldorado tinha então acabado de chegar a Ust-Ilimsk, e ela comprou a máquina de lavar e um CD player para mim.

A mulher *é* o espaço.

4

ANTES MESMO DE A MINHA MÃE MORRER, comecei a procurar um vestido preto de algodão para a cremação. Eu olhava os sites das agências funerárias um atrás do outro e via apenas roupas de mau gosto para senhoras idosas, delicadinhas, na cor dos lilases e dos pêssegos quase maduros. Nenhum daqueles vestidos servia, a mãe tinha pedido que a enterrassem de preto.

A minha mãe tinha repulsa àqueles vestidos floridos que, primeiro, a minha bisavó Olga usava e, depois dos cinquenta, a minha avó Valentina passou a usar também. Eu entendia o sentimento. Sentia repulsa porque as mulheres simplesmente escolhiam roupões vermelhos ou azuis espalhafatosos, botavam um cinto e os chamavam de vestidos. Compravam os de sair e os de ficar em casa. Os de sair eram mais caros e mais coloridos; os de ficar em casa tinham estampas menores e eram de material mais barato. Quando o tecido gastava, viravam pano de chão para as variadas tarefas domésticas, e os botões eram arrancados e guardados em velhas latas de biscoito. Os multicoloridos viriam a me servir, depois, nas aulas de economia doméstica: eram azuis, madrepérola e pretos, sempre do mesmo tamanho e um pouco desgastados nas bordas, como velhos dentes de plástico.

Aprendi numa aula da antropóloga Svetlana Adónieva que a paixão por vestidos floridos ecoava a vida e o estilo do campo. As mulheres do campo tinham encontrado, assim, versões análogas às suas vestes campestres nas novas condições, urbanas. Diferente de mim e da minha mãe, que tínhamos morado a vida inteira na cidade, elas não consideravam esses vestidos uma cafonice. Mas chegando perto dos quarenta, a minha mãe também começou a mudar, e não percebi isso de cara, só depois, quando arrumava suas coisas após ela ter morrido. Vasculhei todo o guarda-roupa e acabei encontrando, entre as roupas, camisetas de cores que lembravam, muito de longe, os vestidos da minha avó. E os lenços que ela usava na cabeça durante a quimioterapia, de florzinhas azuis. Estranho, pensei então, como foi que a minha mãe — que na juventude admitia apenas vestidinhos pretos ou calça de chiffon verde-musgo combinada a blusinhas escuras — de repente tinha aderido às florzinhas azuis e listras roxas? Será que eu também, quando chegasse aos quarenta, descartaria todo o meu *normcore*, os jeans da Levi's, as camisetas básicas e os trocaria por estampas coloridíssimas e vestidos com cinto?

Eu sei que, tradicionalmente, os idosos passam a reunir um enxoval funerário. Inclusive separando um lugar especial no armário, onde se deposita, aos poucos, o dinheiro para o enterro e para o que deverá vestir o futuro finado. A avó Anna, por exemplo, juntava pedaços de papel de parede velho: insistia que seu caixão fosse forrado com o papel de parede da cozinha para que, dentro dele, ela se sentisse em casa. A minha mãe não pôde fazer um enxoval funerário para si. Ela dizia: "Eu sei onde meu calo aperta", e seguia vivendo como se a morte não fosse chegar, nunca. Vivia como se a vida fosse eterna, e quem teve de fazer o enxoval, depois, fui eu. Duas semanas antes da sua morte entendi que não acharia o vestido necessário em agências funerárias, e pedi para Jênia, uma amiga costureira, que fizesse um vestido para a minha mãe. Preto, até os joelhos, altura 170 cm, tamanho 40. Depois de alguns dias, Jênia apareceu com o vestido. Veio junto também um lenço de cabeça, preto, simples. Ela disse que nos conjuntos funerários femininos sempre havia um lenço de cabeça. Abri o saco plástico com o vestido da mãe: preto e simples, tinha uma grande abertura nas costas para ser fácil de vestir num corpo não mais flexível. A aparência lembrava a de um quimono modesto, e eu até tive vontade de experimentá-lo. Não podia: vestir roupa de defunto é mau agouro. Mesmo para uma futura defunta.

Eu quis pagar Jênia pelo trabalho, mas ela não aceitou, dizendo que naquelas condições cada um ajudava com o que podia.

Entreguei o vestido para a agente funerária. Não levamos em conta que não se vela a pessoa descalça. Bem, como poderíamos saber, e por que raios deveríamos pensar nisso quando, no mundo em que vivemos, as coisas relativas à morte não são transmitidas das mulheres mais velhas para as mais novas, mas ficam a cargo das agências funerárias? E mais: falar e discutir a morte e os ritos fúnebres é sempre inadequado e muitas vezes ofensivo.

No fim, tive de comprar, na agência mesmo, uma meia-calça bege de velhinha, pela qual a minha mãe jamais me perdoaria. E a anágua, perguntou a agente, vocês trouxeram a anágua? Se eu soubesse que precisava de anágua eu teria comprado antes, uma bonita. Mas na agência não tinha muito como escolher, e sob o rigor do vestido preto lhe puseram uma anágua azulada de hospital. Também me fizeram comprar calcinhas, na agência. Certamente as calcinhas de algodão mais simples que eu já vira.

Por dois meses, vivi com as cinzas da minha mãe. Tudo ao redor era um tempo vazio de espera. Ao lado da urna, pus os seus amados crisântemos brancos e, às vezes, acariciava o aço frio. Ela não veio, nem em meus sonhos. Ela era um objeto vazio, um objeto ritual.

Eu sentia tudo ao redor vazio, como a casca branca de um ovo quebrado. Então, para que o mundo não parecesse assim tão vazio e sem sentido, e a morte da mãe tão desimportante e corriqueira, convoquei um memorial de quarenta dias:* criei um evento fechado no Facebook e chamei todas as pessoas com quem eu queria dividir o meu vazio.

Todas vieram e trouxeram flores, comida, os pêsames, e tive a sensação de que aquela casa repleta de mulheres transbordava força corporal e vida. Eu mesma me senti repleta de gratidão pela participação. Num certo sentido, reinventei o formato do rito: foi uma festa calma, com vinho, flores, homus, conversas sobre a morte, o morrer e o luto. Eu li poemas sobre a minha mãe. Fiquei extasiada e, por fim, senti a tristeza. Acho que foi justo ali que reconheci o sentido dos ritos fúnebres. A participação dos outros nas coisas da morte é imprescindível. A comunidade se revela quando alguém morre. E eu pus o mecanismo da coparticipação para funcionar.

O luto é uma coisa complexa. Ele não é possível sem a presença dos outros, e a morte é, antes de mais nada, um acontecimento da comunidade. A minha mãe tinha uma comunidade bem pequena. Foram ao seu velório Andrei, Serguei Mikháilovitch com a namorada e a filha. Há sentido na despedida se a participação é coletiva. Ao convidar três dezenas de mulheres diferentes à

* Na tradição ortodoxa, celebram-se cinco ritos fúnebres: sepultamento, três dias, nove dias, quarenta dias e um ano. Nos ritos pós-sepultamento, além da ida à igreja, costuma-se organizar uma reunião entre parentes e amigos para orar pelo falecido e recordá-lo.

minha casa, eu reconhecia o sentido da presença dos outros na experiência da morte. Em certo sentido, o vazio que vivi no meu apartamento de Moscou era uma calmaria antes de outro acontecimento — o enterro real. Mas eu não sabia disso. Eu era uma máquina que fazia apenas o necessário.

Dessa vez não poderia me permitir fazer mais uma caixa tosca de papelão para botar a urna. Eu a levaria para casa, e ela precisaria viajar em algo que fosse minimamente digno da viagem. Pedi então para Sônia, uma amiga marceneira, que fizesse uma caixa de madeira de trinta por trinta centímetros. Ela montou uma caixa linda com tampa articulada e puxadores móveis de metal. Simples e sem ostentação. Era uma caixa pesada e um pouco maior do que o necessário. Por isso, preenchi os espaços vazios com as roupas de que precisaria na viagem de duas semanas.

Depois, eu precisava resolver a questão da mala. A caixa não cabia em nenhuma das minhas bolsas. E a Aeroflot, companhia aérea em que eu voaria até Novosibirsk, permitia o transporte de cinzas apenas como bagagem despachada. Eu precisava de uma mala grande e forte, então fui andar por algumas lojas.

Não fazia a menor ideia de onde as pessoas compravam malas de viagem, mas me restava pouco tempo e eu precisava resolver isso rápido. Passei por algumas lojas conhecidas, mas em nenhuma delas achei uma mala que me servisse. Já um pouco desesperada, acabei entrando na Benetton da rua Tverskaia.

Ao entrar, como de costume, ignorei a seção feminina e fui direto para a masculina. Era lá que ficavam os deliciosos pulôveres de lã e os lindos paletós de meia-estação. Era abril, e a coleção de primavera já estava exposta. Entre outras coisas, saltou aos meus olhos uma mochila enorme, de um laranja quase cenoura, listrada de preto e branco. Corri até a mochila com toda a gana, temerosa de alguém pegá-la antes de mim. A mochila era gigante e se transformava facilmente em uma bolsa transversal, e na parte de cima havia ajustadores de largura. Eu pensei que, caso precisasse levar a urna como bagagem de mão, poderia diminuir a mochila ao tamanho necessário. Examinei-a como um tesouro e sinceramente não entendia por que estava sendo vendida ali. Por acaso tinham entrado na moda essas coisas assim, gigantes?

No caixa, entreguei a mochila a um jovem vendedor de casaquinho cinza e gravata azul. Era um rapaz alto mas falava em voz baixa: ele me falou alguma coisa, mas eu não entendi. Pedi que repetisse, e ele, entendendo que eu não o ouvira, perguntou mais alto: que esporte você faz? De cara, não entendi de onde ele tirara que eu praticava algum tipo de esporte. Olhei para ele, sem entender. O vendedor então levantou a mochila e perguntou: não é para você essa compra? Eu respondi: sim, é. Então, ele me disse que aquela mochila servia para guardar itens esportivos, e que os jogadores de hóquei a usavam muito. Fiquei sem entender. Para que os esportistas iriam comprar ali seus acessórios, em uma loja de roupa casual, se em todo canto havia lojas especializadas? Além do mais, eu achava que aquela mochila não era tão confortável como parecia. Para mim, servia só pelo tamanho, todo o resto tanto fazia.

Respondi que não praticava esporte nenhum. Eu estava com enormes olheiras de insônia, e a cor da pele do meu rosto entregava uma fumante inveterada. Bastava dar em mim uma única e rápida olhada para entender que eu não era nenhuma esportista, mas uma simples habitante de Moscou com suas oito horas de trabalho diárias num escritório e alguns maus hábitos. Depois de uma pequena pausa e de tudo isso ter passado pela minha cabeça, resolvi responder honestamente: a mochila serviria para transportar cinzas num avião. Acho que o rapaz não entendeu o que eu quis dizer, ou não quis entender. Ele, como antes, sorriu e meneou a cabeça cordial. Depois da minha resposta, ele esperou a impressão do cupom fiscal, entregou-o para mim e agradeceu a compra.

Desde a mais tenra infância, eu já dormia em meu próprio quarto. Montar um quarto de criança num apartamentinho soviético da década de 60 era um empreendimento complexo e irracional. No entanto, assim que completei um ano, retiraram um dos lados do meu berço para que eu pudesse entrar e sair, e a minha mãe e o meu pai se livraram da cama grande, passando a dormir no sofá-cama da sala.

Toda noite, a minha mãe me dava banho na banheira e depois me pegava no colo, embrulhada numa velha toalha cor-de-rosa felpuda, e me levava para a cama. A toalha tinha verdadeiros buracos e fora algum dia estampada com um grande lírio tigrado, que com o tempo e a lavagem constante, já se transformara numa grande mancha marrom.

À noite, depois do banho, ela pendurava a toalha em um dos lados do berço para secar e me colocava para dormir, me beijava, desejava boa-noite e saía para assistir televisão na sala ou para fumar na cozinha.

Eu ficava lá, deitada no escuro, sem sono, ouvindo a casa. Ouvia o barulho secreto do relógio no quarto ao lado e os cuidadosos passos da minha mãe: ela não usava pantufas, e eu podia ouvir como os pés grudavam no linóleo quando ela pisava no chão. Sabia que além dela e de mim havia, na casa, uma coisa que apenas eu via. Eu ficava lá, deitada com os olhos abertos, e sentia o berço de madeira com rodinhas como uma grande caixa que me protegia das coisas da casa. Ao fechar os olhos, escutava e ouvia: alguém se aproximava da minha cama e ficava ali, silenciosamente em pé, olhando para mim no escuro. Eu adormecia com o som daquela presença e dos passos da minha mãe.

O minuto em que a minha mãe me carregava no colo do banheiro ao meu tenebroso quarto era um momento de proximidade e de um calor efêmero. Eu me tornava parte do corpo da minha mãe, porque os seus braços me apertavam com força contra o colo, os seios e o ventre. Eu não me lembro do cheiro, mas me lembro de uma agonia escassa dentro de mim, sabendo que aquela proximidade acabaria já, já. E essa agonia estendia dentro de mim com a cálida bendição da presença imediata do corpo materno. Ela me carregava e eu não sentia o meu próprio peso, como se ela fosse uma água profunda que me transportava em seu corpo.

Por muito tempo não pude lembrar-me desse sentimento. Sabia que ele existia em algum lugar profundo dentro de mim, sabia que ele queria permanecer comigo, porque eu achava difícil sequer acreditar na possibilidade da proximidade materna, na possibilidade de que ela reconhecesse a minha presença aqui, neste mundo.

Passado um ano e meio da morte da mãe, eu e a minha esposa fomos ao mar. Ao pular na água, enlacei seu corpo bronzeado com as minhas pernas e me pendurei em seu pescoço. Alina me segurou e me carregou com muita facilidade. Fechei os olhos e encontrei a água, que me tocava como se eu fosse a sua parte pensante. A luz estourava por entre as minhas pálpebras fechadas. Alina me carregava no colo, e eu me encolhia mais e mais, retornando para lá, onde a proximidade era possível, onde o corpo estava aberto para a experiência da presença. Alina me segurava no colo, e eu estava lá.

Também brincamos de ver quem prendia mais a respiração embaixo d'água. Me comprimi como um tatu-bola e Alina pôs a mão em minhas costas para me manter dentro da água o máximo de tempo que eu conseguisse. Senti a sua mão grande e forte ocupando quase metade das minhas costas, e que a qualquer momento poderia me retirar da água. Eu flutuava como um pedaço de isopor, Alina me segurava. Eu não tinha medo do mar, ou de me afogar. Havia ar suficiente para uns vinte, trinta segundos ou mais. Ao emergir, eu estava extasiada com a minha tenacidade, mas, mesmo assim, a cabeça girava com a falta de oxigênio.

Era agosto, a água brilhava. Afastávamos as finas teias de algas para poder entrar no mar. Ainda assim as algas se prendiam na calcinha e no sutiã do biquíni de Alina, e o meu maiô terminava todo esverdeado por dentro, cheirando a peixe. O sol se estendia entre a água verde turva e as gotículas entre os cílios. O tempo durava como a luz.

Quando observo o corpo da minha esposa, fico encantada. Tão poderoso e dourado, ele se ilumina no espaço, parece um pão, uma pedra, eu o amo. Eu a examino como a uma paisagem rica e complexa, e ela me impressiona com a sua vida. Acaricio as suas mãos, os seus olhos assimétricos: a pálpebra do olho direito é um pouco mais baixa, o que o faz parecer mais calmo, às vezes vesgo. Acaricio os olhos e toco-lhe as pálpebras cerradas com os meus lábios, digo que amo esses olhos. Ela me responde: é com esses olhos que me olha. É com esses olhos que me vê, ela diz, e eu sinto o olhar amplo, morno, que me atrai como um pequeno inseto a uma gota do mais suculento e cálido mel.

A mulher é inseparável do espaço. Quando uma mulher morre, o espaço colapsa e definha como uma flor arrancada. A presença de uma mulher, mesmo morta, preenche o espaço com sentido e corpo. Um dia antes da minha partida para a Sibéria, aconteceu uma coisa estranha. É como se tudo tivesse se condensado, tensionado e explodido numa situação horrível. Lera estava saindo de casa para comprar cigarro quando encontrou um policial no portão. Ele a empurrou pelos ombros, forçando-a de volta para a casa. Como vim a descobrir depois, não havia ninguém em casa, apenas o filho pequeno do proprietário. O proprietário e a esposa lutavam pela posse do imóvel já há uns vinte anos, e a chegada do policial significava que a batalha continuava. Quando mudamos, o proprietário tinha sido bem específico e rígido ao ordenar que nunca deixássemos policiais ou outros servidores do Estado entrarem. Irado, ele gritava comigo ao telefone, dizendo que nós tínhamos ferrado com ele. No dia seguinte, a esposa dele veio implorar que nos mudássemos dali, e, bem no dia de minha partida, eu buscava frenética um novo lugar para morar. Ao partir, soube que não voltaria mais para o apartamento da Avenida Mir. Assim colapsou o espaço em que eu vivia há mais de um ano e onde esperara viver ainda por um bom tempo.

Depois, voltei para o apartamento apenas para pegar os meus livros e o resto das minhas coisas. Ele tinha sido tão bem lavado que até brilhava à espera dos novos moradores. Minhas coisas estavam jogadas embaixo de uma mesa. Entre os livros e meias velhas encontrei uma fotografia em preto e branco, na qual a minha mãe está sentada num colchonete, de shortinhos jeans, e com as mãos estendidas para um balde esmaltado. No balde, como posso supor, debatia-se um peixe ainda vivo; depois que o meu pai pescava, a minha mãe limpava e escamava o peixe, para fazer sopa *ukhá*. Na foto, entre as suas pernas, há uma menininha de cabeça redonda e cabelos longos, espevitados, presos num rabo de cavalo no alto da cabeça. Eu tenho cinco anos, olho para a câmera e sorrio. Nessa foto, eu e a minha mãe somos inseparáveis uma da outra, como um ser de duas cabeças. Nossa proximidade é inexplicável, é corporal. Como se o cordão umbilical não tivesse sido arrancado, como se eu fosse ela.

✷

A minha mãe tinha um laptop bem ruinzinho, que eu comprei para ela quando ainda estava no segundo ano do Instituto de Literatura. Tendo trabalhado numa fábrica por toda a vida, a mãe lidava bem mal com a tecnologia. Ela entendia a televisão e o telefone com botões, mas entrar na internet lhe causava agitação aguda. O laptop funcionava mal e, assim como o de muitas pessoas da idade dela, estava sempre lotado de vírus, o modem bugando o tempo todo. Ela, no entanto, usava o computador para entrar no Odnoklássniki, e, como vim a descobrir depois, para ver a previsão do tempo. Um ano antes de sua morte eu também entrei para o Odnoklássniki, com a ideia de manter contato por algum outro meio que não o telefone. As ligações da minha mãe me deixavam extremamente nervosa, mas as mensagens, que eu podia responder quando quisesse, eu achava tranquilas. As nossas interações eram sempre curtas: ela me perguntava se estava tudo bem, eu respondia que sim. Sempre entrava no perfil dela para ver as fotos. Ali, a minha mãe postava muitas fotos idênticas da praia. Aqui ela com água até o joelho em um maiô azul com manchinhas peroladas, aqui ela na orla, apoiada na mureta de concreto. Ou ela e uma amiga, na noite de Réveillon, usando uma estúpida peruca vermelha de papel laminado. Tinha fotos dela sentada em um bar, qualquer. Nessas, ela não parecia a mãe que eu conhecia. Era uma mulher de idade vestida com blusinhas baratas e calças jeans, em cuja pele queimada eu via rugas. A imagem não correspondia jamais à imagem da mãe que eu adorava, temia e odiava. Eu adorava a minha mãe linda e jovem, cruel e fria. Na foto eu via uma mulher estranha, envelhecida depressa pelo álcool e pelo trabalho extenuante. Havia também montagens feitas com diferentes aplicativos de filtros, que me causavam sensações contraditórias. Nelas, a minha mãe colocava o próprio rosto nos corpos de mulheres fictícias: numa, no corpaço de uma mulher elegante de filme *noir* ao lado de um carro americano antigo; e em outra, era seu rosto no corpo de uma mulher-borboleta flamejante. Eu olhava essas colagens e a distância entre a minha mãe e eu aumentava, preenchida por angústia e pena. Minha última mensagem não foi lida, eu a enviei nos primeiros dias de janeiro, quando ela parou de levantar.

Sentada na cozinha, abri o Odnoklássniki. Queria que todos que a conheciam e que se lembravam dela viessem ao enterro. Percorri a lista de amizades no Odnoklássniki e selecionei todas as que tinham marcado Ust-Ilimsk como cidade. Escrevi uma mensagem única: "Bom dia, me chamo Oksana, sou a filha de Angella Vassiákina. Enterraremos a minha mãe no dia 20 de abril, às 14h, na estrada de Bratsk, ao lado do terminal de ônibus. Por favor, avise em quantas pessoas estarão, se vêm de carro e, caso venham, quantos lugares há para caronas. Depois, faremos uma recepção na Cidade Nova, no café Bagúlnik. Meu telefone: 89689462600".

Encontrei, entre os amigos da minha mãe, vários dos quais eu já não me lembrava o rosto, mas cujos nomes e sobrenomes permaneciam na memória. Outros eu não conhecia mesmo, e entendi que talvez fossem colegas de trabalho da fábrica. Alguns me responderam imediatamente que iriam, e algumas das mensagens têm o status de "não lida" até hoje. Depois, eu soube que muitos dos amigos da página da minha mãe já não estavam, há muito, entre os vivos.

Planejamos o enterro em 20 de abril porque era um sábado, dia em que poderia vir uma quantidade maior de pessoas. Minha tia me escreveu dizendo que já haviam reservado um lugar para a minha mãe no cemitério, e que os homens da família tinham visto um vídeo no YouTube de como enterrar uma urna com cinzas. No caso, a urna não precisava de uma cova profunda de dois metros, como os corpos, bastava cavar um buraquinho na terra e depositá-la. Em Ust-Ilimsk ainda era inverno, e os homens foram até o cemitério com suas pás e enxadas para quebrar a grossa camada de gelo que jazia sobre a terra.

Depois de enviar a última mensagem, fechei o computador e, de repente, me pareceu óbvio que eu teria de me despedir das cinzas da minha mãe. Tínhamos vivido juntas por dois meses, e a urna se tornara parte da minha paisagem, doméstica e interior. Não raro eu me dirigia a ela com o olhar e com a fala. Conversava com ela. Acariciava-a, e, às vezes a abria para me aproximar da cápsula e observar a fina camada de cinzas. No fundo da urna ainda se via o pedaço de papel com o nosso sobrenome e suas iniciais, eu não ousara jogá-lo fora. Entre a fina camada de cinzas, ele era parte daquele objeto pesado.

Arrumei as coisas para uma viagem longa: pares de meias, alguns dos quais comprara em Vóljski mesmo depois do velório da minha mãe, um jeans, camisetas, uma calça de linho e uma camisa. Esqueci-me completamente de que era abril na Sibéria. Aqui em Moscou o sol já esquentava, e não houvera neve o inverno inteiro. Ou melhor, ela fora recolhida com cuidado pelos tratores de limpeza durante a noite e, pela manhã, pelos garis imigrantes. Era abril e eu já saía usando apenas um paletó de lã fininho e calças leves, sem ceroulas. Por alguma razão, imaginei que na Sibéria também seria assim, pouco frio e sem neve. Junto com as minhas coisas, na mochila cor de cenoura, pus a caixa com a urna. Me vesti, sentei-me à estrada e pensei: bom, mãe, é isso, vamos à Sibéria.* Tive vontade de chorar. Eu ia enterrar a

* Sentar-se à estrada (*posidét v dorogu*): trata-se de um ritual popular russo. Momentos antes de partir para uma viagem longa, os viajantes sentam-se em silêncio junto de suas bagagens. Acredita-se que sentar-se na estrada é uma forma de afastar possíveis maus agouros durante o percurso.

minha mãe, mas a levava comigo. Tive vontade de chorar diante do desconhecido. Depois de longas e desagradáveis conversas com a família do proprietário do apartamento onde morava, acabei encontrando um novo pelo Facebook e entendi que aquele seria o último dia da minha estadia ali, naquele apartamento em que tínhamos colocado tanta vida, tanto conforto e tanto hábito. A minha mãe morreu, eu fiquei totalmente órfã e agora não possuía sequer um teto. Não tinha para onde voltar.

Na estação de metrô, sentei para esperar o trem sem tirar a mochila das costas. A quina da caixa me espetava, mas eu aguentava. Precisava da dor e do desconforto, porque percorria um caminho ritualístico muito importante, que sempre seria marcado pelo sofrimento.

A Aeroflot, companhia em que eu voaria até Novosibirsk, levava urnas com cinzas no compartimento de carga, junto com outras bagagens fora do padrão. Cheguei até o balcão do check-in e entreguei meus documentos. A mulher, sem nem olhar para mim, começou a buscar meus dados no computador. Eu precisava lhe contar da minha bagagem, e, com uma tossida de leve, disse que transportava cinzas. Ela continuou sem olhar para mim. Repeti o que dissera e comecei a abrir a pasta plástica azul com as mãos suadas. Disse que poderia mostrar todos os documentos necessários. Por fim, ela ergueu o olhar e falou que não precisava de documento nenhum, enquanto me entregava a etiqueta para bagagens fora do padrão. Mandou que eu levasse a mochila até o elevador e voltasse até ela.

Aterrorizada, fui até o elevador de aço. Eu precisaria deixar a minha mãe desassistida. Ao lado do elevador estavam uma enorme bicicleta de trilha, encapada, e uma gigantesca caixa de transporte de animais. Dentro da caixa nada se movimentava. Eu sabia que os animais eram sedados antes do voo para que dormissem, e tive dó do enorme cachorro invisível. Dormia sem saber que voaria num grande e gelado compartimento de carga. E se acordasse antes do tempo? Veria o barulho, o frio, o aperto e a escuridão, pensei. E mais, certamente começaria a latir, indefeso e desesperado. Mas ninguém o ouviria. Será que ele aguentaria o voo? Comecei a me tranquilizar, no entanto, pelo fato de que a minha mãe não voaria sozinha, mas com um cachorro totalmente adormecido. Depositei a mochila laranja-cenoura atrás da caixa e sussurrei, ali, no vazio, que tudo ficaria bem e que logo nos encontraríamos.

Fiquei surpresa com a ingenuidade da funcionária da companhia aérea. Depois de Volgogrado, onde eu e a mãe tínhamos sido apalpadas e nossos documentos examinados com uma lupa, eu esperava um verdadeiro interrogatório em Moscou. Afinal, poderia estar transportando uma bomba, ou drogas, ou o que quer que fosse. Talvez o atestado de óbito do crematório de Volgogrado parecesse falso, mas ainda assim tinha carimbo e assinatura. E confirmava que na urna, além das cinzas, não havia substâncias ou objetos alheios. Estranho, pensei, que os traficantes de drogas e os terroristas ainda não tenham começado a usar esse esquema para transportar suas coisas. Se bem que, talvez utilizem, sim, e eu é que não saiba.

Annie Leibovitz fotografa o corpo de Susan Sontag doente, e depois morto. Em seguida, passa a documentar detalhadamente a morte do próprio pai. Ron Mueck cria uma escultura de silicone do cadáver do pai e aplica nela cabelos. Não são cabelos artificiais ou de alguma outra pessoa, mas os seus próprios. Daphne Todd pinta um retrato da mãe morta.

A imagem de Sontag morta causa repulsa por seu confinamento. Trata-se de uma fotografia estreita e horizontal, cuja composição lembra a do Cristo morto de Holbein. Não há ar.

É escura e comprime o olhar por todos os lados. É insuficiente, desconfortável. Mesmo porque o formato nos força a olhar para além dos limites da fotografia. Tudo ao redor nos distrai do acontecimento terrível — a morte. É impossível ver um corpo amado morto e retê-lo na memória. Unir-se a ele. O mundo vai sempre estremecer e seguir vivendo, vai sempre tirá-la do mais importante — a escura caixa retangular da perda. Mueck cria um objeto e, chamando a nossa atenção para a fragilidade do corpo morto, escolhe não vestir a escultura. Seu pai está lá, deitado e nu, um terço menor do que o tamanho real. Mueck tinha medo do pai, que sempre lhe pareceu severo e cruel; a morte se tornou uma maneira de domá-lo. De transformá-lo em seu, de parar de temê-lo. Apesar disso, o trabalho com o corpo morto implica sempre a mudança da proporção. É preciso mudar o tamanho do objeto para, dessa forma, revelarmos nosso poder sobre ele. Temos liberdade de dispor do corpo e da memória, pois estamos vivos.

Ainda que extremamente realista, o trabalho de Daphne Todd é executado em tons claros. Não há, ali, lugar para o preto. Mesmo a mandíbula aberta da mãe não desnuda o buraco negro da não existência, pois é preenchido com um marronzinho claro. Os olhos embranquecidos da morta estão abertos e todos podem ver o seu peito claro, afundado, murcho. Essa é a morte na velhice e na prosperidade. Mas mesmo aqui vemos a redução de proporções: na internet, observo uma foto da própria Todd com o quadro ao fundo, em que a cabeça da mulher velha é duas vezes menor do que a cabeça da filha viva. A perspectiva faz com que os braços mortos pareçam mais compridos, como galhos secos jazendo sobre o lençol branco. A imagem da mãe de Daphne Todd é um emblema da morte ideal. Da morte numa idade avançada e próspera, quando todo o controle, inclusive aquele sobre a representação do seu próprio corpo morto, é transferido para os entes queridos.

Por que fizeram isso? Por que eu faço isso — descrever lentamente a morte e o corpo morto da minha própria mãe? Há, aqui, muita dor e a tentativa de elaborar, de fixar a experiência. Mas há também um pingo de vaidade: continuar a viver significa ter controle sobre o próprio corpo. Sobre o corpo dos entes queridos mortos. Eu, afinal, me aproprio de algo que sempre me pertenceu, mas que não me era acessível por completo — o corpo dela. E o exponho em público, como um troféu. Como uma ferida adquirida em uma longa e pesada guerra. Eu tenho esse direito.

Leibovitz fotografa o pai dormindo (ou morto?), como se o olhasse bem de perto. O rosto do pai está calmo e jaz sobre uma almofada de flores. Em sua face, veem-se manchas senis escurecidas, e ele é seco como uma raiz desidratada pelo sol, muito pequeno, como todas as pessoas mortas. A fotografia está aberta ao espectador. Não achei doloroso vê-la, não me senti confinada, mas sei que a morte repousa ali. Olho, em seguida, para outra fotografia — uma grande maca hospitalar em um quarto grande e iluminado, com paredes cobertas por fotografias. A maca é como um pesado bloco de mármore, está iluminada. Vazia. Ao seu lado, sentado numa poltrona, um homem cobre o rosto com as mãos, talvez chorando, talvez pensando. A fotografia se chama "A sala de meus pais". Na terceira foto há uma cova retangular, emoldurada por grossas toras de madeira. Ao lado, montes remexidos de terra úmida e seca.

Essas três fotografias fazem parte de uma série maior, *A vida de uma fotógrafa*. Nela, Leibovitz fotografa o pai e a mãe idosos, as irmãs e algumas pessoas próximas. E a morte e seus sinais. São imagens muito calmas e, se fôssemos imaginar um som para elas, seria o de uma transmissão de rádio baixinha e abafada, com uma colher de metal a tilintar num prato, ambos se dissolvendo em ruído branco. Ali, a vida passa.

*

Durante o voo eu sabia que em algum lugar no compartimento de carga dormia um cão, ao lado do qual estava a urna da minha mãe. Teriam os funcionários da transportadora sido gentis com ela? Ou a teriam jogado no canto, com as outras bolsas? Será que tinham amassado a urna da minha mãe? E se a mudança de pressão tivesse feito estourar a tampa de metal da cápsula com o número de série da cremação? Todo o compartimento seria recoberto com as cinzas da minha mãe. O que fazer, se isso acontecesse? O que fariam as pessoas que trabalhavam na Aeroflot?

Tem coisas que podem ser recuperadas e restauradas, tem coisas que são únicas. Não há mais, em lugar nenhum, outra urna com as cinzas da minha mãe. O que é pior: não há mais a minha mãe, em lugar nenhum, e essa urna é o seu último traço, é o que restou. O que aconteceria se eu ficasse sem ela? Seis meses depois do meu voo, soube-se que, devido ao descuido dos funcionários, haviam morrido alguns gatos no compartimento de carga dos aviões da Aeroflot. Esmagados pelo resto da bagagem. O que sentiram os donos daqueles bichos?

Durante o voo eu olhava para a frente. Eu imaginava o cão acordando com uma coceirinha no nariz, que seriam as cinzas da minha mãe espalhadas. O cão espirraria. Em um minuto, tudo no compartimento — a bicicleta de trilha, o contrabaixo e todo o resto — estaria encoberto pela fina poeira branco-acinzentada que sobrara do corpo da minha mãe. Senti dor no maxilar e percebi que estivera rangendo os dentes todo o tempo. Estava tensa de medo.

O voo noturno de Moscou a Novosibirsk termina com você quebrada, pousando durante o alvorecer. Eram quase cinco da manhã em Novosibirsk, já clareava, minha cabeça doía e eu queria dormir. Pulei para fora do avião e corri até a esteira de bagagem. Nela, uma atrás da outra, apareciam as malas — uma esportiva preta, uma grande bolsa de tecido, uma pequena maletinha com um pônei cor-de-rosa e um arco-íris, uma mala xadrez chinesa... Eu não sabia onde procurar a bagagem fora do padrão. O pânico me sufocava, o meu olhar passeava pelo hall e eu não via sequer um funcionário do aeroporto. No vigésimo minuto de espera apareceu na esteira a caixa cinzenta, que, chacoalhando, deslizava. O cão ainda dormia. Ou já estava morto, o coração explodido de tanto latir em pânico. Um homem se aproximou e, pegando a caixa, a tirou da esteira num movimento brusco. Ao abri-la, tirou um cachorrinho de colo. Esqueci a minha mãe por um segundo. Ela não fora acompanhada por um nobre cão de guarda, corpulento e de respiração estável, mas por um quieto e ansioso cachorrinho cor de creme. O bichinho ainda dormia, e o homem o entregou à sua companheira e rapidamente desmontou a caixa, juntando os pedaços com fita-crepe.

Veio por fim, então, a bolsa cor de cenoura. Vinha virada de cabeça para baixo, e com a manga de uma de minhas camisas, a verde de linho, saindo para fora. Significava que a mochila tinha sido sacodida, jogada, e que, no meio do caminho, o zíper abrira. Peguei-a com as mãos trêmulas e terminei de abrir o zíper. Dentro estava uma bagunça — as calcinhas, meias e jeans tinham se misturado à pasta de dente e aos livros. A caixa com a urna estava aberta. Senti um calafrio e uma pontada de dor, estendi as mãos e tirei a tampa da caixa. A urna estava no lugar e tinha sido salva pelas roupas que eu colocara para forrar o espaço vazio entre ela e as paredes da caixa. A caixa era grande demais, e eu a forrara para evitar que chacoalhasse e batesse na madeira. Percebi um pequeno amassado na tampa da urna. Abri. Dentro estava a cápsula, envolta em um pedaço de tecido. Eu antevira o amassado e a atitude displicente, e por isso decidira proteger a cápsula, também. Tudo estava em ordem. A cápsula não abrira e não rachara, nem explodira. Estava lá, quietinha, no fundo da urna.

Ritos fúnebres são sempre um procedimento lento e vazio. Quando enterramos o meu pai, foi tudo muito demorado e incômodo. Primeiro, todos entraram na sala do velório e começaram a zanzar em volta do caixão. Depois, veio um padre preguiçoso, de cuja batina se entrevia a calça social, brilhante e engomada. O padre tinha um cronômetro para controlar o tempo das orações e o ritmo do ritual. Ele se aproximou do corpo de meu pai e, muito eficaz, abriu as mãos do morto, que estalaram alto, para posicionar uma vela entre elas. Ao ler a oração, o padre não tirava um dos olhos sacanas do cronômetro, e eu examinava tudo: primeiro o padre, depois, ao lado, um velho aparador de madeira em péssimo estado, no qual se acumulavam pilhas e pilhas de papel. Aos pés do aparador havia um caixão cor de berinjela, fechado. Interessante, pensei, será que tem um cadáver ali dentro? Então veio a funcionária do necrotério e disse que tínhamos comprado um horário duplo, e que por isso podíamos ficar uma hora inteira na sala de velório. E as pessoas lá, zanzando, despedindo-se, conversando. Elas se aproximavam e tocavam o ombro e as mãos da minha avó, a mãe do meu pai. Ela chorava aos urros. Quando o padre terminou o ofício, fechou de volta as mãos de meu pai — com o mesmo estalo — e pegou seus instrumentos de trabalho de cima do caixão — cruzinhas, velinhas e o ícone de papelão que também pusera entre as mãos do meu pai durante a oração. Levou-o até minha avó e pediu que o guardasse. Na manhã seguinte, a vó me entregou o ícone, que tinha a imagem da Virgem Maria com o menino Jesus. Coloquei-o primeiro no meu passaporte, depois foi parar no meio de algum livro. Mas quando isso aconteceu, a imagem já estava toda gasta e cheia de dobras, inclusive uma vez eu a lavei junto com uma calça jeans, porque caíra da carteira para o bolso do jeans.

Quando acabou o nosso tempo, a funcionária do necrotério veio pedir que nos apressássemos. Os homens manobraram o carro fúnebre até perto da saída e o carregaram com o caixão do meu pai. Levavam-no com os pés virados para a porta, e quem ia atrás podia ver a cabeça toscamente costurada, de orelha a orelha, com um fio preto e grosso. Parecia uma das linhas com que eu costurava as minhas meias-calças na infância, depois que a minha mãe dissera que eu deveria ser uma menina independente. Eu as costurava com pontos enormes, sempre com a mesma linha preta e grossa. Não importava a cor das meias-calças, azuis ou cor-de-rosa, aquela era a única linha que cabia na agulha de olho mais largo, e era com ela que eu costurava. Todos viam a costura seca, sem sangue, e, por causa disso, minha avó gritava e chorava ainda mais alto.

Me botaram no carro fúnebre para que, como filha, eu acompanhasse o caixão do meu pai. Era começo de outono e estava insuportavelmente abafado em Astracã. A viagem foi demorada e, quando cruzamos a comprida ponte sobre o Volga, senti que alguém me olhava. Era um dos jovens coveiros, que me comia com os olhos enquanto eu passava mal com o cheiro de cadáver podre acumulado no carro e com a proximidade do corpo morto de meu pai.

No cemitério, mais uma vez, todos se puseram a zanzar em volta do caixão. As pessoas andavam em círculos, e eu tive a impressão de que aquilo não acabaria nunca. Em seguida, fui conduzida até o caixão, onde ordenaram que eu beijasse o meu pai.

Beijei-lhe a testa e, entre meus lábios e a pele dele, pus um pequeno papel de seda com o texto de uma oração para o descanso eterno. O pai não tinha cheiro, mas eu sabia que a costura da sua cabeça estava ali, muito perto. Acho que acabei absorta no beijo. Não sei quanto tempo fiquei debruçada sobre o corpo dele, pressionando meus lábios contra sua fronte. Minha impressão é que tinham se passado apenas alguns segundos, mas de repente senti que um par de mãos fortes e pesadas me afastavam do corpo. Era um dos amigos do meu pai, o tio Sacha, que dizia: tá bom, já chega, tá bom. Depois, fecharam o caixão e começaram a pregá-lo. Shamshad Abdullaev tem um poema longo e bonito chamado "No caminho das pedras". Nele, o protagonista examina uma caixa com uma coleção de pedras e diz que não ousava chacoalhá-la, pois o bater seco o lembraria de seu pai morto. Realmente, o barulho dos nacos de terra caindo sobre a tampa do caixão se parecia com o som de pedras sacodidas dentro de um espacinho. Joguei o primeiro punhado de terra e o ouvi cair. Depois outro e mais outro. Os homens pegaram as suas pás, e entre eles estava o jovem coveiro grudento. Eu permanecia sentada de cócoras junto à cova, ajudava a jogar terra, pó seco e pequenas pedras.

Em seguida, quiseram que eu e a vó voltássemos no fedorento carro fúnebre em que havíamos trazido o corpo do meu pai, mas ela ficou incomodada e nos botaram num pequeno Lada 99 para nos levar até o local onde ocorreria a recepção.

Aquele rito fora feito para que os vivos experimentassem algo, depois do qual pudessem dizer, com certeza, que quem tinha morrido de fato morreu. Mas o ritual, do começo ao fim, era vazio.

Quando nos despedimos da minha mãe, o velório foi curto e ainda mais absurdo. A agência funerária propôs que eu alugasse a sala de velório por quinze ou trinta minutos. Quinze minutos, para um velório? Escolhi um período de meia hora entre as 16h e 16h30. Chegamos quinze minutos antes, Andrei ficou na porta do necrotério, e eu entrei para resolver as questões de organização. Entrei no saguão principal que dava para as salas de velório, e cada uma delas tinha um cavalete de plástico com um espaço para o nome do falecido. Os cavaletes ficavam de costas para o centro do saguão. No final do saguão, os meninos da brigada funerária faziam algazarra: eram altos, quase dois metros de altura, vestiam uniformes pretos e gorros dobrados de lã, que lembravam *papakhas* dos cossacos, só que de um vermelho desbotado. Riam e mandavam uns aos outros tomar no cu. Entre eles, um homem grandalhão ria mais alto, e tinha o uniforme mais longo, com botões de ouro, e não de lata, como os dos demais. As gargalhadas e a baixaria ecoavam pelo saguão, eles achavam que estavam completamente sozinhos. Eu me aproximei em silêncio e me dirigi ao mais velho, dizendo que tinha o velório de Angella Vassiákina às 16h. Ele imediatamente ficou sério, tirou o chapéu e fez uma reverência, apresentando-se como o chefe da brigada funerária. Se não me engano, chamava-se Eduard. Era um homem enorme e pediu que eu o acompanhasse. Parou em frente à entrada da segunda sala e virou o cavalete para a frente. Vi o nome da minha mãe. Ele entrou primeiro e acendeu a luz, o que automaticamente disparou uma música plástica genérica, que de longe lembrava a canção "O pastor solitário". Pensei que jamais deveríamos ter concordado com o acompanhamento musical. A música era vazia e vulgar, como que tirada num pianinho infantil barato, e de repente ela me deu vergonha.

Eduard me conduziu até o caixão da minha mãe e disse, cheio de energia, que o quanto antes começássemos, antes terminaríamos. Eu assenti, mas brinquei que agora não precisávamos mais ter pressa. Ele riu, em aprovação. Eduard destampou o caixão e eu percebi que ele havia usado uns clipes especiais, que funcionavam como pregadores. Tirou-os da tampa do caixão e os guardou no bolso do uniforme, pois eram reutilizáveis. Em seguida, desamarrou as mãos e os pés da minha mãe ostensivamente, reclamando de que os familiares nunca confiam na brigada. Apoiou a tampa do caixão perto da janela, e pediu que o chamássemos assim que terminasse.

Chamei Andrei, as duas amigas da minha mãe e Serguei Mikháilovitch. Eles entraram e se colocaram longe do caixão. Os homens tiraram o chapéu, Andrei abaixou-se diante da cabeça da minha mãe e, abraçando-a cuidadosamente pelo pescoço, recostou sua testa na dela. Chorou. Eu estava ali em pé, à espera. Quando todos se despediram, chamei Eduard, que entrou e disse que a brigada agora fecharia o caixão e o levaria até o carro fúnebre, e que nós, familiares, deveríamos segui-los e acompanhar a falecida. Tirou os clipes especiais do bolso e os prendeu na borda do caixão, então chamou os colegas. Os homens levantaram o leve caixão com facilidade e o levaram até a saída, nós os acompanhamos. O carro fúnebre estava a uns cinco metros da entrada do saguão. Ágeis, os homens puseram o caixão no carro e se dispersaram para os lados. Eduard entrou no carro por último e me chamou. Quando levantei a cabeça para olhá-lo, vi que tinha nas mãos uma grande sacola térmica cinza, que ele chacoalhava como se exibisse um peixe enorme recém-pescado, ou uma carne para o churrasco. Olhei para ele, sem entender. Ele disse em voz baixa, mas bastante claro, que eram os órgãos internos da minha mãe, que também levavam para o crematório. Assenti para Eduard, que saiu do banco de passageiros e sentou ao lado do motorista. Os outros fecharam as portas, o carro deu a partida. Primeiro, subiu devagar a rampa da saída do necrotério, depois acelerou e sumiu.

E assim foi o velório. Um vazio.

Mais que tudo, fiquei preocupada com os órgãos. O que fariam com eles? Será que os espalhariam em um manto de seda branco como a neve? Ou aquela bolsa térmica era especial para a cremação, e a colocariam aos pés da minha mãe? Fiquei muito mexida com isso.

Eu disse a Andrei que ele tinha feito tudo o que um homem que ama poderia ter feito — ficara ao lado da mulher que morria.

A minha mãe morta, doente e indefesa não se parece em nada com a mãe forte, terrível e jovem. São imagens que não cabem, juntas, na minha cabeça. O corpo sem vida que cremei era leve, sofrido, velho e morto. Dentro de mim, entretanto, a minha mãe ainda era uma figura terrível e severa. Nos meus sonhos, eu a via jovem. No espaço do sonho, ela aparece sempre tão próxima que me deixa nervosa. Uma proximidade que é sempre um tormento, já que, em meus sonhos, ela nunca olha para mim, mas por cima dos meus ombros, como se houvesse ali, em outro lugar, acolhimento e sentido. Nos sonhos, frequentemente grito com a minha mãe, eu a pego pelos ombros e a sacudo, depois caio sem forças e acordo em prantos. Ela não me ouve e não me vê. Num dos últimos, o seu corpo morto veio me visitar em casa. Era como um relicário gigante, ela toda vestida em ouro. Por alguma razão era muito alta, três cabeças mais alta do que eu. E cega. Eu ficava olhando para aquele corpo escurecido e sabia que era a minha mãe. O corpo cego, então, flutuava através de mim com todos os seus adornos e desaparecia pela janela.

A imagem da mãe severa não me deixa em paz. A mãe severa é o motivo do meu impulso criativo e da minha escrita. A mãe é o motivo e o corpo da escrita, eu a entendo assim. A mãe moribunda e fraca é terrível porque está próxima da morte e experimenta morrer. A mãe morta e severa é ainda mais difícil e horrível, se aloja em algum canto escuro e fica lá, esperando que você escreva. E a morte dessa é impossível.

GAIOLAS-TECELÃS-ARANHAS

Para Gália Rymbu

0

Escrever sobre a escrita é uma coisa que nunca entendi, uma coisa impenetrável. Não sabia como juntar as coisas e não sabia como aplicar, na prática, aquilo que eu mesma escrevia e lia dos outros. É difícil encontrar a "energia da conexão" na lacuna entre essas práticas, juntá-las ou sobrepor uma à outra. Mas acredito que ela exista em algum lugar, assim como existem metáforas e gêneros limiares que funcionam precisamente na intersecção entre teoria e prática. Suponho que é preciso procurá-los em algum lugar que não a escrita. Na arte e no mito, por exemplo.

1

Há algum tempo tenho me interessado pela comparação entre a comunidade de escritores e os coletivos de tecelãs. As tecelãs trabalham em coletivos não hierárquicos e criam o quadro do texto e da cultura. A diferença entre suas poéticas reside no próprio padrão das imagens tecidas, colorido e inimitável. Basta apenas lembrar dos antigos romanos, para os quais a palavra *texto* significava tecido, ou os "trançados de palavras" da literatura eslava medieval.* Mas quem é a tecelã? E estaria ela realmente sozinha em seu trabalho? A primeira coisa em que

* Trançado de palavras (*pletiénie sloviés*), uma técnica de escrita medieval eslava na qual as letras de um texto (em geral, bíblico) eram interconectadas, formando padrões e desenhos.

penso é no mito de Aracne, que competiu no ofício com Atena, a padroeira das artes militares e dos ofícios. A ligação entre a guerra e o ofício é interessante por si só, já que aqui entram não apenas a produção de armas, mas também as ocupações pacíficas, como a arte da olaria e, claro, a da tecelagem (as artesãs enfeitavam suas peças com representações dos feitos militares dos deuses e dos homens). Isso significaria que todo e qualquer ofício estaria subordinado à Atena, e que então seria inextricável da guerra e da violência? Parece que sim.

Penélope, com sua espera enclausurada por Odisseu, manipulando o bordado que tecera durante o dia. Filomela, que, desprovida da língua, fala com a irmã através das imagens tecidas numa tela, conta sua história e se salva do aprisionamento. Claro, Aracne, a tecelã, habitante de Hypaepa. Ovídio conta que ela vinha de uma família pobre, crescera sem mãe e terminara por surpreender a todos com sua mestria. Até as ninfas vinham assistir ao seu trabalho impecável. Ovídio diz que o trabalho de Aracne era, indiscutivelmente, o trabalho de uma pupila de Atena. Orgulhosa de seu profissionalismo, Aracne lança um desafio à própria Palas, e Atena o aceita, mas perde. Aqui podemos observar não apenas o tema da superioridade do aprendiz com relação ao mestre, mas também uma tentativa de rompimento com a hierarquia existente. Antes de mais nada, Aracne, Filomela e Penélope devem ser tidas como mulheres que se opuseram à ordem em que estavam postas.

Atena não é apenas a padroeira dos ofícios: ela também não é totalmente uma mulher. Atena é um símbolo da glória militar, nascida sem a participação da mulher, da cabeça de Zeus, e ainda por cima é considerada virgem. Ou seja, Atena ocupa uma posição masculina porque em essência não é uma mulher, é uma extensão do mundo masculino. A batalha de uma mulher contra uma deidade masculina (mesmo com a vitória objetiva da primeira) termina em derrota: Atena transforma a concorrente em aranha.

E nas obras de Louise Bourgeois, a aranha é precisamente o símbolo da casa materna. Basta apenas lembrar da série de instalações *Celas* e das presas infinitas de suas aranhas gigantes. Aqui, a aranha se funde com a imagem da mãe, da casa, da cela. A imagem da mãe-aranha em Bourgeois não é por acaso. A sua família possuía uma pequena tapeçaria, e a mãe se distinguia pelo caráter severo. Bourgeois se lembrava dela trabalhando ao tear, no meio da poeira têxtil, rodeada por gigantes rolos de tapete: a terrível mãe a lembrava da arcaica Aracne. A aranha tece seu fio quase invisível, pegajoso e sufocante — a aranha aqui é uma metáfora para relações íntimas que intoxicam, para o hipercontrole que se esconde por trás da preocupação e do acolhimento. Ainda, o ódio.

Na obra de Bourgeois, a mãe é inseparável da cela — um espaço fechado e impenetrável. Eu me lembro de seus trabalhos claustrofóbicos com empoeirados carretéis de linhas vermelhas, que repetiam a construção exterior da cela e transpassavam o espaço interno com linhas de canto a canto. Pressão de todos os lados, embrulho sufocante, tal como a teia de aranha. Heidegger fala sobre a língua como a casa do ser, e Žižek, sobre a casa de tortura poética da língua. Bourgeois fala outra coisa: a casa é uma cela.

Na série de obras *Protozoários*, a artista e poeta Anna Altschuk cria poemas gráficos a partir da repetição de letras. Não seria a repetição o princípio originário do fiar, do bordar e do tecer teias? Analisando os poemas, vemos telas fantásticas, tecidas com as letras do alfabeto russo. Em seu diário, Altschuk anota: "A língua russa é o meu tesouro principal, minha única riqueza, mas é também a minha cela dourada".

A casa de Bourgeois é, sem dúvida, uma casa de eterna e silenciosa tortura. Porque se espalha pelo corpo da memória da artista: é só ver, por exemplo, o motivo repetido tantas vezes na sua pintura e escultura — o corpo feminino nu, mas com casas em lugar das cabeças.

A casa é o espaço opaco e fechado onde a tecelã trabalha. Penélope tece no segundo andar de sua casa, Filomela tece numa cabana na floresta, e a casa de Aracne aparece inclusive nas *Metamorfoses*, de Ovídio. Seria a casa a origem da tecelagem? Mesmo o "teto todo" de Virginia Woolf é um espaço da solidão e do trabalho solitário da escritora-tecelã, até hoje. Não é o pai quem supervisiona a tecelã, mas a mãe ou uma mulher mais velha, que transmite a arte e constrói o mecanismo de interpretação da experiência através do mito, do conto de fadas e da imagem. Ela é a velha tecelã, a aranha de ferro, que deita sua teia de silêncio e segredo e cria o irrespirável espaço da casa. É ela quem subordina à sua lógica o ordenamento dos objetos, é ela quem cobre a casa com a própria sombra. A sombra da escuridão redentora. A escuridão que esconde o trabalho das tecelãs, que os guarda dentro da casa. O trabalho das tecelãs serve à casa, e nela vive.

Seria por isso Aracne tão famosa e destemida ao enfrentar Atena? Por sua mãe estar morta e a arte não lhe ter sido transmitida por uma mulher mais velha, mas por uma deidade masculina numa casca feminina?

2

Aqui é preciso parar e fazer uma pausa para respirar. Pergunta: como podem as tecelãs, cobertas pela sombra da velha aranha, sair à luz para juntar seus muitos tecidos em um só e mostrá-los ao mundo? Se a tecelagem guarda algum potencial de resistência, como demonstra a experiência das tecelãs antigas, seria possível que a canção de guerra e violência se transmutasse em outra coisa? Em uma coisa que não esteja inscrita na dicotomia "violência/resistência"? Em uma coisa que possa propor uma variedade maior de opções?

São questões que despertam esperança.

A esperança acalenta e alegra o coração.

Estava deitada no meu quarto escuro. De bruços, vestia apenas a calça do pijama. Ao meu lado estava a minha mãe. Um raio de luz amarelada vindo do corredor cortava a parede e iluminava as pequeninas flores nela. O velho papel de parede do meu quarto, por algum motivo, era de cozinha. Não, era assim apenas como chamávamos todos os papéis de parede claros com florzinhas e caulezinhos verdes delicados. Estava de bruços e olhava para a nesga de luz. Sentia a presença da minha mãe por perto. Sentia o cheiro da madeira e, com o corpo, sentia o calor vindo do corpo dela. A mãe deslizava as mãos com as pontas dos dedos frios pelas minhas costas quentes e dizia, baixinho:

Trilho, trilho, trave, trave
Vem o trem, não se atrase
Bem do último vagão,
o saco de milho caiu no chão

Primeiro, ela deslizava as pontas dos dedos ao longo da minha coluna, mostrando os trilhos; para fazer as traves, fazia linhazinhas transversais. O trem era feito com uma pressão maior. O milho esparramado eram cutucadinhas com a ponta das unhas. Ela continuava:

Galinha veio, foi ciscando, — e dava pontadas pelas costas
[com a ponta das unhas.
Ganso veio, espalhando, — e dava beliscadinhas.
Veio o guarda, foi varrendo — acariciava minhas costas.
Pôs a mesa e a cadeira, — batidinhas.
E uma máquina de escrever — último beliscão.

Depois, começava a fazer com os dedos como se datilografassem numa máquina de escrever, mas em minhas costas:

Comprei para esposa e filha, ponto.
Meia-calça colorida, ponto.
Filha linda vai vestir, ponto.
E a esposa para mim sorrir. Ponto.

No último ponto, ela dava uma batida um pouco mais forte.

Eu pedia de novo. E ela recomeçava do começo: trilho, trilho, trave, trave...

A cada vez, a atenção dela se dissipava mais. Os movimentos perdiam a delicadeza, e ela os fazia já de qualquer jeito. Na terceira vez ela dizia que já estava bom, que era hora de dormir.

Ao sair, encostava os lábios em meu rosto e fechava a porta com uma meia, garantindo que não abriria. O feixe de luz amarela desaparecia e eu ficava lá, deitada, pensando no quão estranho era o guarda da cantiga. Eu ficava imaginando as meias-calças coloridas horrendas que ele comprava para a esposa e para a filha. E, se apenas a filha tinha decidido usá-las, como dizia a letra, talvez o segundo par fosse muito grande, ou muito pequeno para a esposa do guarda?

Às vezes, peço que a minha esposa acaricie minhas costas. Deito de bruços e ela vai deslizando as mãos e me dá beijinhos silenciosos pela coluna. Em seguida, vira para o lado para dormir e eu, abraçando-a, encosto meus lábios em sua pele bronzeada, fico segurando um tanto, até sentir a proximidade de seu corpo. Ela me responde envolvendo minhas mãos em suas grandes mãos fortes. A luz da rua é fria, e eu vejo como as árvores balançam pela janela, com o vento. Assim, no escuro, adormecemos. Primeiro ela, depois eu.

A minha mãe, assim como muitas mulheres de seu entorno, amava plantas decorativas dentro de casa. A variedade de plantas na Sibéria é escassa e, além disso, elas cresciam como podiam — sem sol, no frio e no solo fraco onde as floristas as plantavam, em suas datchas. A planta — ou melhor, a muda — precisava ser roubada, ou então dizia-se que não cresceria. Só não era aceito roubá-las de hospitais ou escolas, pois, ali, as plantas possuíam uma energia ruim e traziam sofrimento e dor para a casa.

Nos canteiros das escolas, geralmente cresciam gerânios fedidos e bojudos e plantas-aranha pálidas e murchas. A mãe tinha uma maranta. Tudo bem que a maranta no nosso apartamento era meio desbotada, um pouco queimada de sol, e quase nunca florescia. Quando aparecia um broto novo que prometia abrir em uma nova flor, eu zanzava em volta do vaso, esperando que a planta desabrochasse. Ao final, as flores demoravam alguns meses, mas eu ficava ali, tentando pacientemente abri-las. Eu gostava da maranta, das suas manchas amarronzadas e caules tortos. Depois, fui descobrir que a maranta tem a capacidade de mover as próprias folhas: elas reagem à luz e, de manhã, se abrem e, de noite, se recolhem para cima. Por isso, chamam-na maranta-pavão. Mas a nossa maranta não se mexia de jeito nenhum. Em casa não havia luz ou, acho, calor.

Cada planta tinha o seu poder. A planta mais forte de todas era a sinistra trepadeira de flores-de-cera. A minha mãe tinha ficado com ela depois da morte da avó, que tinha nos deixado o apartamento. A flor-de-cera ficava pendurada no teto, e as suas flores pareciam esculpidas em madeira. A mãe a chamava de flor-da-morte. Floria apesar de ser primavera ou outono. As flores eram estranhas, pareciam pés de bebê. Quando floria, o apartamento inteiro era tomado por um cheiro abafado, e a minha mãe chamava-o cheiro de cadáver.

Ela acreditava que a flor-de-cera abria anunciando alguma tragédia, e tentava provar sua teoria com fatos. Dizia que, quando brigávamos, a planta cheirava pior. Ou que se alimentava de energia ruim. Ela mantinha a planta no apartamento, mas tinha medo. Quando eu estava na oitava série, pediu que eu a levasse para a escola e a deixasse lá. Eu levei. Hoje, penso em como plantas como a maranta ou a flor-de-cera chegam na Sibéria. Alguém as traz. Alguém as traz dos trópicos e da Ásia, e elas passam a viver ali.

Depois que enterramos as cinzas da mãe, a minha tia me levou até um frondoso pé de marmelo em seu apartamento e disse que a planta tinha sido um presente da minha mãe, quando partira para Vóljski. Pegou umas tesourinhas e cortou uma muda para mim. Eu a trouxe para Moscou e, um tempo depois, a plantei. Por muito tempo a muda não criou raízes, e quando o fez, demorou ainda um ano para se acostumar ao novo solo e ao novo clima. Um ano depois da morte da minha mãe, finalmente apareceram umas duas florzinhas meio tortas, completamente atípicas para o marmelo. Então, começou a crescer. Eu cuido desse marmelo mais do que de todas as outras plantas de casa, é o que mais me surpreende. Uma pequena e corajosa plantinha que veio comigo de avião, que atravessou milhares de quilômetros pelas estradas da Sibéria. Que, depois, ficou mudando, de casa em casa. Nesse marmelo não há nada que esteja diretamente ligado à minha mãe. Ela o deu à minha tia quando era ainda uma mudinha recém-brotada. Mas a ideia de que o marmelo veio de uma planta que era dela me acalenta. Um dia, fui até o mercado de flores e comprei uma flor-de-cera nova. A menina vendedora me disse que quando a flor-de-cera abre, cheira a mel. Eu perguntei se não tinha cheiro de cadáver, como a da minha mãe, e ela ficou um pouco incomodada. Disse que as flores-de-cera cheiravam a muita coisa, mas que nunca na vida tinha encontrado alguma que cheirasse a cadáver. A minha mãe dizia que o corpo morto tinha cheiro doce.

Fico pensando que ela morreu lentamente e gostaria de acreditar que morreu como uma grande e pesada árvore. As metástases destruíram e tomaram, uma após a outra, todas as partes de seu corpo. Ela era como uma árvore complexa que perecia. Eu vira árvores assim na floresta, cheias de nódulos de galhos, cinzentos, grandes. Quando vejo árvores assim, eu me lembro da minha mãe. Dela e da sua morte, silenciosa e quieta, da sua paciência. É algo que me inspira e aterroriza, ao mesmo tempo.

Achei interessante a história de uma das pacientes de Julia Kristeva, a quem ela chama Helen. Helen sofria com episódios frequentes de depressão e melancolia. A recuperação desses estados agudos era acompanhada por surtos radicais de ninfomania, depois dos quais ela ia de novo para o fundo de sua cova. Era assim que ela chamava a escuridão em que entrava durante os episódios de depressão. Leio a história de Helen e encontro afinidade nela. Kristeva escreve sobre a perda da figura materna, que leva as mulheres a estados depressivos na infância e na vida adulta. Talvez, quem sabe, a evitação da própria filha seja causada pela depressão pós-parto, pela incapacidade de se reconhecer enquanto mãe, ou pela má qualidade de vida, que faz a mulher precisar se concentrar o tempo todo no dia a dia e na sobrevivência, se esquecendo da própria bebê. Ou a causa pode ser a transferência de atenção da mulher para algum objeto mais interessante: um homem, ou mesmo outras crianças. Ou, ainda, a misoginia inscrita na mulher, que não a deixa amar o próprio rebento do sexo feminino. Como quer que seja, eu sinto em mim essa mancha, essa sombra do abandono pela própria mãe. Sim, ela era funcional, sim, ela me alimentava, sim, ela me levava à escola e cuidava de mim quando eu adoecia. De dentro daquele mundo severo, recheado de procedimentos convencionais do cotidiano, o que eu sentia era frieza e cegueira com relação a mim. Hoje entendo: eu era uma erva daninha, arrancada e jogada para fora do canteiro. Mas a erva daninha resistira à morte, deitara suas raízes na terra e, com isso, salvara a própria vida. Só que eu ainda guardo as marcas daquela cisão inicial: a morte me atrai, me fascina. E a morte sobre a qual escrevo agora não é a morte física, não é o coração que para, é o espaço da perda e o fascínio por esse espaço.

Amor e acolhimento eram elementos faltantes. E essa ausência foi o que criou a imagem de mundo e a sensação de si que tenho, até hoje. Em meu consciente, a figura materna estava diretamente ligada ao prazer, à diversão e à vergonha, e a nossa ligação foi estabelecida de um jeito que nenhuma dessas coisas me pertencia, pertenciam à minha mãe. Hoje, eu, uma mulher de trinta anos, tento aprender a ter prazer, a arrancá-lo das firmes mãos da minha mãe morta.

Para mim, a figura materna esteve sempre intimamente ligada ao sexo. Ao meu sexo, não ao sexo em geral. Com frequência a minha mãe tinha um comportamento devasso, uma devassidão que se escondia sob a máscara da decência. Era o tal "roupa suja se lava em casa". Em casa, vi muito do que uma criança não precisa ver — sexo, humilhação e violência. Ela sempre me abandonava ao perigo. As vezes em que o amante bêbado subia pela sacada, ela corria para a casa de uma amiga, me deixando sozinha, cara a cara com o monstro. Por que ela não me levava junto? Será que achava que ele não me tocaria, que eu poderia pará-lo apenas com a minha presença? É verdade, ele nunca encostou em mim. Mas a interminável sensação de perigo que experimentei durante alguns anos faz com que eu não possa, até hoje, manter as janelas do primeiro andar abertas. Faz com que eu me cubra de suor e comece a ter ataques de pânico quando ouço um barulho atrás da porta de entrada. Faz com que eu congele e não consiga me mexer quando algum entregador se esquece de tocar o interfone e vem direto até a campainha. O medo e o pânico me sobem aos ombros e à cabeça e sinto calafrios. Eu me sinto em perigo.

Passei noites escuras e infindáveis de depressão. O sexo nunca me pertenceu. Sexo para mim era sempre uma desconfortável masturbação forçada do clítoris, que acabava me levando a mais períodos de depressão. Eu experimentava vergonha e culpa. Por muito tempo, a minha vagina foi muda. Para mim, esse duto, esse tubo que conduz diretamente ao útero, era um espaço anestesiado, desprovido da capacidade de sentir. Eu não sentia dor na penetração, mas também não sentia nada. Não importa o que fosse, nenhum objeto que entrasse em mim causava qualquer resposta física. Por dentro, eu estava morta, cega, podre. O sexo pertencia à minha mãe, o prazer pertencia à minha mãe. Durante o sexo eu sentia o seu olhar dentro de mim, muitas vezes, e me lembrava do seu corpo branco, flácido.

Depois que ela morreu, tudo mudou. Devagar, a minha vagina começou a ganhar vida. Primeiro comecei a sentir pontadinhas de excitação na vulva, bem na parte externa. Depois, alguns choquinhos silenciosos começaram a percorrer a parte mais superficial da abertura. Agora, toda a minha vagina é espaço de sentimentos. Viva, como são vivos o meu ventre e a minha língua. A psicanalista com quem me consultava sobre psicanálise, sexualidade feminina e agressão materna, ao escutar minha fala, supôs que a minha vagina tivesse desempenhado, por muito tempo, a função de cordão umbilical. A ligação com a mãe, no meu corpo, estava precisamente ali. A minha mãe morreu e a minha vagina respirou, pela primeira vez. Eu adoeci bruscamente depois de entender que a morte da minha mãe estava ligada ao aparecimento do prazer vaginal em minha vida. Do nada, tive uma vulvite aguda. Toda a vulva se transformou num pedaço rosado de carne inchada. Era como se milhares de vespas tivessem me picado ali. A ginecologista, ao olhar para meus exames, me apalpou e colheu um pouco de secreção. Todos os meus órgãos estavam em ordem, não havia qualquer sinal de infecção ou de ferimentos mecânicos, disse, descruzando os braços. Ela não sabia como explicar o meu mal.

Eu achava que sabia, mas a minha explicação era radicalmente esotérica. Conectava a vulvite aguda com o específico reconhecimento da fratura na ligação com o corpo da minha mãe. Claro, eu não podia dizer isso para a médica. Então, ela me prescreveu uma série de antibióticos, cremes e óleos. Mesmo assim, durante a noite, eu sofria de uma dor lancinante no lábio esquerdo interno. Algo saía e me rasgava, de dentro para fora. Alguma coisa muito antiga e muito dolorida. A minha esposa me ajudava. À noite, ela me fazia cafuné e me acariciava a barriga, aplicava os supositórios com remédio e, delicada, examinava minha vulva, para me contar como a doença se desenvolvia.

Li na internet que os casos mais frequentes de vulvite acontecem em meninas pré-púberes. E isso completou o quadro, para mim. Eu era ainda uma menina pequena, na escuridão da sombra cega da minha mãe. Eu ainda olhava para ela com medo e adoração, e não podia me reconhecer — ou ao meu próprio corpo — como coisas distintas do corpo dela. Eu era uma menina pequena no corpo de uma mulher adulta e bonita, e as minhas doenças eram todas infantis: catarro, febre, urticárias nas coxas e vulvite.

Manastabal é o nome da guerreira que guia Monique Wittig ao inferno, no romance *Virgílio, não!*. Ela é a responsável por mostrar o espaço das profundezas onde as mulheres ficam condenadas pela eternidade. Manastabal é também uma mulher, e conduz outra mulher. As duas fazem paradas em cada um dos círculos do inferno para observar os castigos mundanos impostos às mulheres no mundo masculino. Eu não tenho uma guia para o inferno em que descerei. É o meu inferno pessoal, e aqui precisarei me confrontar comigo mesma e olhar para o rosto da minha mãe.

Vou de Vóljski para Ust-Ilimsk. De uma cidade na estepe para uma cidade na taiga. Através de Moscou, a metrópole fervilhante, e de Novosibirsk, a industrial metrópole empoeirada, a uma pequena cidadezinha no fim do mundo, no meio da taiga. Vou para chegar à origem de tudo e, lá, enterrar o corpo materno transformado em cinzas.

Também não tenho companhia pois nesta guerra luto contra os meus. A retórica feminista se constrói de maneira que as mulheres são sempre postas como vítimas da ordem patriarcal. A agressão delas é silenciada ou é tida como compensatória. Mas ninguém dá à mulher em perigo o direito à subjetividade. A auréola de vítima protege a mulher e ataca os que a querem mal.

Saí do aeroporto de Tolmatchóvo em Novosibirsk e não reconheci o lugar de que partira dez anos antes. A alça de metal da caixa com a urna gelou em um piscar de olhos, e eu vesti minhas luvas para segurá-la. O branco amanhecer de Novosibirsk tomava conta de tudo. A poeira se levantava com o vento, se misturava aos flocos e se fundia com o céu. Ao meu redor, havia apenas a estepe nevada.

Fui chamar um táxi. Alguns homens vieram correndo até mim, querendo que eu fizesse a viagem com eles, mas eu recusei. Um deles foi logo pegando a urna de minhas mãos para colocar em seu bagageiro. Arranquei a urna de volta e o homem recuou com o meu gesto agressivo.

Atravessávamos a periferia erma e esquecida da cidade. Ali, uma feminista desconhecida, que eu encontrara através de uma comunidade de mulheres poetas, prometera me dar guarida por alguns dias. O carro se aproximou de um prédio novo e absurdo, construído no meio do nada. Desci e olhei por um tempo para a periferia de Novosibirsk. Demasiado erma, especialmente à luz do sol matutino de abril. Meu sobretudo de lã e o casaquinho sintético forrado de algodão não davam conta do frio. Acendi um cigarro. Eu queria abrir a urna e mostrar a cidade para a minha mãe, mas a cidade não respondia. Vi sair do prédio um cachorro salsicha, pequeno e bravo, e, atrás dele, seu dono mal-humorado num casaco de esqui. O salsicha veio me cheirar enquanto o homem examinava tudo com o canto do olho. Eu estava vestida para a primavera, mas na Sibéria ainda se prolongava o inverno cruel. Minha bolsa cor de cenoura era como um ponto laranja na terra cinzenta congelada do jardim. Sem sequer terminar, apaguei o cigarro na borda de uma lata de conservas que fazia as vezes de cinzeiro para os moradores do prédio. Liguei para Macha. Ela desceu com um cachorrinho minúsculo no colo. Disse que sairia para dar uma volta com Charlie, mas que eu já podia subir até o sétimo andar, que a porta estava aberta.

Tirei os sapatos no corredor largo e escuro e depois fui lavar as mãos. Ao voltar, Macha notou minhas roupas de verão e ofereceu um chá.

Sentamos e ficamos batendo papo. Macha parecia não notar a caixa de madeira com a urna, ainda que soubesse o que ela continha, pois eu a avisara. Ninguém queria falar sobre a morte. A morte incomodava, botava medo.

Zoia, sua namorada, acordou. As duas eram um pouco parecidas, grandes e amáveis. Zoia, no entanto, tinha traços orientais, de buriate, e Macha era uma loira cacheada.

Assim que Zoia saiu para a universidade, fui dormir. Eram dez da manhã.

Vaguei pela cidade por alguns dias. Queria reconhecer os seus traços, mas não conseguia. Talvez por nunca a ter amado, quando parti a apaguei da memória. De uma coisa eu lembrava: Novosibirsk é uma cidade de poeira e vento. Nisso, nada mudara ali. A poeira se levantava dos buracos no asfalto e pairava no ar como uma fumaça cinzenta. Através dela, o sol brilhava como um grande disco branco. Tomei o metrô até a estação Studiéntcheskaia com a ideia de ir ao café em que trabalhara por alguns anos. Estava fechado e, através das janelas sujas, dava para ver o balcão destruído, atrás do qual eu costumava atender. As janelas estavam cobertas com plástico escuro, mas consegui ver umas cadeiras espalhadas pelo chão e restos de material de construção. A placa com o nome do lugar também mudara, o logotipo agora era de outra cor. Fui até a cafeteria ao lado e pedi um café e um sanduíche. Gostei do garçom, que era amável, e perguntei o que acontecera ao Traveler's Coffee. O rapaz suspirou e disse que a empresa tinha quebrado um par de anos atrás. Eu disse que tinha trabalhado ali uma época. E ele também disse que trabalhara em uma das cafeterias daquela rede, mas que quando começaram a falir, foi trabalhar na concorrência.

Dei-lhe uma gorjeta e voltei a passear pelo bairro. Eu andava em círculos, olhando através das janelas e para os rostos das pessoas. Pensei que encontraria alguém conhecido, com certeza. Mas os rostos eram frios, e um novo shopping com praça de alimentação surgira no lugar do mercado, onde antes eu comprava verduras e laticínios. O brechó em que eu comprava minhas roupas também fechara. O lugar tinha vida, mas me era distante. Decepcionada em minhas andanças, tomei um ônibus para o centro.

Agora já não me lembro muito das minhas movimentações por Novosibirsk. Lembro que participei de dois saraus. No primeiro, vieram duas pessoas, e no outro, em uma biblioteca, umas trinta. Lá, uma celebridade local — uma poeta, também, cujo nome eu esqueci completamente — estava tão bêbada que começou a gritar para mim da plateia, enquanto eu lia. Depois levantou e veio em minha direção com os braços abertos, como se eu estivesse prestes a fugir e ela fosse me pegar. Vieram uns homens e a acalmaram, levando-a para fumar um cigarro na parte de fora. Ela se irritara por eu escrever versos livres e, mais ainda, por minhas poesias terem uma forte pegada feminista. Ela gritava que eu era uma assassina. Eu mantinha o rosto calmo e, num certo momento, propus que ela se retirasse caso não estivesse gostando de alguma coisa. Mas o que a irritara mais do que tudo era que eu vinha de Moscou. Ao sair, vociferou algo sobre os moscovitas. Dei de ombros e continuei a ler os meus poemas.

Lembro que fomos com Nádia, uma artista visual, até a cidade universitária para ver a represa do rio Ob congelada, e comer o shawarma local. Entramos pela floresta nevada e seguimos os trilhos da ferrovia até o pé da montanha. Tudo era de uma cor cinza-azulada, tudo era insuportavelmente claro. Ficamos por um tempo sentadas na margem coberta de neve, depois caminhamos ao longo dela. O sol era tão forte que as coisas pareciam se atirar em mim com sua vastidão e cor.

Lembro que bebi alguns litros de cerveja com a minha amiga Natacha e, depois, brigamos com um bando de moleques fascistas que tinham vindo encher o nosso saco. Tudo isso aconteceu, mas tenho a sensação de que em paralelo, dentro de mim, desenvolvia-se outro processo, que me tomava por inteiro. Era um processo acinzentado, de cor de sujeira, grande e demorado. Eu esperava a alegria, mas sentia apenas uma enorme decepção. Na manhã do meu voo, Natacha veio me buscar de carro e me levou ao aeroporto. Era uma manhã fria e feia.

Escrever sobre o corpo, a vida, as ideias e as emoções causa ansiedade e vergonha. Hélène Cixous nota, em *O riso da Medusa*:

> [...] você escreveu um pouco, mas escondido. E não era bom, porque era escondido, e você se punia por escrever, você não ia até o fim; ou porque, escrevendo, irresistivelmente, assim como nos masturbávamos escondido, não era para ir além, mas apenas para atenuar um pouco a tensão, somente o necessário para que o excesso parasse de nos atormentar. E então, assim que gozamos, nos apressamos em nos culpar — para que nos perdoem —, ou em esquecer, em enterrar, até a próxima vez.*

Cixous liga a escrita de mulheres à sexualidade delas. Para mim, a escrita foi sempre uma maneira de desvelar a experiência do corpo, de conferir significado e visibilidade ao corpo e à própria experiência. A cada vez que escrevia, eu o fazia aos trancos, como uma coisa desnecessária, vulgar e sem sentido. Eu escrevia nas pausas entre o trabalho e as refeições, enquan-

* Trad. de Natália Guerellus e Raísa França Bastos. Rio de Janeiro: Bazar do Tempo, 2022.

to eu comia. Deixava a escrita num lugar secundário, para que sua insignificância não fosse tão óbvia. Esperar, rolar o feed do Facebook, comer e escrever poesia, tudo ao mesmo tempo. Há muitas coisas importantes que precisavam ser realizadas, mas a escrita não entrava nessa lista. A escrita era a própria vida, mas uma vida que eu escondia de todos.

Quando a escrita irrompeu de dentro de mim, senti que eu fizera uma coisa errada. Depois dos meus surtos de escrita, eu sempre me sentia nua, numa estrada larga, no meio da estepe. Tinha a mesma vergonha de mostrar o meu trabalho que teria se me pedissem para abaixar a calça e mostrar a genitália em público, ou dar uma palestra sobre um assunto de que não conheço. Ou mesmo de contar sobre uma experiência de estupro para um público estranho e hostil. Sentia que a experiência sobre a qual escrevia não pertencia a mim, era como se eu não tivesse o direito de falar e escrever sobre ela. Ainda mais: tinha medo de incomodar as pessoas, de ocupar muito espaço em seus corações e mentes. Queria ser imperceptível, mas a escrita irrompeu em mim de uma forma que já não era mais possível se esconder. Eu já não posso me esconder, me tornar invisível. E a escrita não suporta a invisibilidade.

Há seis meses tenho escrito a minha história. E tudo nela me parece desimportante, esburacado, pobre. A narrativa se diluiu nos riachos da memória. O ritmo se perdeu. Entraram ensaios e poesias no livro. Ele se desintegra e não me parece tão sólido e compreensível como os livros que geralmente se lê e ama. Não há personagens verdadeiramente construídos nem linhas de enredo complexas. Se vocês sentem a tensão, ela não aparece pelo entendimento sólido de quem é o vilão, ou de onde isso tudo vai dar. Vocês já sabem tudo de antemão: a minha mãe morreu e eu levei as cinzas dela de Vóljski para Ust-Ilimsk durante longos dois meses. Vivi com os seus restos no meu quarto e pensei muito. Depois, enterrei-a na Sibéria sob a terra escura e gelada, entre bétulas esparsas. E essa é a história inteira. E ela é importante. Toda a tensão do texto não é resultado do trabalho da roteirista, mas do trabalho da vida, do corpo e das emoções, da minha tentativa em contar para vocês algo que eu sei. E ainda de algo que não sei, mas tento entender.

Eu ainda não sinto que tenho o direito de escrever e contar. Talvez isso esteja ligado ao fato de a minha escrita não ser convencional na forma, e criminosa no conteúdo. Monique Wittig descreve as lésbicas como fugitivas da própria classe. Cixous se autointitula uma mulher-fugitiva que escreve. Eu não estou fugindo para lugar nenhum. A cada vez que sento para escrever, cometo um crime. É uma sensação doce e onerosa, mas eu não queria sentir isso. O que haveria, entretanto, para além dos limites dessa dor torturante e doce da escrita? O Vazio, ou o Gozo da Utopia? Em que se transformaria a minha escrita, se eu superasse a vergonha e o crime das minhas ações?

Fazia frio no aeroporto de Tolmatchóvo. O hall de espera era desconfortável, escuro e ermo. Eram sete da manhã, e o aeroporto estava estranhamente vazio. Por fim se acendeu o painel com o meu voo. O site da companhia Utair dizia que eu poderia levar a urna como bagagem de mão. Embaixo do painel com o número do meu voo, funcionava apenas uma cabine de check-in. Nela, estava um rapaz cansado que obviamente não dormira, os cabelos ensebados penteados para trás. Tinha as costuras do colete encardidas, num uniforme nitidamente sujo e gasto. Eu me aproximei e entreguei os meus documentos. Ele pegou o passaporte desconfiado e olhou para o meu rosto. Cumprimentei-o e disse que levava comigo uma urna com cinzas humanas e que, segundo as regras da companhia, eu poderia levá-la como bagagem de mão. Por nada no mundo eu a despacharia como bagagem. Depois do voo Moscou-Novosibirsk a minha ansiedade com a inviolabilidade das cinzas se agravara ainda mais. O rapaz pediu que eu colocasse a urna na balança. Pelo peso, podia ir como bagagem de mão. Pedi que olhasse os documentos da urna. Ele pegou o telefone de serviço e, lacônico, começou a explicar a minha situação. Depois de ouvir rapidamente a resposta, fez uma careta e me disse que para ele tanto fazia, contanto que eu combinasse com o funcionário da inspeção de segurança, eu poderia levar o que quisesse. Estranho, pensei, existe um protocolo oficial da companhia aérea e, mesmo assim, temos de resolver a questão com o funcionário da segurança. Em Novosibirsk há um crematório, e eu pensei que um bom tanto de gente deveria passar por ali todos os dias, levando cinzas para lá e para cá. Mas a expressão no rosto do moço era a de alguém que lidava com aquele tipo de carga pela primeira vez. Sete da manhã e lá vinha uma menina estranha, transportando cinzas humanas. Me senti desconfortável, como se fizesse uma coisa que estragaria muito o andamento do seu dia de trabalho.

Assim que a caixa com a urna entrou pela esteira do raio X, a segurança que controlava o processo ergueu para mim olhos de espanto. Até empalideceu. Comecei a explicar tudo com um pouco de pressa, e abri a mochila para pegar a pasta azul com os documentos. A mulher, então, fez um gesto brusco, como que me mandando parar. E se pôs também a telefonar, sabe-se lá para onde. Explicou brevemente ao interlocutor que eu levava comigo cinzas humanas. Em seguida assentiu com a cabeça e, segurando o fio preto do telefone entre os dedos, escutou a resposta devagar. Eu tinha a impressão de que a voz que saía do telefone era calma e comedida. O rosto da mulher foi se acalmando e ela pediu que eu passasse. Perguntei se não gostaria de ver a documentação, ao que ela, em pânico, começou a dar pulinhos e balançar as mãos, como se afugentasse uma ratazana nojenta, ou uma coisa malcheirosa. Dei de ombros e segui para o portão de embarque.

O avião Novosibirsk-Irkutsk vai por Krasnoiársk. A comissária de bordo me disse que o avião faria uma parada de quarenta minutos em Krasnoiársk, e que quem fosse continuar a viagem deveria descer e passar pelo controle de segurança mais uma vez. Antes disso, enquanto me aproximava do avião no micro-ônibus do aeroporto, notei que ele era bem pequeno. Em cada uma das asas havia uma turbina, parecia um brinquedinho vintage. Entrei na cabine e vi que era pequena, para umas setenta pessoas. As velhas poltronas verde-acinzentadas estavam gastas, e a fuselagem interna me lembrava o interior de um ônibus de excursão, ou uma lotação. Comigo entraram homens e mulheres, e eu escutava as suas conversas. Falavam alto e muitos usavam gorros de pelo de doninha e casacos de couro com lã na parte interna. As mulheres gargalhavam, os homens tinham mãos enormes e carregavam mochilas esportivas. Pela atmosfera geral pude entender que eram todos operários sazonais voltando para casa. Não nos serviram nada de comer ou beber durante o voo, o avião era barulhento e fazia ruídos estranhos. Pus a caixa entre minhas pernas, e à minha direita uma mulher folheava a revista de bordo enquanto soltava um "hum" a todo momento. Suas unhas eram longas e pretas, com grandes pedras de strass enfeitando o polegar e o indicador. Usava uma estola de doninha, que não tinha tirado ao sentar. Passei o tempo todo meio dormindo, ainda que o avião balançasse tanto e, às vezes, o meu traseiro escorregasse do assento e a luz de leitura piscasse. Quando acordava, pensava na morte. O avião de brinquedo poderia cair a qualquer momento. Mas, em meio ao sono, tanto fazia se eu morresse naquele dia ou permanecesse viva. Um torpor langoroso tomara conta de mim. Voava para as profundezas da Sibéria, e um formigamento quente percorria todo o meu corpo. Não tinha medo de morrer, tinha medo de ser. E ainda por cima aquela total calma e tristeza.

Depois da aterrissagem, a turba barulhenta transbordou para fora do avião e, ignorando o micro-ônibus, lançou-se a pé até a entrada do aeroporto. Eu sentei no veículo, que ficou mais tempo parado do que em movimento. Acho que os meus companheiros de viagem já estavam acostumados e sabiam o que fazer.

Na entrada do aeroporto, uma funcionária da companhia aérea nos recebia e entregava os cartões de embarque para a conexão. Peguei o meu e o enfiei no bolso traseiro do jeans. A moça me explicou como chegar até a segunda checagem de segurança.

Na checagem, coloquei a caixa com a urna na esteira e passei tranquila pelo detector de metais. A mulher de uniforme que controlava o processo virou para mim e perguntou o que eu levava. Expliquei, já abrindo a mochila para pegar os documentos. Ela disse que não me deixaria embarcar com uma carga daquelas. Eu disse, então, que ela não queria me deixar entrar no mesmo avião em que eu voara até ali. Ela me respondeu que Novosibirsk era Novosibirsk, e que ali era Krasnoiársk, e que eles tinham os próprios procedimentos. Pedi que ela ligasse para os superiores e adicionei que já levara essa urna em três aviões, de Volgogrado a Moscou e Novosibirsk, e que eu não entendia qual era o problema agora, e que ainda por cima no site da companhia aérea havia informações sobre o transporte de cinzas. Ela ligou para os superiores, que responderam não saber o que fazer comigo. Faltavam quinze minutos para o voo. Um atrás do outro, os homens de casaco de ovelha passaram por mim. Eu esperava a minha vez no canto. Mantinha todos os documentos necessários em mãos. Tinham dito à mulher que retornariam, mas o telefone estava em silêncio. Eu, nervosa. Minha amiga J. deveria me buscar no aeroporto em Irkutsk, e eu já estava para ligar, dizendo que me atrasaria, pois tinha sido impedida de embarcar. Depois de sete minutos de espera, fui até a mulher e pedi que se apressasse, pois meu avião estava partindo, e eu permanecia ali suada com a minha mochila toda eviscerada e, pelo visto, já no meu limite. O telefone tocou. A mulher atendeu e escutou umas perguntas. Respondendo, ela primeiro me descreveu, depois a minha carga, e em seguida adicionou que eu transportava cinzas desde Volgogrado. Algo aconteceu do outro lado da linha. Ela escutou devagar. Por fim assentiu, desligou, e me disse que eu poderia embarcar, sim. Em meio à ansiedade do controle de segurança acabei perdendo o meu cartão de embarque, mas me deixaram entrar mesmo assim.

Quando entrei, a cabine do avião já estava cheia. Outras mulheres e outros homens já sentadinhos, por toda parte. Eu tinha a impressão de que aquela gente era ainda maior do que as pessoas que tinham vindo comigo até Krasnoiársk, no voo anterior. Meu cartão de embarque era único para as duas conexões, e por isso fui para o mesmo assento. Não havia ninguém ao meu lado. Eu viajaria sozinha. Durante os primeiros vinte minutos o avião ganhou altura, tremendo e repuxando como um carro velho na tentativa de desencalhar de um brejo. Depois, tudo fez silêncio. Eu olhava pela janela e via, abaixo, a infinita taiga, preto-azulada. Ela se erguia em colinas rasas e depois afundava em pântanos. Estendia-se até o horizonte, inabitada, surda. Agora tenho dificuldade de imaginar um lugar com janelas de onde se veja apenas floresta. Quando eu era pequena, podíamos ver a floresta da janela da cozinha, e eu sabia que ela se estendia ao longe, por mais de mil quilômetros a leste, norte, oeste e mesmo ao sul. Vivíamos em uma cidade na taiga, uma minúscula cidade-ilha em meio à floresta. Estávamos sozinhas na floresta e por alguma razão não temíamos perecer esquecidas. Vivíamos a nossa vida: mercado, escola e tínhamos até um cinema e um centro cultural. Acabei esquecendo muito rápido o que era a Sibéria. Em Moscou esquece-se muito depressa de muita coisa. E como poderia caber na mente um espaço gigantesco como a taiga? Não é possível apreendê-la. Os olhos não bastam, o coração não basta para fazê-la caber dentro de si. E, mesmo assim, a taiga é o lugar onde nasci. Depois, J. me disse que é impossível nascer na taiga e não se lembrar dela, que é como se tivéssemos um complexo órgão interno especialmente para isso. E é impossível não sentir essa atração. Eu me reconheci naquelas palavras. Acredito que a pessoa se parece com o lugar em que nasceu e cresceu. Por dentro, eu pareço uma floresta selvagem. Até mesmo Alina percebe isso.

De repente, balançou. E depois de novo e de novo. O avião começou a chacoalhar muito, parecia que ia cair. Olhei para os lados. Homens e mulheres agarravam-se às poltronas à sua frente. Junto ao barulho da turbulência, uma voz baixinha — um senhor rezava agarrado à sua poltrona, à minha direita, do outro lado do corredor. Senti meu corpo inclinar-se lentamente à esquerda e olhei pela janela: o avião estava tão inclinado que todo o meu peso repousava sobre as paredes da cabine e a caixa entre meus pés pressionava uma de minhas pernas. O avião girou para o outro lado e algo brilhou pela janela. Era o reflexo da luz na superfície de um rio gelado e gigante, que cortava o corpo da floresta. Era o Angará. O Angará não congela nem com quarenta graus negativos, porque a sua correnteza é muito rápida. No verão também não esquenta, pelo mesmo motivo. Toda criança de Ust-Ilimsk ou de Irkutsk sabe disso. E eu sabia de cor. E por isso não conseguia ter medo. O avião tremeu mais, dessa vez como um pedaço de ferro enferrujado ao vento. As mulheres soltavam seus ais e suspiravam, os homens rezavam, eu mantinha os olhos fixos na água metálica, fria, e chorava. A floresta era preta, o Angará era aço. Não senti medo por podermos todos morrer ali, mas pelo mundo que eu sempre vira de baixo, e que me parecia tão simples e tão cheio de vida. Eu olhava para o Angará aos prantos. Por dentro eu queimava em admiração.

Por fim, o avião se aprumou e pousou. Todos aplaudimos, alguns assobiaram. O senhor à minha direita fez o sinal da cruz e botou o gorro. Fui a última a deixar o avião. Não entendia por que a pressa. Eu trouxera a minha mãe para a nossa Sibéria, aquele era um momento solene. E terrível.

Quando saí para a pista, o vento me tomou por inteira. Frio e poderoso.

Quanto dura o morrer? Seria possível considerar que a minha mãe começou a morrer ainda na primavera de 2016, quando encontraram nela um tumor no seio esquerdo, perto do mamilo, pela primeira vez? Ou no 5 de janeiro de 2019, quando ela parou de levantar, de comer e, praticamente, de falar? Ou deveria começar a contar no dia 10 de fevereiro, quando chamamos o serviço especial para transporte de enfermos com problemas de mobilidade, para que a levassem à clínica estatal de cuidados paliativos de Volgogrado? Ela quase já não falava mais, e podia apenas exprimir algumas palavras. Pelo telefone, ela me disse: “Estou muito mal”. Ela já não reconhecia mais nada e mal entendia o que acontecia. Penso que a dor que ela sentia era insuportável. Por algum motivo, ela não queria tomar analgésico. Eu, contra a vontade dela, chamei a ambulância, que veio, aplicou um opiáceo e foi embora. Quando perguntei aos paramédicos quanto mais deveríamos esperar, eles deram de ombros, como se não esperássemos a morte, mas que abaixasse uma febre. Não me olhavam nos olhos. Fiquei brava com a ética médica imbecil legada pelos tempos do cânone soviético, que rezava não preocupar o paciente e os familiares. Todos viam que a morte se aproximava, mas ninguém o dizia em voz alta. Como se o silêncio pudesse consertar algo, como se o silêncio contivesse alguma esperança tosca e inútil.

Na clínica, puseram a minha mãe nas fraldas que Andrei comprara por indicação da enfermeira. Ela fizera uma lista de compras e, além de fraldas e cueiros descartáveis, havia também uma régua de três tomadas, lenços umedecidos e mais algumas coisas de que não me lembro mais. Quando perguntei a Andrei por que a régua, ele me disse que era para o aparelho de respiração artificial. Estranho, pensei, eles têm o aparelho, mas não a régua para ligá-lo. Na clínica, vestiram-na com as fraldas, um roupão branco quase transparente que mal cobria seus peitos de um só seio, e lhe instalaram um catéter para o analgésico e o tubo de ventilação artificial.

Tive de lançar mão das minhas parcas ligações no meio militante para colocar a minha mãe na clínica: nem o médico de família, nem o especialista, nem os paramédicos da ambulância, ninguém dava a guia da internação. Precisei fazer tudo eu mesma, de Moscou. E quando finalmente descobri que seria possível interná-la, soube que para isso era necessária uma comissão especial que poderia até ir vê-la, mas que não a transportaria, porque a clínica não tinha o equipamento de transporte adequado. Chamei então um táxi-ambulância especial. Vieram uns rapazes bem altos, que puseram a mãe com cuidado em uma maca e a desceram do quarto andar pela escada fedida e estreita, levando-a ao lugar onde ela morreria em esquecimento e sem dor.

Eu queria ter testemunhado tudo, mas no dia 9 de fevereiro eu precisaria estar em Moscou, de onde articulei tudo à distância. Já tinha as passagens de volta para Vóljski. No dia 19 de fevereiro, eu deveria visitar a minha mãe na clínica, mas na manhã do dia 18 ela morreu, e precisei mudar o voo para a noite do 18, e lidar com todas as coisas do velório e da cremação.

Tenho pensado muito sobre esses últimos dias de vida dela. Será que a decisão de enviar a minha mãe para a clínica foi correta? Penso o tempo todo sobre o quão forte era a sua ligação com o espaço doméstico, e como foi errado decidir por ela, privá-la da possibilidade de passar seus últimos dias em casa. O que será que ela sentia lá, na clínica, quando abria os olhos e recobrava a consciência? Quer dizer, será que ela chegou a recobrar a consciência em algum momento?

Andrei foi visitá-la dois dias antes da morte e disse que a mãe não escutava o que ele falava. Que tentou dar água para ela com uma colherinha, mas que ela não reagia nem ao aço frio da colher, nem à sua voz. Que em seus lábios havia sangue: parecia que a tinham machucado um pouco ao tentarem inserir o tubo da ventilação pela traqueia até os pulmões, e daí o sangue. Andrei chorava ao telefone, desenganado e impotente. Eu calava, comprimindo os maxilares. Havia um vaso na mesinha ao lado da cama, onde a enfermeira pusera as flores que eu mandara entregar no hospital. As flores devem ter perfumado. E sua presença, transformado o espaço. Mas será que uma pessoa sem consciência, dopada de analgésicos e sem comer há algumas semanas pode sentir a proximidade de alguns ramos duros de crisântemo? O que essa pessoa pode sentir, de fato? Será que a minha mãe estava magoada e ofendida comigo, por eu ter cuidado da morte dela?

J. ficou brava pela maneira como eu agira, e por garantir à minha mãe a escolha de ser cremada depois da morte. Ela me acusou de não amar a minha mãe, pior, de odiá-la e, por isso, fazer com o corpo dela algo que a apagaria completamente da face da terra.

Eu não escondia a minha relação fria com a minha mãe. Mas não era cruel. Fiz tudo como deveria ter feito. Garanti para ela uma morte calma e sem dor. Cumpri o nosso combinado: levei-a para casa, à nossa Sibéria, para enterrá-la na terra onde jazem a mãe, a avó, a irmã, os amigos e todas as pessoas que lhe foram próximas. J. me acusava de querer levar a minha mãe para longe do homem amado. Eu não escondia que Vóljski era uma cidade cinza e terrível, onde eu definitivamente não queria enterrar a minha mãe.

Discutimos longamente por mensagem de texto. Num dado momento, ela parou de responder. Com certeza ficou terrivelmente ofendida e muito decepcionada comigo, porque, na sua opinião, eu agira de forma desumana.

Mas depois, em Irkutsk, conversamos por um bom tempo durante a noite. Tentei explicar as minhas razões. Primeiro, ela ficou me condenando pelos meus poemas e pela minha memória torta, desconfortável e pesada. Por fim, pude explicar para J. como e para que operava a escrita. E quando ela entendeu, ganhei de presente o maior alívio da minha vida.

J. foi uma adulta importante para mim. Todas as férias, a minha mãe me mandava para Irkutsk, onde J. tinha uma escolinha de velejo para crianças. Sua vida era modesta. No começo, alugava metade de um barraco de madeira do começo do século 20, bem no centro de Irkutsk, que dividia com a família de um lixeiro. Depois, mudou-se para um quartinho em um alojamento coletivo onde, nas áreas comuns, qualquer coisa que caísse no chão ficava "infectada" na hora e tinha que ir direto para a lata de lixo. O lugar era tão sujo e insalubre que tínhamos de deixar os sapatos no corredor, e J. deixava uma flauta doce de madeira no aparador da entrada, com a qual batia na parede quando os vizinhos batiam boca. J. vivia nesses lugares minúsculos com sua cadela Joyka. Joyka era uma boxer rajada e boazinha que era extremamente mansa e adorava comer doces. Joyka vivera toda a vida cercada por crianças e adolescentes, e por isso era uma cadela que recebia muito carinho e era muito tranquila. Quem não a conhecia, claro, tinha medo dela. E isso nos salvava, às vezes. Ao pensar na minha infância na escolinha de velejo, me admiro com a bravura e a sinceridade de J. Eu chegava em Irkutsk e ela me alojava nos cubículos em que morava. Vivíamos juntas por três meses e ela me alimentava e me vestia, às vezes me dava algo seu ou das amigas. Eu tinha, por exemplo, um par de óculos escuros de alpinistas muito legal, que não tirava nem quando estava nublado, e um moletom laranja-queimado que usei até furar, enquanto as mangas não ficavam curtas demais para meus braços.

Éramos pobres, e o salário da minha mãe na fábrica sempre atrasava, mas ela economizava para as minhas passagens a Irkutsk e me enviava fosse de avião, fosse de trem ou ônibus. Desde os sete anos eu viajava sozinha, e J. me buscava nas estações. A minha mãe não enviava dinheiro algum comigo; talvez transferisse direto para J., mas, mesmo assim, suponho que fosse uma quantia insuficiente para manter uma criança em fase de crescimento por alguns meses. O cuidado comigo, com a minha alimentação, higiene e educação, passava para as costas de J. Muitas vezes, eu fiquei por conta própria e cresci, assim, como uma menina um tanto independente. Quando J. quebrou o cóccix num acidente, eu a ajudei na recuperação — fazia massagens à noite, cozinhava, passeava com a Joyka. Quando J. saía para as regatas de adultos no Baikal, eu ficava sozinha cuidando do apartamento. Quando a situação em casa começou a piorar muito, J. quis me buscar em Ust-Ilimsk e trazer a Irkutsk, para que eu terminasse a escola e entrasse na universidade. A minha mãe não deixou.

J. amava muito a minha mãe. As duas tinham crescido juntas indo a trilhas. Fizeram parte da famosa juventude aventureira soviética, que caminhava por montanhas e cantava ao redor de fogueiras. Os seus caminhos haviam se separado quando a mãe se separou do meu pai e Ermoláiev — seu jovem amante — apareceu nas nossas vidas. A mãe caiu na bebedeira e nas intrigas do amor. J., nessa época, já morava em Irkutsk havia alguns anos e não gostava nem um pouco de Ermoláiev.

Sinto, dentro de mim, muito do que J. depositou ali e, para simplificar, eu a chamo de madrinha quando a menciono para terceiros. Não sei como resumir o status dela de maneira que fique claro o nosso grau de proximidade. Como chamá-la? A amiga de infância da minha mãe, que teve um papel importante na minha educação e no meu crescimento? Soa empolado demais.

J. tinha algo dentro de si que me encantava e me impressionava. O seu amor pelo ar livre, pelo inexplorado e pelas fogueiras. Ela ama vagar pela floresta com sua cachorra e, toda semana, acende uma fogueira no bosque de bétulas atrás de sua casa. Quando eu era adolescente, me impressionava que ela tivesse mantido, até a idade adulta, a capacidade de se surpreender com as coisas e de acreditar em milagres. Uma vez, ela me levou até umas pedras brancas enormes ao pé de um penhasco e disse que as pedras podiam ouvir. Disse que eu podia falar com as pedras e as árvores, se quisesse. Na época, tive dificuldade em acreditar naquelas palavras e apenas recentemente comecei a entender, um pouco, o que ela me falara vinte anos atrás. As árvores realmente escutam. E a comunicação com a natureza viva me é totalmente necessária, e não acontece na língua humana, mas na da coabitação. Na época, eu não entendia isso, e pensava que J. era só meio esquisita. E ela era esquisita, mesmo. Me impressionava ela conseguir ficar só consigo mesma, conseguir olhar e falar o que achava ser o correto. Já eu, era uma maria-vai-com-as-outras. Sempre me adaptava e não conseguia acreditar em nada por completo. Se não fosse a J., eu não teria começado a escrever. Eu escrevia cartas para ela. Cartas de partir o coração. Me sentia mal sem ela em casa, em Ust-Ilimsk, no meio da bagunça e da violência eternas. Ela respondia às minhas cartas com telefonemas emocionados e cartas-resposta. Penso que foi precisamente ali que entendi a escrita como um instrumento poderosíssimo. A escrita titila, espeta, coça. Acho que foi ali que decidi tornar-me poeta.

Saí do edifício do aeroporto de Irkutsk e me aproximei da cerca metálica que separava o território do aeroporto da estrada. Aos pés da cerca, a neve suja, cinzenta e poeirenta se acumulava aos montes. Ali, tirei a mochila das costas e acomodei a urna entre os pés. O telefone estava mudo, J. não estava em lugar nenhum. Escrevi uma mensagem e acendi um cigarro. J. vinha do saguão do aeroporto acenando para mim e, ao se aproximar, disse que tinha planejado tomar café na lanchonete de lá, mas que o meu avião chegara antes do previsto e desencontráramos no saguão. Em instantes, encostou um carro *hatchback* cinza dirigido por uma mulher gorda, que J. chamou de Svieta. Ela nos levou para casa. Svieta era mãe de um dos amigos e colegas de classe do filho de J., e as duas tinham ficado amigas no grupo de pais. Svieta entrou no apartamento conosco, fez um carinho nos cachorros e trocou algumas frases com J. Botamos a água para ferver e fizemos um chá, que bebemos em silêncio, acompanhado de uma torta de frutas vermelhas.

Quando eu era criança, o mundo de J. me parecia dinâmico e preenchido de acontecimentos e pessoas. Agora J. era lenta, e o mundo ao seu redor se tornara muito mais calmo. Talvez eu tivesse essa sensação por ter vindo da neurótica e agitada vida moscovita. Tomei um banho demorado, e devagar desempacotei os livros que trouxera de presente. Em seguida, examinamos cada um com bastante calma e sem pressa, eu, J. e a sua filha mais nova.

Ao entardecer acendemos uma fogueira no bosque de bétulas e conversamos. Algumas das amigas de juventude da minha mãe se juntaram a nós na fogueira e trouxeram um grande álbum vermelho de veludo, que me mostraram junto a J. As fotografias nele já estavam completamente desbotadas, branco-acinzentadas, algumas meio estragadas pelos dedos atabalhoados de uma das fotógrafas amadoras, algumas com grandes manchas amareladas de gordura. Todas falavam sobre a minha mãe com amor, discutiam o câncer e se lembravam de quando saíam para fazer trilhas nas montanhas juntas. Por vezes, alguém encontrava uma foto e começava a gargalhar, contando a história de como uma delas caíra na água sob um lago congelado, ou tinha enchido a cara até cair, ou se perdido na floresta. E mostrava a prova: a foto. As fotos circulavam pelas mãos de todas, que riam juntas. Aquele era um outro mundo, o grande mundo da juventude delas, e eu não tinha acesso às experiências vividas. Podia apenas olhar para elas e sentir saudades daquela alegria. Às vezes, eu me sentia totalmente desconfortável por não saber os nomes a que elas se referiam. Sua memória era a de tempos anteriores ao meu nascimento, quando todas tinham uns dezessete anos. Elas eram outras, eram pessoas diferentes, e a diferença me impressionava e fascinava.

Eu nunca tinha conhecido essas mulheres, mas ouvira seus sobrenomes nas conversas entre a minha mãe e J. Quando começou a escurecer, o vinho acabou e já não dava mais para ver as imagens nas fotografias, entramos em casa. Lá, bebemos chá e falamos da fogueira. Que ela tinha sido uma homenagem para a minha mãe. J. e as outras mulheres recusaram-se a olhar a urna. J. prometera despedir-se durante o enterro, e já tinha até comprado suas passagens para Ust-Ilimsk. As outras tinham medo de chegar perto da morte e de seus frutos. A caixa com a urna da minha mãe estava no chão do quarto, aos pés de minha cama. Antes de dormir, eu me aproximei dela, abri a fechadura e verifiquei se estava tudo bem.

No dia seguinte, saímos de casa cedo e, chegando ao centro, tomamos uma lotação até o Baikal. A ida ao Baikal era sempre obrigatória quando eu estava em Irkutsk. A lotação atravessava a cidade, e eu reconhecia os lugares da minha infância — o bairro Lissíkhi, verdejante e cheio de predinhos soviéticos de cinco andares, onde vivêramos com J. quando eu tinha uns treze anos. De Lissíkhi podia-se pegar um ônibus direto para o bairro de Sólnetchni, onde até hoje fica o iate clube urbano em que J. tinha trabalhado, e onde eu aprendera a manejar um barquinho à vela do tipo Optimist. Era comum que eu não tivesse dinheiro algum e fosse até Sólnetchni a pé. O trajeto me tomava umas duas horas, e eu ia com uma mochila cheia de apetrechos de velejo, cordas e mosquetões. Às vezes, a mochila ia vazia, e eu levava Joyka pela coleira. Era preciso seguir pela larga rua Baikálskaia, que passava por lojas, igrejas, por um cemitério judaico abandonado e, depois de um grande terreno baldio, virava-se um pouco à esquerda e pela mesma rua seguia-se até Sólnetchni. Passando Sólnetchni, chegava-se ao iate clube Istok, que não era urbano, onde acampávamos em barracas e passeávamos de iate pela baía. Lá tinha uma floresta de que eu morria de medo, na qual eu me perdi com uns sete anos. A minha mãe, ao arrumar as minhas coisas para o acampamento, sabe-se lá por que, resolveu botar na mala uma camiseta com uma estampa do filme *Titanic*. J. ficou encrencando durante um bom tempo com aquela falta de noção da mãe. Quem, dizia ela, em sã consciência mandava a própria filha para velejar com uma camiseta do *Titanic*?! É preciso esclarecer, aqui, que J. não simpatizava com o DiCaprio, mas gostava e gosta até hoje do Brad Pitt. Este, para ela, tinha sido e continuava sendo a materialização ideal de tudo o que era masculino. Eu ganhara aquela blusinha não porque amasse DiCaprio ou *Titanic*. Tinha visto o filme, mas ele me causara pouca comoção. Hoje, vejo que não foi porque eu era uma grande opositora do *mainstream*, mas pelo simples fato de ter sido uma criança um tanto dura e indiferente ao cinema sentimental. O romance dos personagens de Leonardo DiCaprio e Kate Winslet não causava em mim nenhuma emoção. O que me impressionava mais era que aquela máquina gigantesca ainda estivesse em algum lugar no fundo do oceano. Me impressionava que ela existisse e que ocupasse um lugar neste mundo. Mas eu não sabia exprimir isso. A blusinha do *Titanic* era grande demais para mim e parecia um camisetão, tinha sido a última da loja e com um defeito em uma das mangas, pelo qual a vendedora nos dera um bom desconto. Concordei com a compra da camiseta porque todas as meninas tinham uma com a tal da estampa e eu não queria ficar de fora.

Sentia medo da floresta do Istok. Lá cresciam imensos arbustos de cicuta e os bosques de abetos eram cheios de valas. Quando corríamos pela floresta brincando de índio, eu imaginava que as valas eram verdadeiras trincheiras que restaram lá após a Segunda Guerra Mundial. Mas qual Segunda Guerra, na Sibéria? As valas tinham sido cavadas pelos guardas florestais para conter os incêndios do tempo seco. À noite, sob os abetos, na madeira podre vários pontinhos se iluminavam, como se fossem estrelinhas caídas na terra. Mais para longe na floresta — conforme as crianças mais velhas me assustavam — vivia uma mulher que ficava sob as velhas tumbas, perto do desfiladeiro, e chorava. Elas diziam tê-la visto. Eu sentia medo da floresta, que era aterradora, azul e estranha. Uma vez, Joyka correu para lá, e eu fui atrás. Corri pela grama entre os pinheiros e ao longo do muro em ruínas, envolto por arame farpado, chamando desesperada pela cachorra. Parei só quando perdi o fôlego, percebendo que entrara fundo na floresta. E que a floresta era viva. Eu sentia como a floresta me olhava com todo o seu ser. Era um olhar selvagem, desagradável e um pouco morto. Eu estava perdida. Comecei a procurar por um feixe de luz — sabia que onde tivesse um feixe de luz haveria uma saída para a baía e, por sua praia, eu poderia seguir até o acampamento. Mas o feixe de luz mostrou ser apenas uma pequena clareira, coberta por árvores de pequenas folhas e ervas daninhas. Comecei a respirar mais pesado e tive medo, apesar de não o demonstrar para a floresta. Passei a gritar por Joyka a plenos pulmões e, a cada vez, ficava à escuta. Por toda a parte havia só o silêncio silvestre e eu não tinha a menor ideia aonde ir. Sabia que em algum lugar estava o nosso acampamento com a sua grande cozinha coberta de lona e o casebre enferrujado onde mantínhamos os equipamentos para o velejo. Mas tudo aquilo estava muito longe, e eu caíra em um mundo paralelo: sem gente e sem cachorros. Mais uma vez gritei e, em resposta, ouvi outro grito: alguém me procurava. Fui ao seu encontro, e, por fim, me tiraram da floresta. Joyka voltou à noite.

Joyka morreu de velhice quando eu tinha dezoito anos. Por algum motivo, por um bom tempo não quiseram me contar que ela tinha morrido, e quando finalmente contaram, eu estava num mercadinho em Novosibirsk comprando quefir. Ao ouvir que Joyka morrera, não consegui dizer nada. Ouvi apenas o ruído do telefone, e foi como se dentro de mim se erguesse uma bolha grande e cinzenta de angústia. Comecei a chorar.

Todos sabem de onde veio o Angará.

Angará era a filha única e muito amada do velho lago Baikal. Um dia, Angará se apaixonou pelo rio Ienissei e fugiu da casa de seu pai para ficar com ele.* Baikal enfureceu-se em tempestades, mas não pôde alcançar Angará e, enraivecido, lançou uma pedra às costas da filha. Essa é a pedra que, hoje em dia, fica no encontro entre o lago Baikal e o rio Angará. Chamam-na pedra xamânica. Todos conhecem essa história e eu inclusive vi uma vez um desenho animado feito a partir da lenda do Baikal e da Angará. No desenho, Baikal era um velhinho bem irrequieto, e Angará, uma donzela rebelde.

Quando observamos o Baikal desde a margem, vemos que ele não se parece em nada com a imagem criada pelos animadores. O Baikal é, antes de mais nada, uma grande água calma, e não um lago nervoso em revolta. Caso se revolte, ele pode matar. Na Sibéria, em geral, tudo é muito grande. É difícil escrever sobre a Sibéria e não cair nos clichês da propaganda das grandes obras faraônicas dos anos 60, no discurso de dominação da natureza selvagem e dos feitos heroicos do homem soviético. No entanto, quando se está cara a cara com esses lugares, eles realmente causam sensações contraditórias. São gigantes e existem como que por si sós. E os tropos da propaganda soviética se tornaram a linguagem para expressar as relações com esses lugares.

Olhei pela janela do meu apartamento no nono andar, de onde podia ver o pontal da baía, branco como uma escultura de gesso, emoldurado de todos os lados pela taiga lupina e farfalhante. Eu tentava olhar tudo aquilo ora como estrangeira, recém-chegada, ora, ao contrário, como local, feita da carne e pele desse lugar. E mesmo assim eu não conseguia entender. Sentia apenas um medo vazio.

* O lago Baikal é o maior do mundo, no entanto possui apenas um afluente, o Angará, que flui na direção norte rumo ao rio Ienissei, o mais longo da Rússia, que deságua no mar de Kara.

Um dia depois do enterro, acenderíamos uma fogueira às margens do Angará, sob o desfiladeiro a que chamam Três Irmãs. Em sua juventude, a minha mãe aprendera a escalar aquelas pedras. Seguiríamos por uma trilha em meio à floresta, feita de neve dura pisoteada: em meio aos pinheiros e às bétulas, os troncos cheios de musgo e líquen, meio soterrados na neve. Tudo ao redor estaria bem iluminado. Haveria tanta luz que eu fecharia os olhos, a luz os açoitaria insistente e doída. Seria a luz do grande céu azul, de onde brilharia, breve e intenso, o sol siberiano do meio da primavera. A floresta farfalharia e ruiria com o romper do gelo. No penhasco, acenderíamos a fogueira da memória, alimentaríamos os cachorros com frango defumado e pão. Eu ficaria um tempo olhando, do cume do penhasco para o amplo gelo branco do rio congelado, e veria nele as linhas cinza-azuladas riscadas pelos pescadores de inverno e pelos esquiadores. O gelo, qual enorme tela branca, refletiria a luz e brilharia infinito, cegante — tanto que pareceria que a luz ecoava e respirava. Tudo ao redor seria vivo, balançando suave ao vento e ao frio.

As pessoas falariam, falariam, mas eu não as escutaria. Ficaria sentada numa árvore caída bebendo cerveja, sentindo o vazio daquele espaço descomunal.

Mas estávamos ainda em Listviánka, eu e J. tínhamos descido da lotação cheia e ido até a costa escura e escarpada do Baikal. Perto da estrada, num declive acentuado, encontramos um pequeno restaurante branco em forma de iurta. Lá dentro fazia calor e cheirava a forno a lenha. À direita da porta, do lado de dentro, havia uma pia de alumínio para lavar as mãos. Pedimos sopa e algumas porções de *buuz*.* A garçonete nos chamou até o balcão para retirar a bandeja vermelha de plásti-

* *Buuz*, bolinho tradicional da Buriátia e da Mongólia, cozido no vapor e geralmente recheado de carne bovina ou de cordeiro.

co com pratos descartáveis, na qual era servida a sopa amarela com ilhas de gordura flutuante, e de onde os buuz soltavam um caldo salgado. Comemos quietas em uma das mesas cobertas por toalhas plásticas de flores, e depois bebemos chá verde com leite. A comida dava um calor sufocante e certa tontura.

Depois, vagamos pelas margens do lago. Nós sentamos num montinho de grama seca e fumamos. As folhinhas de relva e os carrapichos grudavam no meu sobretudo de feltro preto. Fomos sentar mais adiante, às margens da trilha, no topo de uma pequena colina, de onde observamos o ar transparente à nossa frente. Lá, na outra margem do lago, podíamos ver as montanhas azuladas de Khamar-Daban com os seus picos brancos nevados. Havia um ruído contínuo, como que inerente às coisas. J. achava que era o som das avalanches nas montanhas ao longe, mas logo percebemos que era o barulho de aviões voando baixo, um atrás do outro. As montanhas e a água, ao reverberá-lo, criavam um longo eco, que se parecia com o som de uma avalanche contínua. Permanecemos sentadas olhando adiante.

Depois, contei para J. como a minha mãe morrera. Parecia errado falar sobre a morte dela ali, às margens do Baikal. Eu via a morte da minha mãe como uma coisa desajeitada, um fracasso. Ali, na Sibéria, todos os acontecimentos pareciam requerer uma chave solene e cerimoniosa. Não havia lugar para a dor e a fraqueza. Eu sentia a fraqueza, como se eu mesma não acreditasse na morte dela, ou em minha própria experiência.

Perto do entardecer veio uma tempestade de neve úmida. A neve voava molhada e disforme, e encharcou o meu gorro, sobretudo e as pernas da calça. De volta à cidade, compramos uma torta trançada de frutas vermelhas para tomar com chá.

Desde a infância, sinto uma conexão firme entre a experiência e a escrita. Colocar para fora, elaborar uma experiência, nunca significou, para mim, compartilhá-la por meio da fala. Não importa quem fosse o destinatário da narração. Poderia ser J., e diante dela minha dor diminuía, perdia a importância. Poderiam ser estranhos, e então a minha dor se convertia, para mim, em uma trágica brincadeira. Eu aprecio a dor com os olhos dos outros. Preciso escrever para que a experiência ganhe corpo, a escrita me ajuda a afastá-la, de fato. E, ainda, ajuda a lidar. Sinto que a minha história, aos poucos, voltando-se sobre si mesma, vai chegando ao fim. Mas sinto que alguma coisa aqui ainda não está boa. O texto está ainda insuficiente. Ainda há lugares obscuros, para os quais não consegui olhar, e escrever.

Descrevo a escrita com a metáfora da lanterna. Vivo no escuro, em meio a coisas escuras e desconhecidas, mas levo em meu bolso sempre uma lanterna. Ao jogar luz sobre as coisas, eu as torno visíveis, e as impregno com significado. Elas passam a existir, então, em pé de igualdade com todas as coisas que já foram articuladas e nomeadas por outros escritores e escritoras. A lanterna é um instrumento pequeno. Acende fraca na escuridão e conquista a matéria da vida. Não se trata do feixe frio e incômodo aos olhos de um iPhone. Trata-se de um aparato muito antigo. E a luz que sai da lanterna é fraca, porém suave e viva. A lanterna é boa porque é móvel. As coisas que ilumino com ela começam a gerar sombras e a criar uma escuridão adicional. Então eu giro a lanterna, eliminando as sombras recém-criadas, e ilumino os lugares que estavam condenados à morte, ao esquecimento e à invisibilidade.

J. me pediu algumas vezes para escrever um livro engraçado. Mas eu escrevo, escrevo e escrevo, e meu livro é longo e sem graça.

*

Sinto que na minha história falta ainda um lugar, sem o qual ela não se completa. Quando comecei a pensar sobre esse lugar, passei a vasculhar, com a minha lanterna fraca, o mundo das coisas escuras, mas não consegui encontrar nada, até sentir um cheiro. Não se diz que um cheiro é grande, mas eu vou escrever que esse cheiro é um cheiro grande. É um cheiro terrível que causa angústia. É como se misturassem os odores de pano de chão molhado, madeira úmida e tinta a óleo fresca em assoalhos gastos. É como comida rala, velha e amarelada.

É o cheiro da casa da minha bisavó. Ao senti-lo, vejo imediatamente o canto chamuscado atrás do fogão a lenha. O chão coberto de estanho, é uma pequena cozinha rural. E a umidade que sobe por debaixo do chão faz as tábuas brilharem em volta do quadrado metálico onde fica o fogão. Uma cortina fosca, alaranjada, manchada de mãos sujas. E o olhar mau da bisa Olga.

Eu tinha de beijá-la toda vez que me levavam — ainda pequena — para visitá-la em sua casinha verde de madeira. As suas bochechas eram cobertas de manchas rosadas de eczemas, e a pele das mãos descascava. Fiapos horríveis de cabelo saíam da nuca e pulavam para fora do grosso lenço colorido estampado de flores enormes que cobria a cabeça dela. Os olhos eram frios e azuis. Eu era levada para beijá-la e segurava a respiração. Pequena, o cheiro daquela casa me parecia nocivo. Achava que, se aspirasse a casa e a bisa Olga, eu mesma poderia me transformar num ser horrendo e úmido. A bisa era realmente má, desprezava a minha mãe e não amava a filha mais velha, a minha avó Valentina. Sobre esse desamor, fui descobrir só muito mais tarde. Na infância, eu sentia apenas a frieza.

Bisa Olga morreu quando eu tinha nove anos, depois de ter convalescido longamente de um infarto. As suas pesadas doenças dermatológicas, todas, foram herdadas pelo neto Aleksándr, e a minha mãe ficou apenas com a psoríase, que irrompeu depois de uma inflamação aguda na garganta. Eu sabia, ainda, que durante a guerra a bisa Olga servira na retaguarda, trabalhando numa fábrica militar, e que viera a Ust-Ilimsk de uma aldeia nomeada delicadamente de estação Zimá — estação Inverno. O poeta soviético Evguêni Evtuchenko também nascera em Zimá, mas a nossa família não se orgulhava muito de tê-lo como vizinho. Quando cresci, passei a não gostar muito dele também. O lado sombrio da poesia soviética me atraía muito mais. A literatura clandestina soviética me é muito mais cara e compreensível do que o ardor performático de Evtuchenko. Quando eu perguntava para a minha mãe de onde viéramos, ela dava de ombros e dizia, distante, que vínhamos de Zimá. A avó Valentina começava a tremer quando eu lhe fazia essa pergunta. Abanava as mãos e dizia que não tinha como saber. Bisa Olga já estava morta.

A sensação de ter a história extirpada — e não falo da grande história (qual seria a grande história ali, nos confins da Sibéria?), falo da pequena, da própria história — me assustava. Será que, pensava eu, éramos pessoas de lugar nenhum, do branco e gélido deserto? E mesmo se fôssemos criaturas do branco e gélido deserto, teríamos de ter chegado ali de alguma maneira. O silêncio intencional e o afastamento entre a minha avó e a minha mãe me impressionavam. Até que comecei, eu mesma, a pensar em mim como algo que aparecera ali, na taiga. Algo que simplesmente brotara da floresta nevada e começara a viver. Sem pai nem mãe, órfã como uma murta.

Passei o longo caminho de doze horas através da noite de Irkutsk até Ust-Ilimsk conversando com a minha tia, batizada de Olga em homenagem à minha bisavó. Ali, descobri que a bisa odiava Stálin. Eu ouvia o nome Stálin desde a infância, mas ele não me causava nada. Já o vovô Lênin, cujo retrato ficou pendurado em cima da mesinha de revistas até os meus dez anos, eu amava. Dos meus vôs, conhecera apenas o bisavô paterno Serguei Sokolóv. Mas ele vivia longe, em Astracã. O vovô Lênin, por sua vez, era muito próximo, meio que perfazia todas as funções de avô e ao mesmo tempo servia de avô para todos. Eu sentia o vovô Lênin como um velhinho de pelúcia, bem quentinho. Em minha mente infantil ele não era um político. Era pescador, marceneiro, operário e muitas coisas mais. Stálin eu não conhecia e não sentia nada. Talvez pelo fato de que, por inércia, as pessoas temiam maldizê-lo e odiá-lo abertamente. Nas palavras da minha tia, a bisa Olga, que vivia então na Kamtchatka, teve um namorado nos anos 30 de quem engravidou. Ao que parece, ela o amou perdidamente, mas é verdade também que ninguém nunca soube o nome desse homem. Em 1937, ele foi condenado pelo artigo 58 — ação contrarrevolucionária — e fuzilado na mesma hora. A bisa pariu o bebê, que não conseguiu alimentar, pois a fome era terrível, e a criança não viveu sequer um ano. Depois, ela conheceu o bisavô Ivan, casou com ele e deu-lhe seis filhos. Ivan bebia e espancava Olga, e ninguém sabe o que foi feito dele depois da separação. Ninguém sabe como a bisa Olga e o biso Ivan chegaram em Zimá. Por que saíram da Kamtchatka? Pela guerra, ou talvez buscassem uma vida melhor, como muitos outros que vieram a estas partes?

O rosto pesado da bisa Olga apareceu, então, diante dos meus olhos. Ela não era apenas severa, era uma velha má. E entendi tudo, por fim. Ela era má por infelicidade, porque o amor da sua vida e os seus frutos haviam perecido e a ela restavam um trabalho insuportavelmente pesado nas fábricas da retaguarda, um marido ruim, bêbado e devasso, e filhos que depois da guerra começaram a vir um após o outro. E era preciso alimentar a todos. E fica difícil amar quando não se pode alimentar. Toda dor acumulada durante os anos de repressão e de guerra transbordava para a relação fria com a minha vó Valentina. Esta, por sua vez, não tendo aprendido a amar e a acolher, descontava na minha mãe. A dor e a maldade passavam para as próximas gerações, igual aos círculos de uma pedra jogada ao lago, que se formam a partir uns dos outros. Por que a bisa odiava Stálin, e por que a nossa história era tão turva e tão pesada para as mulheres mais novas da família? O silêncio chegava a ser automático, era o som de fundo de nossas vidas. Era como se todas tivéssemos sido feridas, mas aguentássemos nossas vidas insuportáveis. Nós havíamos surgido porque Stálin matara o amado da bisavó e, num certo grau, eu, desde a infância, sentia um nó na garganta: a culpa por minha própria existência. Até hoje, às vezes, eu ainda sinto esse nó. Não é mais tão grande e pesado. É como se fosse um nozinho de culpa, o pagamento pelo fato de existir. E, ainda que muito apagado, o som de fundo silencioso ainda está lá, sempre ao redor. É como se tivesse uma correnteza extra, um rio subterrâneo, que vai corroendo a terra e trazendo uma fraqueza infinita.

A vó Valentina, mãe da minha mãe, também morreu de câncer de mama. Eu me lembro das taças enormes, armadas e cheias de renda de seu sutiã, que se pareciam com velas de um navio. Lembro-me de como a faixa translúcida sob as escápulas marcava a delicada pele alva. De como as fartas dobras nas laterais das axilas eram cobertas por granulados — pequenas pintas marrons, algumas protuberantes, outras lisas e meio avermelhadas. Vó Valentina era uma mulher enorme. De altura não muito, mas larga e curvilínea. Sentava com seu roupão florido na poltrona à frente da televisão, tricotando, sublinhava os programas preferidos no guia de programação com uma caneta esferográfica e arrotava em alto e bom som. Tinha muitos óculoslos e eu experimentava todos, e os meus olhos doíam e lacrimejavam por conta das lentes de astigmatismo. Ela não gostava de mim. Eu era uma menina fria e difícil, fechada e indecifrável para ela. Ela gostava da minha prima Valentina, batizada em sua homenagem. Destilava *samogon* e ia à feira. Há uma foto — eu com dez anos, com um vestido de festa de veludo cuja saia era de cetim rosinha-claro, com babados e um laço cor-de-rosa na parte de trás; estou parada, apoiada nos ombros de minha avó. É o seu aniversário de cinquenta anos e ela, uma mulher pálida de olhos castanhos, está vestindo uma blusa vermelha com gola "v", olha para a câmera e sorri. Nós duas sorrimos e eu estou ao lado, mas vê-se que tento me afastar. Tenho medo de aproximar o meu corpo ao dela, estou tensa. O aniversário da minha avó era no dia 9 de maio, e todo ano, depois da festa, íamos ver a parada do Dia da Vitória e passear pela Avenida Mir. Era um dia frio como pedra. Eu tinha de beijá-la e parabenizá-la e, ainda por cima, declamar os versos sobre a guerra que decorara para a escola. Tudo se misturava naquele dia: a vitória, o júbilo e a anestesia pela proximidade do corpo de minha avó.

Como todo o resto, seus seios eram fartos, tamanho quarenta e oito, e, ao envelhecer, ela engordou mais e mais. Talvez fossem os hábitos alimentares e o constante medo da fome. O cirurgião que a operou do câncer perguntou-lhe o que preferia: extrair apenas o tumor e costurar o seio de volta, ou tirar o seio inteiro. A vó abanou as mãos e disse que cortasse logo pela raiz. Eu sempre penso em seu seio enorme, pesado como um bebê recém-nascido. Extraíram-no com cuidado, mas por completo. Era apenas um pedaço de carne, doente e gasto. Mas e depois? Teriam o cremado? Bem provável que o tenham cremado num crematório especial para dejetos orgânicos.

Não cheguei a ver a vó Valentina sem o seio, e isso me atormenta muito até hoje. Como ela fazia? Será que suas costas doíam, já que o seio restante pesava sobre a coluna em apenas um lado? Será que ela sofria de nevralgia ou de vergonha por não ter um dos seios e por precisar usar uma prótese tosca? Ela bebia ervas siberianas especiais para curar o câncer. E mais: acho que sussurrava, primeiro para o seio doente, depois para a cicatriz. Por vezes, quando eu era pequena, mulheres vinham vê-la e ela sussurrava alguma coisa em suas pernas vermelhas. Àquilo chamavam "encantar a doença". Em agradecimento, as mulheres traziam carne, açúcar e leite. Na nossa família, dizia-se que era proibido encantar-se a si mesma, porque não funcionava, e ao contrário, fortalecia a doença. Mas acho que uma doença mortal ensina a lidar com a magia de outra forma, e estou certa de que, durante a noite, a minha vó encantava o próprio câncer.

É possível aprender a encantar ao tomar parte na cura de outras e ao observar como o faz uma mulher mais velha. Quando a vó Valentina quis ensinar a minha mãe a encantar a doença, ela se recusou. Como recusara também quando a vó Anna se ofereceu para ensinar a ver o futuro nos feijões. Desde pequena, me fascinava a capacidade das mulheres de agir com palavras sobre os corpos alheios, e com alguma outra coisa que eu sentia presente nelas durante a cura. Eu desejava aprender a curar com as mãos, a sentir a dor alheia e a direcioná-la. Mesmo hoje eu ainda acredito que é possível curar com a força da atenção feminina e as palavras, o que quer que seja. Em algumas noites, quando Alina está ansiosa ou muito cansada, faço-lhe uma massagem como quem não quer nada. Imagino que há muita força nas minhas mãos, que sinto a sua dor e o seu cansaço. Penso que posso livrá-la. Depois do meu toque, ela adormece depressa e dorme profundamente a noite inteira.

Gosto de imaginar que a dor se dissipa como círculos na água. Gostaria de usar esta metáfora para descrever a estrutura do livro. O caminho da pedra atirada à água é o meu caminho, é o processo desencadeado pela morte da minha mãe. Em queda livre, desço ao fundo de mim mesma e vou longe, às profundezas da Sibéria, em meio à escuridão aberta. A trajetória do objeto pesado agita o espaço que ele atravessa. "Agita", aqui, em ambos os sentidos: cria ondas e incomoda. A minha trajetória incomoda, revira a memória e cria círculos de pequenas histórias que, silenciosamente, uma após a outra, vão se separando, aumentam de tamanho e passam a rodear a minha história, tornando-se o pano de fundo da minha movimentação. Eu a revelo, eu a torno visível. O baque seco no fundo de terra é o baque da urna de madrepérola, aço e florzinhas de miçanga, aterrissando enrolada numa toalha branca e felpuda. A queda através do tempo e da água é difícil, lenta. Porque a água oferece resistência e possui certa densidade. A água deforma e a espuma trazida com o vento lança flocos brilhantes no ar. A água se move, se agita, e a pequena pedra preta continua a cair. Os círculos se afastam do eixo do movimento, mais e mais, se enfraquecem e desaparecem, por fim. A dor, como os círculos na água, torna-se indistinguível, transparente, e se dissolve.

Sei que ninguém olha para mim quando vou ao supermercado com a minha sacola de redinha rosa-choque, ou quando vago pelo bosque Timiriázevski, ou quando desço do metrô na estação Púchkinskaia. Sou mais uma mulher comum na multidão, e ponto. Mas não consigo me livrar da persistente sensação de que alguém me observa de forma contínua. O mundo todo é um olhar, direcionado a mim. Os psiquiatras dizem que isso é sinal de um elemento narcísico incluso em minha personalidade borderline.

Quando criança, eu pensava ser a protagonista de um show, e vivia procurando pequenas câmeras escondidas nas paredes e nos móveis. Sentia que, mesmo sozinha, não podia sentar com as costas encurvadas, cutucar o nariz e, na adolescência, que não podia me masturbar na banheira. Qualquer buraco era motivo para achar que eu estava sendo observada: o furo na porta do quarto, feito pela maçaneta quebrada, por exemplo. Eu enfiava ali uma meia para que ninguém pudesse me espiar. Mesmo assim, às vezes eu percebia, sentada fazendo a lição de casa, um ligeiro rumor atrás da porta e, ao me virar, me dava conta de que o amante da minha mãe estava me espiando. Eu via os seus olhos brilhantes pelo furinho e achava que riam de mim. Ele era perigoso. Se eu gostava de ter o meu próprio show na infância, na adolescência isso começou a me assustar, porque se tornou, em parte, real. Quando aprendi a me masturbar, eu o fazia todas as noites e várias vezes, até quase desmaiar de cansaço. Eu me masturbava na banheira e, deitada, olhava fixamente para o tubo de ventilação entre a banheira e o vaso sanitário. Era tecnicamente impossível chegar até ali, mas eu tinha certeza de que havia alguém lá, no escuro, me espiando. E que era uma pessoa má a fim de me machucar.

Em seguida, vieram os apartamentos alugados, abarrotados de coisas dos outros e fedidos de cheiros alheios. E as alucinações de quando eu sabia que havia alguém ali comigo: uma alma penada, uma velha morta, ou o espírito mau da casa. Eram figuras sombrias que observavam como eu cozinhava verduras e arroz, comia, dormia, tomava banho e assistia filmes no meu celular.

Depois de um episódio de assédio policial na região de Krasnodar, a minha mania de perseguição aumentou muito. Se, antes, a presença de seres guardiães não me incomodava — afinal, eram seres míticos, do outro mundo, e não podiam me fazer mal —, agora me perseguiam homens de verdade, enormes e vestindo jaquetas pretas. E eles estavam ali, prestes a bater à porta, quebrar as janelas e invadir o meu apartamento. Iriam me sequestrar enquanto eu dormia ou tomava banho. Quando não me buscavam, ficavam lá, me vigiando debaixo das minhas janelas, esperando o momento em que poderiam me punir.

Com a piora, comecei a ter fortes ataques de pânico. Por vezes eu ficava catatônica e não conseguia fazer nada por horas, porque sentia um olhar sobre mim de um jeito físico. Não entendia que o que acontecia comigo não se originava na realidade, mas em minha doença. Era a doença que deixava a mim e ao meu mundo em cacos. Eu estava convencida de que, ao meu redor, todos queriam me fazer mal. Sentia o ódio das namoradas, amigas, caixas de supermercado e até mesmo das colegas, quando na verdade era eu, multiplicada, odiando a mim mesma, má e bruta. Mas eu estava convencida de que o que acontecia comigo equivalia à realidade. Vivia numa nuvem carregada de inimigos, quando, na verdade, era tudo ao contrário: ninguém estava nem aí para mim, cada um ocupado com a própria vida, e ninguém pretendia gastar forças ou tempo para me prejudicar. Não havia quaisquer espíritos maus ou homens agressivos sob a janela, mas sim minha cabeça, a minha doença. Desde a infância sentia aquele olhar ameaçador e não sabia que poderia ser diferente. Era uma coisa tão minha que eu tinha me acostumado a não estar nunca sozinha, sempre em permanente perigo.

Primeiro, a médica me receitou uma combinação de comprimidos. Depois, outra e uma terceira, até que ficou claro que os remédios apenas aumentavam os meus pensamentos suicidas causados pela apatia. Medicada, eu saía para o jardim de casa com a minha cadeira de praia, me enrolava num edredom e ficava olhando para um ponto fixo. Um mundo devastado e vazio tomara o lugar dos infinitos inimigos. Os comprimidos tinham suprimido os espíritos, os homens de jaqueta preta e as caixas de supermercado maldosas. Eu não sabia como viver sem eles e, principalmente, para quê. Depois de seis meses de tormentos e mudanças no esquema das medicações, decidi me livrar dos remédios. Simplesmente joguei todos fora e pronto. E a doença voltou.

Ela voltou numa viagem à ilha Sacalina quando, ao chegar à cidade de Iújno-Sakhalinsk, decidi sair para caminhar pela floresta e procurar restos de construções japonesas na montanha. Primeiro cheguei a uma casinha de concreto toda coberta de pixações cheirando à merda. Obviamente alguém usava o lugar como banheiro. Dei a volta e segui por uma trilha que subia a montanha, ladeada por samambaias e árvores cinzentas que se pareciam com freixos gigantes. Na floresta reinava o silêncio e o vento, às vezes, trazia o cheiro da casinha de concreto, o cheiro cortante de excremento oxidado. Eu subia e subia, a manhã era escura e nebulosa.

E então dei de cara com a cobra. Ao me ver, a enorme cobra me atacou e, depois do bote, continuou a me morder sem parar. Ela me atirou no chão e me atacou com o focinho chato. Eu não sentia dor, mas o medo me deixou em choque. Eu não conseguia resistir, suava frio e não respirava.

Existem víboras em Sacalina, e até que bem grandes. Mas cobras não atacam assim. Para que uma cobra não fuja e comece a atacar, é preciso deixá-la com muito medo. E na floresta pela qual eu andava não devia haver cobra nenhuma. Ali perto, aos pés da montanha, havia uma enorme obra em construção, e os operários cavavam uma alameda memorial. O barulho da construção podia ser ouvido mesmo de onde eu estava, a alguns quilômetros de distância. Cobra nenhuma se meteria a rastejar por ali, onde havia muito barulho e muita gente. Tinha sido a mais pura alucinação, que, ao terminar, trouxe um ataque de pânico fortíssimo. Caí no chão mais uma vez, ofegante. Em seguida comecei a correr pela floresta, tropeçando e caindo, até chegar à barulhenta construção. De lá, desci ainda mais e cheguei ao meu hotel, onde me enfiei de roupa e sapatos debaixo das cobertas. Acordei com um telefone tocando. Era o telefone do quarto. Do outro lado, uma menina desesperada perguntava se estava tudo bem comigo. Ela disse que os meus colegas e amigos tinham me perdido e que não conseguiam me telefonar. Era tarde da noite e no meu celular havia mais de dez chamadas perdidas.

Depois da fase mais aguda, a doença acalmou. Voltei da viagem a Sacalina, onde fora a trabalho vender livros num festival de cinema. Em seguida, a livraria onde eu trabalhava fechou, e fui demitida. No dia em que soube da demissão, minha amiga Dacha me telefonou e propôs que eu fosse trabalhar com ela em um museu. Concordei, já que não tinha outra opção, e há muito também não tinha forças para buscar uma coisa nova. Na sequência a minha mãe morreu e eu fui expulsa do apartamento na Avenida Mir. Fui para a casa de uma conhecida, que ficava bem distante do metrô. O apartamento, no entanto, era no décimo primeiro andar e não havia mais ninguém, além de mim. Eu não ouvia os vizinhos, não havia homens de jaquetas pretas esperando debaixo da janela. No apartamento não havia nada além de um sofá e alguns apetrechos de cozinha. Parecia que não existia nada vivo ali. Nada além de mim e do gato. Pela primeira vez na vida experimentei a sensação de estar sozinha, de não ser seguida por um insistente olhar ameaçador. Quando isso aconteceu, já fazia seis meses que eu tinha uma nova terapeuta, e a terapia começava a me ajudar, muito lentamente, mas começava.

Apenas uma vez acordei com meu próprio grito: pairava sobre mim uma densa nuvem escura, com tentáculos que escorriam, como água. Queria me engolir. Gritei a plenos pulmões, e os vizinhos de cima começaram a bater nos canos da calefação, até que eu acordasse. Foi o último traço da doença, que se desprendia da minha consciência. A minha mente havia expelido aquilo, igual ao último naco de catarro depois de uma bronquite. Então veio o silêncio. O silêncio mental e uma calma surpreendente. Eu ainda escrevia o ciclo "Ode à morte" e já tinha começado a me relacionar com Alina. Em breve eu me mudaria para um novo apartamento e começaria uma nova vida. Onde não havia doença ou perigo. Onde tudo era calmo.

Por todos aqueles anos, o mundo me observara com os olhos desconfiados e invisíveis da minha mãe, com os olhos gélidos da minha avó Valentina e com os olhos ameaçadores do meu padrasto. O mundo punha os seus olhos sobre mim quando eu saía de casa, quando dormia, comia ou transava. A minha avó morreu em 2016, em 2018 o amante da minha mãe já apodrecia vivo no hospital por negligência médica, em 2019 a minha mãe faleceu. Os olhos se fechavam, um a um — primeiro os de Svieta, irmã da minha mãe, de tuberculose aguda, depois os de meu pai, de aids, depois a vó, depois Ermoláiev, na poça das próprias fezes. Depois o coração da mãe parou. E eu decolei como um foguete, e os degraus se deslocaram dos meus pés, um após o outro, suavizando o meu caminho e o meu voo.

Hoje de manhã acordei e vi os olhos da minha esposa. Ela sorriu e me abraçou, como se eu fosse um corpo pequeno e frágil. Ela me olha tão longamente e com tanto amor que o mundo ao redor treme e muda. Agora, o mundo me olha com os olhos dela.

Tenho medo de terminar este livro. Seis meses atrás, uma noite, abri o meu computador e escrevi o primeiro capítulo. Eu pensava que seria uma não ficção literária comum sobre como eu transportara as cinzas da minha mãe até a Sibéria para ali enterrá-la. Depois, algo se rompeu dentro de mim e a narrativa começou a escapar. Primeiro, eu me lembrei demoradamente de como a mãe comia peixe ou de como íamos juntas à feira. Depois, tentei entender como se estruturava a minha escrita e como a minha memória se ligava a ela. Aqui começaram a aparecer outras pessoas que, num primeiro olhar, pareciam não ter nada que ver com a história — as minhas namoradas, as conhecidas, as minhas avós de ambos os lados. Em seguida, começaram a se esgueirar pelo livro escritoras e artistas, as ideias delas, os meus poemas, os meus ensaios. E tudo o que eu escrevia e tudo o que eu pensava a respeito da escrita estava ligado à minha mãe. Eu pensava que escreveria este livro em dois meses, mas já é outubro e eu não consigo me forçar a escrever alguns capítulos sobre como fui a Ust-Ilimsk, como enterrei a minha mãe e como voltei a Moscou. Parece que estou postergando, de propósito, o momento em que direi que o livro está terminado. Temo este momento pois tenho a sensação muito clara de que, depois de terminar este livro, vai se fechar a minha ferida. A ferida que, por muito tempo, eu não queria que sarasse, que por muito tempo foi parte de minha consciência, minha prática artística.

Eu achava que me despedir dela era negar a mim mesma, perder uma parte de si. E mesmo agora adio o momento, já que, em vez de toda essa explicação, eu poderia escrever um capítulo sobre como viajei por catorze horas num ônibus noturno pela estrada azul-brilhante da Sibéria, sob um céu imenso e assustador. Sobre como ouvia ora Monétotchka, ora Auktyon, não porque eu não tivesse outras músicas; me parecia que a angústia e a nostalgia daquelas canções específicas poderiam me ajudar a sentir alguma coisa muito importante. Mas eu não escrevo esse capítulo, ainda que diariamente o elabore na minha cabeça e me lembre da floresta em movimento pela janela, do passar rápido dos postes, um após o outro, dos campos nevados da noite. A luz dos faróis e da iluminação da estrada refletida na neve iluminava o ônibus que dormia. Dentro era escuro, algumas pessoas roncavam alto, e a televisão na parte da frente repetia, uma vez mais, a transmissão de algum melodrama barato sobre o amor obsoleto numa datcha moscovita. Ao meu lado, a minha tia dormia. Tínhamos conversado até escurecer por completo. Depois, ela encostou a cabeça na poltrona e adormeceu, enrolada em seu casaco sintético cinza-claro, enquanto eu permanecia sentada, cansada da estrada. A mesma estrada que, durante toda a infância, eu percorrera de Irkutsk a Ust-Ilimsk e de volta, no outono, no inverno, na primavera e no verão. Eu conhecia aquela estrada, sabia que de Bratsk até Ust-Ilimsk eram quatro horas, sabia que depois de Bratsk a estrada era duplicada, de concreto. Que no meio do caminho ficava o povoado de Tulun, onde era possível parar para ir atrás de um banheiro de posto, um café fraco, pratos e talheres de plástico, descartáveis, e cortinas sujas estampadas com borboletas cor-de-rosa. Eu conhecia aquela estrada, que ia pela taiga sob o imenso céu preto, polvilhado de pequenos enfeites brancos, as estrelas. Era ladeada por montes de neve recolhida, e as árvores em suas margens recobertas por uma fina teia de gelo. A poeira da neve dançava à luz dos faróis no asfalto cinza. Eu conhecia aquela estrada. Ela era como o corpo morto e as cinzas silenciosas na urna de aço, o tempo todo entre os meus pés. Tudo ao redor era morto, nada me reconhecia, o que me decepcionava. A indiferença do mundo me surpreendia, porém mais do que tudo eu tinha medo por não sentir absolutamente nada.

Alguns dias depois, a minha prima Kátia me buscou de carro e me levou até a Cidade Velha. Ust-Ilimsk é dividida por um rio, e a construção da cidade começou pela margem esquerda, então por isso o outro lado foi chamado Cidade Velha. Restam ali, ainda, alguns sobrados de madeira com três entradas. Bem detonados, vermelhinhos e verdinhos, são como lugares de memória. Antes havia mais, mas tinham sido construídos tão rápido que duravam pouco, devido ao gelo, ao vento e ao calor. Em seguida, veio a construção das *khruschovkas*, os predinhos soviéticos de cinco andares dos anos 1960, e dos dormitórios fabris, bem mais altos. Alguns desses dormitórios de operários ainda são chamados, por costume, de búlgaros, porque neles viviam os búlgaros que construíram a cidade e a hidrelétrica. Perto da estrada de Bratsk, na travessa Iújni, fica a *khruschovka* onde cresci. Até hoje não entendo a lógica do nome daquele lugar. Uma travessa é uma travessa porque conecta duas ruas maiores, mas aqui há apenas quatro predinhos, desconectados entre si, como peças de dominó em pé, paralelas. Muitas vezes eu abri o lugar no Google Maps e senti uma angústia sufocante. O Google não permite que você adentre o pátio interno, mas é possível parar diante do portão e olhar para dentro, para uma fotografia verde e disforme, morta. É estranho, mesmo assim, que a Iújka — chamam ela dessa forma — fosse classificada como uma travessa. A Iújka não liga nada com nada, os prédios ficam ali no meio do vazio, embaixo do qual há um abrigo antibombas abandonado e uma colina, um jardim de infância, uma escola e um hospital. A travessa Iújni não liga nada a nada, e é mais provável que divida a paisagem. Ela rasga o lugar onde a planície se torna encosta.

A minha prima me levou, de carro, até a entrada do prédio em que eu vivera. Ao redor tudo era cinza e as ruas estavam desertas. Apenas um cachorro zanzava pelo pátio, procurando comida. Ficamos no carro por um tempo e observamos aquele edifício tão típico, vazio. Eu vivera dezessete anos da minha vida ali, no terceiro bloco do conjunto. O lugar era pesado e sufocante. Agora, o apartamento pertencia a outras pessoas. A minha mãe o tinha vendido alguns anos antes, e comprado outro, em Vóljski. Ainda me lembro do nosso telefone de cinco dígitos, 7-21-83, que me parecia compreensível, lacônico e justo. Veja, se trocássemos os dois últimos números de lugar, teríamos o número do nosso apartamento. Ainda mais, 38 era o código telefônico de nossa região. O cosmos organizado da minha infância e adolescência cabia todo naqueles simples dígitos. De dentro do carro da minha prima, eu olhava pela janela. Era começo de primavera na Sibéria, o que não se diferenciava em nada do inverno. Em essência, era inverno, e nada mais.

Eu temia escrever sobre o caminho para Ust-Ilimsk e sobre como fiquei sentada, observando o pátio do meu antigo prédio. Porque escrever a respeito disso significava que tudo aquilo tinha acontecido comigo. Que eu havia passado por aquela experiência. Sentei num banco no pátio do prédio onde morara dois dias depois de enterrar as cinzas da minha mãe, mas, em algum lugar dentro de mim, eu ainda carregava a pequena urna cinzenta. Nada aconteceu, mas cada vez que a perco de vista, eu a perco para sempre. Hoje tive um sonho atormentado, parecido com todos os que venho tendo nos últimos seis meses, enquanto escrevo este livro. Nós, eu e a minha mãe, estamos em uma longa viagem para um lugar remoto e, num determinado momento — como sempre em sonhos —, alguma coisa importante acontece e recobro a consciência de que ela já morreu. Foi o que aconteceu hoje. Viajávamos em alta velocidade numa lancha, o sol brilhava através das janelas e eu olhava para a água escura e densa pelas escotilhas. Íamos para algum lugar longínquo e conversávamos calmas durante toda a viagem. Num momento, tive de ir ao banheiro. Quando voltei, lembrei que a mãe já tinha morrido, e uma mão desconhecida me estendeu os papéis da agência funerária com a lista de itens e serviços comprados, com a conta no valor de sessenta e oito mil e quatrocentos rublos e setenta e seis copeques. Os papéis estavam amarelados, envelhecidos. Eu corria para procurar a minha mãe. Por que raios, penso eu, num sonho, onde eu podia me presentear com as mais fantásticas metáforas da despedida e do perdão, eu via, em vez disso, a mão de um funcionário me entregando a conta da funerária? Por que raios, todas as vezes, ao perder a minha mãe em sonho, eu passava a me preocupar com o enterro? Por que diabos, todas as vezes, a minha preocupação era com o seu corpo morto, mas eu não sentia nada do que deveria sentir alguém que perdeu a própria mãe? Por que diabos eu me preocupava apenas com as banalidades do enterro e do dinheiro? Por que eu não podia ver o rosto dela e não podia olhá-la nos olhos? Quando isso acontecer, talvez então venha o tal do desprendimento, e eu possa ver como ela aos poucos se afasta de mim. Aos poucos, flutuando pelo rio, afasta-se e olha para mim. E eu vou ficar acompanhando, vou me despedir e perdoá-la. E então a ferida começará a se fechar por conta própria, e eu ouvirei o crepitar da carne suturando sozinha.

No segundo dia depois de enterrarmos as cinzas, a minha prima me levou à Cidade Velha para passearmos ao redor da represa e para que eu visse a nossa antiga casa e a minha escola. Ela me colocou no banco da frente e, no de trás, ia a sua cachorra, uma mistura de pastor com husky siberiano. Lana queria vir para a frente o tempo todo, mas Kátia a olhava firme, ao que a cachorra, soltando um ganido, voltava para trás. Na entrada do reservatório, que todos tinham acostumado a chamar de mar, deixamos o carro e fomos passear pela represa. Minha prima disse que já não se podia entrar até a beira de carro, e por isso tínhamos de estacionar ali e fazer o resto do caminho a pé. Fomos até o platô da Lísaia Gorá, onde se podia ver a vista e olhar na direção da usina hidrelétrica. O céu estava branco, baixo e pesado, como se sugasse o ar, a cabeça girava um pouco. Girava de fome e de cigarro. Não tínhamos conseguido tomar café da manhã direito, e eu não tinha bebido café preto, porque Kátia só tomava o solúvel, e eu, que estava acostumada a tomar diariamente dois copos passados na cafeteira italiana, não quis o dela. Ladeamos o gelo solto e cheio de sulcos. Era primavera, e apenas os pescadores mais radicais encaravam andar sobre o gelo. Aqui e ali, na superfície plana e congelada, dava para ver os riscos escuros de água derretida e buracos pretos e, ao longe, na borda do ancoradouro, víamos vários pescadores sentados como pequeninos mosquitos numa folha branca, fundidos ao horizonte de gelo e céu.

Em algum lugar lá embaixo, sob os pescadores, havia o mundo submerso da aldeia de Stári Nevon. Para construir a cidade e todo o resto ao seu redor, fora preciso submergir o que havia embaixo, onde viviam pessoas. Havia, sob a água, uma aldeia e uma igreja, que eram o monumento subaquático à colonização soviética da natureza viva e dos antigos povoados. Em *Despedida da mãe*, Valentin Rasputin escreve sobre a construção da hidrelétrica de Bratsk, que ficava a apenas quatrocentos quilômetros da nossa, a de Ust-Ilimsk. A pequena aldeia foi engolida pela grande água, e tudo o que era vivo tremeu de medo diante do novo mundo. Na infância, eu olhava para a represa e sabia que vivíamos num reino acima das águas, e que debaixo de nós existia outra cidade, onde viviam pessoas e seres submersos. Corriam boatos de como, depois da inundação, as correntes subaquáticas reviraram a terra do antigo cemitério e os caixões começaram a vir à tona. Isso certamente eram invenções, lendas que refletiam o medo das pessoas, o medo da proximidade de um lugar submerso, mas próximo, onde já não havia ruas, um lugar que exalava morte. Contava-se histórias de como, ao atravessar a represa de barco nos primeiros anos depois da inundação, era possível ver, cristalina, a pequena aldeia fantasma, e de como nos dias de seca a cúpula da igreja emergia para fora da água. Uma grande parte da floresta também fora inundada com a aldeia. Submersa, ela pereceu e começou a apodrecer, e a água desse apodrecimento era colorida, podendo-se ver no verão que o Angará gélido e transparente, aqui na represa de Ust-Ilimsk, ficava turvo, com tons de cobre e verde. Aquela água, como o nevoeiro verde do tempo, escondia uma tragédia. Um mundo construído sobre a morte de outro não é um mundo bom. Mas vivemos nele, e ele frequentemente se transforma num novo, devorando a si mesmo, esquecendo a si mesmo.

Mais do que tudo, eu tinha dó das ilhas Lossiáta, as ilhas dos alces ou alcinas. Era assim que chamavam três das pequenas ilhas. Na verdade, não eram ilhas, e sim três grandes colinas entre as quais passava o Angará, antes da inundação. Tinham recebido esse nome delicado e, quando a água subiu, as Alcinas pereceram. Há, até hoje, fotografias em preto e branco das Alcinas. Nelas, as ilhas já estão condenadas, mas ainda não desapareceram. Não sei se porque sei que elas desaparecerão, ou porque de fato elas mesmas tenham sentido a morte certa com seus enormes corpos, mas olhar para essas fotografias é dolorido. O que fascina nelas é a perdição. Sinto até que ouço como choram as Alcinas.

Chegamos até o mirante e olhamos para a hidrelétrica. Lá embaixo, o largo e agitado Angará rumorejava sob a montanha, e víamos as saídas do vertedouro se projetando da enorme parede de concreto da barragem, atrás da qual havia a água, grande e profunda. Desde a infância uma pergunta me atormentava: o que aconteceria se a barragem rompesse? Será que a água chegaria até minha casa, na Iújka? Talvez apenas Iújka restasse de toda a cidade submersa, pois seus edifícios ficavam no alto da colina. Ficamos lá, olhando para o grande rio, e a minha prima começou a fazer perguntas sobre família. Perguntou se eu planejava me casar, ao que respondi que era lésbica e que para mim era um pouco diferente do que para o resto da família. Ela assentiu, chamou a cachorra e parou de fazer perguntas. Eu mesma não sabia como e para que falar sobre aquilo.

Eu me atormentava com o fato de precisar me justificar o tempo todo. Eu me justifico por ser lésbica, me justifico por escrever versos tão incompreensíveis e medonhos. Aqui mesmo, neste texto, tenho continuamente tentado encontrar uma justificativa para a minha maneira de escrever. Busco apoio na prática de outras escritoras e tenho medo de que o livro saia meio estranho, errado, torto. Que não se insira na percepção geral de literatura. E tenho medo de dizer o que sou, na verdade.

Eu não sei compor histórias. O mundo ao meu redor se estrutura da forma como o escrevo. E eu me estruturo da maneira como escrevo. Não tenho outra "eu" e não tenho outro entendimento do mundo e da escrita. Mesmo essa frase — "não tenho outra eu e não tenho outro entendimento do mundo e da escrita" — soa como uma justificativa. Estou cansada de buscar fundamentação para chamar a minha literatura de literatura.

À noite, deitei no escuro e, mais uma vez, pela enésima vez, repassei o conteúdo deste texto. Pensei que talvez esta história pudesse se inserir em outra, com uma forma mais convencional. Talvez eu pudesse evitar os detalhes desagradáveis? Talvez eu pudesse escrever um livro esterilizado? Não, não posso, não posso e não quero. Porque quando a minha lanterna reluz pelo nevoeiro esverdeado da escuridão, é a mim mesma que ela recolhe.

Encontrei um poema de Guenádi Aigui escrito há sessenta e dois anos. Escrito quando a minha mãe ainda não existia. O tempo de existência desse poema é maior do que o de vida dela. E se eu o tivesse lido para a minha mãe, o que ela teria dito? Certamente que era um texto muito difícil e incompreensível, ou, ainda, que era um texto muito bonito, mas que ela não entendia nada. Não entendia e não aceitava os meus próprios versos. Aigui, que nasceu e viveu até a maioridade na parte sul da Chuváxia, via os campos nevados e o inverno infinito. Uma vez, durante o inverno, estive na capital chuvaxa, Tcheboksári. É uma cidade fria, desconfortável, branca e cinza. Nela há um bosque com uma alameda de ídolos pagãos, onde foi erguido um pequeno totem em homenagem ao poeta. Lemos poemas aos pés desse totem. O YouTube guarda o registro da minha leitura no cinzento bosque de Tcheboksári. Lembro como meus pés congelavam, enfiados na neve. Minhas roupas não eram apropriadas para o clima: finas botinhas de couro sintético barato e palmilha de papel, um casaquinho jeans e uma blusa de malha cor-de-rosa amassada. Congelei imediatamente naquele bosque, mesmo porque não tinha dormido direito e estava com uma ressaca gigantesca. Sinto vergonha desse vídeo. Nele, sou apenas um broto — não sou ainda eu, mas alguém que apenas começa a se entender como poeta. Alina adora assistir a esse vídeo e tirar sarro de mim.

Aigui via o infinito campo nevado emoldurado pelo bosque acinzentado. Ele sabia algo do espaço e da morte que eu, tendo crescido no eterno e angustiante inverno siberiano, acho que entendo. Provavelmente, estou errada. Não entendo nada dos versos de Aigui, ou da morte, ou do espaço arado e infinito da lavoura, que ele chamou de sopro do deus-demiurgo. Penso que ele entendia a ligação entre um lugar, o ser humano e a vida, que de certa maneira se entrelaçam de forma específica em seus textos. Ele pensava a vida e a natureza como processos independentes, incontroláveis pelo ser humano. Como se, ao morrer, o ser humano conferisse a possibilidade da existência à vida. O mundo se revira como terra arada quando você o solta e o permite viver. E o ser humano não tem importância, pois é o branco campo aberto que te cega e te possibilita viver a eternidade.

AQUI

como relva em floresta elegemos
quais tocas
nos manterão vivos

e a vida passa e recai sobre si como trilha silvestre
e me parece um ideograma
da palavra "aqui"

e ele é a terra e o céu
e é o que está na sombra
e é o que vemos no claro
e é o impossível de dizer em versos
e a charada da imortalidade
não mais que a charada
do ponto de luz em mata fechada na noite de inverno —

galhos brancos sobre a neve
sombras negras na neve

aqui tudo se responde
com a língua do alto e primevo
como responde — alta e livre —
a vida à sua parte excedente e solta
e à sua parte adjacente e presa
adjacente e presa parte
aqui
depois dos galhos quebrados pelo vento
no calmo jardim
não buscamos pela horrenda seiva cristalizada
parecida com figuras contorcidas —

que abraçam o crucificado
e a noite da mágoa

e não conhecemos palavra ou símbolo
melhores uns que outros
aqui vivemos e aqui está a nossa beleza

e aqui em silêncio ouvimos a realidade
e se o despedir-se dela é cruel
é também parte da vida —

como se dela
não tivéssemos notícias
e ela se afastasse de nós
como o reflexo de um arbusto na água
permanecendo por perto para depois de nós assumir
aqueles que nos serviram —

para que o espaço das pessoas se torne
apenas o espaço da vida
em todas as eras.

Dois anos depois, Aigui escreve outro poema, e nele a morte terá um caráter abstrato, em versos que falam sobre a morte da mãe. Aigui admite que chora de pena, mas não de pena por sua indefesa mãe morta, e sim "da visão sofrível/ de seu vestido feito à mão". Depois desses versos, seu olhar volta-se, mais uma vez, aos infinitos campos brancos. Aigui recorre às imagens dos *kurgans*, os montes funerários pagãos, da asa de um demônio vespertino e de flocos de neve, que vertem do céu como ideogramas divinos. Seu olhar perfaz um percurso que começa com o lenço na cabeça da mãe morta, que por algum motivo acho que é preto, e que ela não tira. É como se recusasse a morte, já que a passagem deve ser feita com a cabeça descoberta. O caminho, então, sai da visão da cabeça morta, passa à enumeração sincrética de todas as forças mágicas acessíveis e chega ao céu, de onde lentamente, sem vento, caem grandes e mudos flocos de neve. É o caminho do olhar marcado pela perda. E o lenço cai da cabeça morta como escrita, como novidade.

MORTE

Sem tirar o lenço da cabeça
morre a mãe
e uma única vez
choro de pena da visão sofrível
de seu vestido feito à mão

Ah, a neve quieta
é como se caísse
das asas do demônio vespertino,

ah, os fartos montes nevados
são como se levassem, por dentro
pilhas de sacrifícios

pagãos.

E os flocos de neve
caem e caem à terra como

ideogramas de deus...

Os montes de neve, que escondem dentro de si — qual o ventre de uma mulher grávida — pilhas de sacrifícios pagãos, testemunham aqui o fato de a morte da mãe ter um caráter simbólico. Hélène Cixous escreverá, em *Escola dos mortos*, que na sua escola imaginária de arte literária, a primeira etapa é se defrontar com a morte, com a necessidade de encontrar um(a) finado(a). Em seguida, ela admite ter escrito o primeiro livro sobre o túmulo do pai. Eu também escrevi o meu primeiro livro sobre o túmulo do meu pai. A morte dele me legou a proximidade da escrita. A escrita-elegia, a escrita-pranto, a escrita-guerra. Cixous afirma que a morte do pai não é o mesmo que a da mãe, e faz um tributo à psicanálise ao escrever que a morte do pai é a destruição das estruturas invisíveis do mundo. Não escreve nada sobre a morte da mãe, apenas que perder o ventre natal não é o mesmo que perder o mundo. Eu me permito uma suposição, aqui, de que quando Cixous escreveu o referido ensaio (1990), a sua mãe ainda estava viva, e a perda do ventre natal estava apenas no campo da fantasia, da imaginação, mas não da experiência.

Encontrem um finado ou uma finada, escreve Cixous. E eu adiciono: olhem para eles de maneira cristalina, depois para si mesmos e para dentro de si, e então "desçam ao fundo do poço", para que na escuridão do seu desespero, terror e perdição possam escutar os mudos flocos de neve caindo em espiral, carregando em si a escrita — os ideogramas de deus.

A morte da mãe não é o mesmo que a do pai. A morte do pai destrói o mundo, mas a da mãe dizima o receptáculo do mundo. A morte do pai gera a escrita-pranto, enquanto a da mãe gera a escrita-olhar, longa e atenta como um par de olhos quase cegos. Escrita-atravessamento-apropriação-construção-espaço. Olhar e ver — isso significa se apropriar.

Num dos longos e pesados invernos da minha infância, fui escorregar de um monte nevado gigante. Ao rolar para baixo, acabei atolada até o peito na neve dura e profunda. A rua limpa estava muito longe, e eu tive de seguir até ela, cortando a neve espessa com o meu próprio corpo. A escrita se parece com isso. É corpo-escrita. É corpo.

O pássaro — andorinha, rouxinol ou a própria Filomela, que simboliza a poesia — é sempre um ser mutilado. Basta lembrarmos a andorinha cega de Mandelstam. E, em seguida, de como a andorinha de Guenádi Gor entra voando por seus olhos e passa a bater as asas "lá, em nossos corações", o que, de certa forma, não está muito distante da volta às sombras da primeira. É como se o "nós" de Gor incluísse a andorinha mutilada e cega de Mandelstam em seus próprios olhos, compartilhasse com ela a visão e, por fim, se tornasse ela própria. Como uma troca primitiva, como magia simpática. Maurice Blanchot escreve que "a arte é experiência, porque é uma pesquisa, não indeterminada, mas determinada por sua indeterminação, e que passa pela totalidade da vida, mesmo que pareça ignorar a vida".* E a andorinha, uma vez dentro do coração, transforma a vida na experiência do eterno bater das asas feridas, lá dentro. Transforma-se a si mesma em Filomela.

Elena Schwartz, no poema "A torre, e nela uma gaiola", descreve a escrita da poesia como o empilhamento de gaiolas de pássaros umas sobre as outras. De estrofe em estrofe o sujeito paulatinamente transforma-se de *eu-observadora*, de *eu-que-abre-a-gaiola* em *eu-que-sobrevive-ao-rompimento-do-corpo*, e então num sujeito coletivo, um *nós-que-cantamos*:

* Maurice Blanchot, "A morte possível". In: *O espaço literário*. Trad. de Álvaro Cabral. Rio de Janeiro: Rocco, 1987, p. 85.

Mas eu abro as gaiolas
E elas gritam, como hereges,
Em suas línguas sem palavras.
Batendo-se, revoam
E clamam, reclamam
Gorjeiam, chilreiam.
E engolem com suas gargantas,
E espalham suas penas rosadas,
E besuntam de gosma branco-neve,
E bicam umas às outras, agitadas.

Bebendo de meu sangue
Abrem minhas veias,
E eu mesma (que pena, aliás)
Divido meu cérebro nas pequenas cabeças.
E os estilhaços de meus olhos
Em seus pequenos olhinhos...

Se o "eu" coletivo de Gor transforma-se em andorinha, o corpo de Schwartz transforma-se numa revoada de pássaros enlouquecidos. Basta apenas fechar o livro, para que o ruído da poesia se cale e o corpo se acalme:

E nós cantamos,
E foi Deus quem nos ensinou, e gralhamos, e gritamos,
Cubra-nos com um pano — e calaremos.

Há cerca de seis meses escrevi um ensaio sobre Filomela que, à primeira vista, parece contradizer tudo o que acabei de escrever. Mas não. A parte sobre a andorinha e o ensaio "A língua de Filomela" formam um díptico.

A LÍNGUA DE FILOMELA

Há algum tempo me interessei pelo mito grego da criação da andorinha, do rouxinol e da poupa. É o mito de Filomela, a quem o rei Tereu enganou, escondeu em uma cabana na floresta e estuprou. Filomela resiste, e por isso Tereu corta-lhe a língua, para que ela não possa denunciar o crime. Mas Filomela encontra uma maneira de contar a história à sua irmã Procne: tece uma tapeçaria épica e, com os bordados, ilustra o ocorrido. Procne recebe a mensagem e, durante as festas a Dioniso, vai à floresta com outras mulheres. Liberta a irmã. De volta ao palácio, Procne mata o próprio filho que tivera com Tereu, e prepara um banquete para o marido com a carne da criança. Quando Tereu vê a cabeça do infante e, por detrás das cortinas, Filomela liberta, entende com o que foi alimentado, e deseja vingar-se das mulheres. Em perseguição e fuga, os três ganham asas e seus corpos diminuem. Assim, Procne e Filomela tornaram-se o rouxinol e a andorinha, Tereu, a poupa. O penacho da poupa, então, passou a lembrar as conquistas militares de Tereu, e a mancha vermelha na cabeça da andorinha, a mancha de sangue do infante. Mais tarde, em suas encarnações ulteriores, a andorinha e o rouxinol perdem um pouco a diferenciação, e nas fontes mais tardias Filomela aparece ora como andorinha, ora como rouxinol.

Na poesia, Filomela, tal qual a andorinha e o rouxinol, é um símbolo da voz poética. Muitos poetas, de Bátiuchkov a Bródski, voltaram-se a essa imagem. Mas por que a poesia masculina elegeu, como símbolo do espírito poético, uma mulher estuprada e com a fala mutilada para manter a reputação de um homem-estuprador no poder? Ao responder a essa pergunta, é possível entrar no discurso que condena a criação masculina e suas ideias sobre a natureza da poesia. Mas falar isso traria a atenção geral à figura do homem-poeta e, mais uma vez, legaria à mulher a função de instrumento de seu enobrecimento.

Prefiro escrever sobre Filomela. O que se passa com ela? É trancada numa cabana na floresta. Muitas teóricas do feminismo e da escrita feminina escreveram sobre o significado do deslocamento territorial e simbólico das mulheres. Aqui, é possível se lembrar de Luce Irigaray e usar a metáfora do espaço, que ela evoca para dissertar sobre o lugar do sujeito no discurso. Filomela não é apenas separada do espaço público — da cidade à floresta —, ela é trancada numa cabana, vigiada pelo exército de Tereu e não tem a menor chance de escapar de volta para a cidade. Ela é submetida a uma exclusão dupla e, depois do estupro, tripla. Filomela ameaça Tereu, dizendo que vai denunciá-lo na cidade e este decepa-lhe a língua para que ela não possa dizer mais nada. É interessante que nas *Metamorfoses*, de Ovídio, Filomela jure que será ouvida não apenas pelas pessoas, mas pelas falésias, pela floresta e pelos deuses. A força de sua revolta é tão grande que sua fala pode alcançar as consciências de seres não humanos e mesmo de objetos.

Irigaray diz que as mulheres devem recusar a linguagem androcêntrica para chegar à sua própria língua com que se expressar. Filomela é privada até da possibilidade de recusa, sua língua é violentamente arrancada. Mas o que acontece com a língua de Filomela? Ovídio escreve:

> [...] *A língua jaz por terra e murmura*
> *sobre a terra negra enquanto estremece.*
> *E, como costuma agitar-se a cauda mutilada de uma cobra,*
> *[assim ela palpita.*
> *E, ao morrer, busca os passos daquela a quem pertenceu.* *

* Ovídio, *Metamorfoses*, Livro VI, vv. 557-60. Trad. de Domingos Lucas Dias. São Paulo: Editora 34, pp. 351-2.

A língua cortada de Filomela ainda jaz por terra. Sua fúria é tão grande que, mesmo ao perecer, continua a dizer a verdade. Não por acaso, Ovídio compara a língua a uma cobra sibilante: aqui, a fala feminina é ctônica e pré-histórica, ou seja: inerente à criação do mundo, toca a todos os seres e objetos.

Filomela deixa sua prisão silvestre ao encontrar uma linguagem para se expressar — a visual. A linguagem da arte da tecelagem foi sempre tida como menor e anônima, às sombras das belas-artes e da política. Mas é uma linguagem que Filomela encontra por necessidade; é por isso mesmo que Lavínia, de Shakespeare, tem suas mãos decepadas — seus carrascos lembram-se da lição de Filomela.

O que mais se pode querer? Filomela é libertada. Procne acredita nela, e vejamos que o mais terrível para Filomela não é ter sido estuprada, mas que o estupro tenha sido cometido pelo marido de sua irmã de sangue. Uma situação que oporia, a princípio, Filomela e Procne. Esta age de acordo com a ética antiga, mas podemos olhar para as irmãs também do ponto de vista da sororidade feminista. Ela vinga-se cruelmente de Tereu por sua irmã e pela traição cometida por ele.

No entanto, a língua decepada de Filomela já está morta e jaz no chão de terra da cabana na floresta. Não vem a público, mas possui memória, e espera. E a andorinha/rouxinol deve voltar por sua língua, liberá-la de seu cativeiro e mais uma vez usá-la, para que soe a canção e acordem mulheres, falésias e florestas.

Tenho um pedaço do corpo dela. Não, eu não guardei para mim um punhado das cinzas, nem cortei um chumaço do seu cabelo. Ela deixou um fragmento seu em mim. Por muito tempo eu não soube o que era isso, até que alguém me disse que era preciso lavar bem o umbigo ao tomar banho, senão fedia. O meu umbigo nunca cheirou mal, mas ele era profundo e escuro, como um buraco num lago congelado. Quando me ensinaram que era preciso lavar o umbigo a cada vez que se tomava banho, eu me debrucei para olhar o dito cujo, e pus o dedo. O dedo, por sua vez, entrou até a metade da primeira falange e topou com algo seco e duro. Senti um repuxado por dentro da barriga. Não de dor, mas de desconforto, e por alguma razão, sentir isso me deixou triste e angustiada. Mexi o dedo por dentro e percebi que ali, no umbigo, havia um pequeno pedaço de algo duro. Era uma coisa de consistência que lembrava o plástico. Fiquei surpresa com a presença da coisinha dentro de mim, e pus um segundo dedo para tentar arrancá-la. A coisinha dentro de mim não sentia nada, era como uma unha ou um fio de cabelo, e não como carne. Peguei-a com os dois dedos, e a parte de dentro do umbigo começou a repuxar muito, mas a coisinha não saía de jeito nenhum. Primeiro, pensei que o meu desleixo tinha levado alguma coisa a ficar presa em meu umbigo. Tinha visto como o meu pai tirava pequenos tufos azuis do seu umbigo, que acumulavam das roupas e ficavam presos nos pelos da barriga. Pode ser, pensei, que essa coisa dentro de mim também seja um tufo. Mas era meio pontiaguda e seca, e não se parecia com uma bolinha de poeira e lã. Agarrei-a mais uma vez, e o umbigo mais uma vez repuxou. Fui então atrás de um espelhinho de bolso que ficava na penteadeira e olhei, através dele, para meu umbigo escuro. Realmente tinha algo ali. Mas não era azul ou rosa, como no umbigo de meu pai. Era branco. E então eu entendi: era um pequeno resquício de cordão umbilical. Depois que me separaram da minha mãe, amarraram o cordão, mas uma parte não caíra, não secara, e se tornara parte do meu corpo. Ela está dentro de mim. Esse pequeno pedaço do elo que unia nossos corpos, o meu e o da minha mãe.

Eu o chamo carinhosamente de *croutonzinho*, e digo que tenho um *croutonzinho* no umbigo. Por vezes, Alina liga a lanterna do celular e verifica se ele ainda está lá. Ela chegou a tocá-lo algumas vezes, para se certificar de que eu não estava inventando que não dava para retirá-lo. Depois de entender que realmente era parte de meu corpo, ela cheirou o meu umbigo e disse que não cheirava como no geral cheiram os umbigos das pessoas.

Há algo errado com o meu corpo: ele mantém um pedaço de tecido alheio. É o fragmento de uma antiga ligação corporal e um símbolo da nossa inseparabilidade, minha e da minha mãe. Da impossibilidade de separação. Como se eu, vinda de um país distante e para o qual jamais voltaria, tivesse trazido comigo um galho de uma árvore local, ou uma pequena pedrinha. O meu corpo tomou essa relíquia como memória de que eu, um dia, fui parte daquele grande corpo gélido, que primeiro me gerou e depois me expeliu. E, mesmo assim, nunca me soltou, ou melhor, eu nunca pude soltar.

Hoje, debaixo da terra, ela falou comigo. Soa como o enredo de uma balada: debaixo da terra, a mãe morta fala com a filha viva. Ouvi a voz dela. Sabia que ela estava lá, sob a terra, falando comigo desde dentro da urna cinza. Trata-se de um enredo constante dos meus sonhos: passo pelo cemitério de Ust-Ilimsk e não consigo parar o carro para visitar o túmulo da minha mãe. Passo reto e sigo pela estrada de Bratsk, até que vejo tumbas pretas cobertas de neve branca, com buquês plásticos de flores rosadas, verdes e alaranjadas. Vejo o mármore preto, bege e branco das lápides. Não consigo parar o carro e, nesses sonhos, a angústia me consome.

Hoje, no entanto, consegui pular do carro e tomei a estrada pela direita. Atravessei o inverno, as montanhas no verão, valas profundas, repartições públicas no formato de caixas cinzentas e acabei chegando a uma cerca com três lápides. Reconheci o lugar pelas três tumbas de concreto bruto, idênticas, com chapas de metal colorido, onde estavam impressos os rostos de Svieta, da vó Valentina e da minha mãe. Eram as lápides mais baratas na agência, as mais simples e discretas. Reconheci as três placas de concreto das lápides e encostei o ouvido na terra seca e esbranquiçada sob a lápide da minha mãe. E ela falou comigo. A voz era tão clara e alta, como se estivéssemos num grande espaço aberto. Ela falava, falava e falava. Sua voz era corriqueira e fria. Eu a interrompi e disse que estava escrevendo um livro sobre ela. Silêncio. Senti como ela, devagar, começou a se distanciar e a falar com outra pessoa. Ouvi o zunido de várias vozes sob a terra. Gritei para a terra vazia: por que, então, estou escrevendo este livro? Eu tentava gritar para alcançá-la. Eu engolia a terra e a socava como se fosse uma barreira impenetrável, enquanto a minha mãe conversava, calma, no mundo subterrâneo com desconhecidos. Sua voz era amável e acolhedora.

Eu gritava para ela, queria uma resposta, e ela respondia que era bem o meu jeito de fazer as coisas, mesmo. O que me soou como uma acusação. E o som sumiu, por completo. E eu estava ali, num cemitério desconhecido. Procurei longamente pela estrada, para sair dali. Mas, como em qualquer outro sonho, a estrada se contorcia e me enganava. Eu estava decepcionada com o encontro e andava pelas colinas azuis e roxas, que se erguiam uma atrás da outra. Acabei encontrando a saída e, no meio do caminho, Alina juntou-se a mim. Juntas, saímos na rua Naimúchin e seguimos até a represa congelada. Lá, as nuvens eram azuis e pretas.

Era um dia limpo e bonito; pela manhã houvera uma tempestade de neve e tudo ao redor ficou branco, primeiro, e depois azul-claro como o vidro. Saí para a rua com a urna da minha mãe, entrei no carro e partimos para enterrá-la.

Na saída da cidade, num pequeno acostamento da estrada de Bratsk, já havia pessoas, em seus casacos e chapéus. Um ônibus antigo — modelo Ikarus — tinha sido emprestado pela fábrica em que a minha mãe trabalhara para que as pessoas pudessem ir ao enterro, e estava estacionado ali. Havia muita gente. Todos se aproximaram de mim, se apresentaram e me contaram de onde conheciam a mãe. Eu apertava as mãos e aceitava os pêsames. Algumas mulheres traziam pequenas pilhas de fotografias embrulhadas em delicados pacotinhos de celofane e me entregavam. Eu já vira todas aquelas fotos — fogueiras nas montanhas, casamentos e crianças. Nelas, já meio apagadas, eu encontrava, por toda parte, o rosto sorridente da minha mãe. Por fim entendi que se tratava de um ritual importante — depois da morte, devolver as fotografias aos filhos. É o que fizera a vó Anna depois da morte do meu pai. Faziam isso porque as pessoas da minha geração tinham outra relação com a fotografia, e outra maneira de guardar a memória. Queriam transmitir para mim o seu próprio modo de lembrar. Algumas traziam flores vivas, rosas vermelhas. A mãe amava rosas vermelhas. No tempo gelado, elas murchavam e não cheiravam.

Em seguida, entramos todos nos carros disponíveis e seguimos pela estrada de Bratsk, em caravana lenta, rumo ao cemitério. O mesmo que agora faz parte dos meus sonhos. Em meio à neve atordoante, à direita do túmulo da minha avó fora cavada uma pequena cova escura. Uma tumbazinha minúscula para as cinzas da minha mãe. O sol branco e cegante batia direto no rosto e nos olhos. As pessoas de preto e bege cerravam os olhos e usavam as mãos como anteparos para a luz.

Quando apoiei a urna cinzenta, que fulgurava ao sol, na mesinha recém-posta ao lado da lápide, todos os presentes, como por comando, formaram uma longa fila. Não precisava dizer: todos sabiam que primeiro se despediam os parentes próximos, depois os distantes, depois os amigos, colegas e conhecidos. A fila andava devagar e cada um tinha o seu próprio modo de falar com a minha mãe. Teve quem colocasse furtivamente a mão na urna aquecida pelo sol, ou quem a tocasse com os lábios e sussurrasse palavras ternas para as defuntas cinzas. Quando a fila terminou, os homens pegaram a urna com toalhas de pano compridas e desceram-na cuidadosamente pela cova. Os presentes, na mesma ordem da fila, começaram a jogar os punhados de terra. Eu fui a primeira.

A seguir, era necessário beber vodca. Não tínhamos vodca, mas algum álcool destilado bem diluído, que todos beberam em copinhos de plástico, acompanhados por pepinos em uma conserva turva de tão salgada. O resto da bebida foi entregue ao coveiro, a quem ofereceram também cem rublos, com o pedido de que cuidasse do túmulo. Ele agradeceu e, respeitoso, pegou o dinheiro, a comida e o álcool.

O salão do bufê Bagúlnik era de uma solenidade provinciana. As janelas tinham uma primeira camada de cortinas de tule e, atrás delas, outras, mais pesadas, de seda artificial dourada. O assento das cadeiras era de couro sintético bordô e, quando as pessoas começaram a chegar, as funcionárias do salão passaram a trazer banquinhos capengas da cozinha para completar os lugares que faltavam. Era o que tinha, falavam, no salão ao lado ocorria outra recepção fúnebre, e lá também faltavam cadeiras. Por isso, quando algum de nossos convidados ia embora, as moças imediatamente interceptavam as cadeiras e as levavam para o salão ao lado. Dei uma olhada nele — era escuro e as cortinas não eram douradas, mas vermelho-escuras, o que o fazia parecer mais pesado que o nosso. Do nosso lado, todos riam ao se lembrar da juventude aventureira da minha mãe e do trabalho na fábrica. Uma por vez, as pessoas levantavam e diziam belas palavras sobre mim, sobre como eu tinha realizado algo memorável: trouxera de volta para eles a amada Angella. Todos — os aventureiros, os operários e os parentes — tinham muito carinho pela minha mãe. Como se ela tivesse se aberto para cada um deles e entregado um pedacinho do seu coração para todos. Olhavam com amor o retrato dela jovem à cabeceira da mesa, e quando a vela se apagou, puseram outra em seu lugar.

Mais tarde, a minha tia me deu a foto. Primeiro, eu queria levá-la sem a moldura, mas minha tia me olhou espantada. Como se eu quisesse levar um quilo de batatas e deixar o saco. Ela tomou a fotografia das minhas mãos e enfiou a imagem photoshopada de volta na moldura azul-escura com um adorno dourado. Trouxe a foto a Moscou. Nela, a mãe sorri e em seu pescoço reluzem correntinhas douradas, embaraçadas, e os olhos brilham. É o dia do batismo da minha prima de segundo grau, de quem ela foi madrinha. A foto é coletiva, e nela estavam ainda a minha tia, acabada depois do parto, e um bebê rosado e fofo, que a minha mãe cuidadosamente segurava no colo. A tia pedira que as funcionárias da agência funerária dessem uma editada na foto, cortassem o rosto da minha mãe e borrassem o fundo de azul-claro, já que no original havia uma estante atulhada de fraldas e videocassetes. Nessa foto, a minha mãe está feliz e misteriosa como uma estrela de Hollywood, virada de três quartos e olhando para a câmera. Sua pele bronzeada brilha, e a pinta escura em seu pescoço lhe confere um arzinho sedutor. Tenho a mesma pinta no pescoço. Exatamente no mesmo lugar. Um ponto ovalado de pele protuberante que me provê de uma simpatia assimétrica. A mãe olha para fora da foto e, atrás dela, há um fundo infinito azul-claro. É como se ela flutuasse, em algum lugar, lá longe. O esfumado azul-claro das designers gráficas da agência funerária cria um efeito de eternidade e uma luz que inunda, que vem de algum outro lugar até nós, até o mundo dos vivos.

Agora, a foto está na minha cozinha em cima do micro-ondas, e não sei por que não a levei para o meu quarto, para a mesa de trabalho ou o parapeito largo de alguma janela. Ao entrar no apartamento novo, a primeira coisa que fiz foi pôr a foto da minha mãe em cima do micro-ondas. O fundo azul combina bem com a decoração da cozinha — que mantém o estilo final dos anos 90 e do começo do século: papel de parede imitando mármore e um pesado sofá de canto marrom. A minha mãe amava cozinhas assim e tinha comprado para si um sofá de canto marrom para ornar com o papel de parede marmorizado. Essa cozinha, onde agora passo tanto tempo quando trabalho, escrevo ou como, é toda parecida com ela. Inclusive, tenho a impressão, às vezes, de que se virar a cabeça, verei o seu perfil. E ela estará lá, com seu roupão amarelo-ovo de zíper, as mãos feitas na manicure e rosadas da água fria, os cabelos tingidos na cor de berinjela reunidos num coque preso por uma piranha. Às vezes, sinto até o cheiro da nossa cozinha. A minha mãe ainda está aqui.

Levamos vodca e conservas para o Bagúlnik, e o resto foi servido lá mesmo, pela equipe de funcionárias do bufê. Serviram uma salada caesar em cumbucas pequenas e quadradas. Os croutons eram gigantescos e a maionese, pesada. Em seguida veio uma sopa de macarrão, gordurosa e transparente e, por fim, o prato principal — coxa de frango meio malpassada com batata amassada. Tudo era meio formal e frio, mas comi todos os três pratos um atrás do outro, porque haviam me ensinado que comida de velório não se joga fora.

Depois das duas primeiras doses de vodca, os homens e algumas mulheres saíram para fumar. Fui com eles. Muitos me perguntavam o que eu fazia. Não sabia explicar muito bem em que consistia o meu trabalho. Não falei nada de poesia. Disse apenas que tinha uma função administrativa em um museu estatal. Quando me perguntaram o que eu fazia lá, fiquei um pouco sem jeito e comecei a dizer que conversava com artistas, planejava e inventava exposições. Meu trabalho parecia sem sentido e vazio ali, e eu me sentia desconectada de todos. Incorpórea e estranha.

A luz era branca e forte, era a minha própria dor eterna e a minha perda. Mas eu não sentia nada. A nossa grande viagem, a minha e da minha mãe, de Vóljski a Ust-Ilimsk, na realidade terminara. Mas ainda continua a se revolver dentro de mim. Como uma estrada longa, noite adentro.

5

And what I wanted from you, Mother, was this:
that in giving me life, you still remain alive.
Luce Irigaray, *And the One Doesn't Stir*
without the Other

VOCÊ ME ENSINOU A FALAR. Você me ensinou a ler. Você me ensinou a escrever. Você me deu a língua. A língua na qual, hoje, escrevo sobre você. Digo terra e madeira, copo, flor e verdade. Eu avalio — isso é bom, aquilo é ruim. Faço tudo isso na sua língua.

É uma língua muito dura, pouco flexível e compacta. Nela, dificilmente entram palavras e coisas novas. E eu me enfureço como você se enfurecia, eu odeio como você odiava.

Eu sinto a sua língua. E eu relato na sua língua. Eu relato a sua vida e a sua morte, o seu olhar e a sua dor.

E nem uma única vez, até agora, eu me dirigi a você. Falei e descrevi você e sobre você: ela, a minha mãe, a mãe, dela. Mas eu não escrevi: *você*. Nenhuma vez me dirigi a você. Não olhei para o seu rosto. E por causa disso me afundei em você, como numa água profunda e escura, porque você, sem ser chamada na segunda pessoa, se transformou em uma fenda. Uma fenda escura, sem ar e sem possibilidade de movimento. Você, não chamada de *você*, se transformou na minha tumba.

A sua língua, sem que eu chamasse você de você, se transformou numa língua compacta e morta. Porque você não falava comigo nela, mas falava a respeito de mim através dela. E eu a repeti, até que comecei a falar a respeito de você através dela. E tornei essa língua uma coisa. Uma coisa morta, morta ainda antes da morte. E eu era uma coisa aos seus olhos, no seu entendimento, na sua língua.

Ao me lembrar de você, do seu rosto, eu te vejo em três quartos ou com a cabeça voltada para cima. Lembro-me das suas orelhas e da sua mandíbula quadrada, tártara. Vejo como você olha para algum outro lugar, e como o seu olhar apenas passa de raspão sobre a minha face. Eu te vejo de costas, à pia, lá no canto. O papel de parede marmorizado ao fundo e as suas mãos rosadas se movendo rápidas, você lavando a louça ou limpando cenouras. Mas eu não me lembro de um olhar direto e não me lembro da sua fala direcionada a mim. Como não me lembro da minha própria fala, direcionada a você. Não da fala corriqueira: mãe, passa a colher. Mas da fala aberta. Uma fala aberta para você, na sua direção. Talvez porque eu tivesse medo de ser congelada pelo seu olhar gélido, caso eu de repente me abrisse? Ou de você endurecer não apenas a minha casca, mas também o meu interior? Mas você já estava dentro de mim, porque sou sua filha.

Eu estive dentro de você depois de sair, também, ao me alimentar. Será que eu te endureci por dentro? E, se sim, se sou eu o motivo da sua dor, será que essa dor é minha também? Essa pedra que você carrega dentro de si, esse pedaço de carne que não caiu do meu umbigo — será que não são o peso que nós duas juntas criamos, dentro de você? Será que, ao nos separarmos, teríamos alguma chance de transformar a pedra da nossa dura experiência compartida? Cada uma por si?

Será que é possível ser a fonte da objetificação cruzada e, mesmo assim, resolver o conflito da pedra interior que compartilhamos? Será que você não gostaria de ter olhado para mim e me dito *você*? De ter se aberto para mim? Será que eu não gostaria de ter me aberto contigo e te dito *você*? Será que nós duas não gostaríamos de nos ter aberto uma à outra? Será que eu não quis me abrir? Abrir-nos uma para a outra?

Abrir-se e admitir e tornar visível a nossa pedra compartida. Que não é minha e não é sua. Não é sua pedra e não é sua dor, não é minha pedra e não é minha dor. É nossa dor, conjunta.

Será que eu não quero me libertar desta pedra? Me libertar para que ela não se torne o definidor de minhas emoções, o meu entendimento do mundo? Será que eu gostaria de criar a minha própria língua, uma língua rica, uma língua aberta? Uma língua inseparável da sua, que inclui e leva em conta a sua. Uma língua falada com o seu sotaque. Mas ainda assim, minha.

Para fazer isso, eu terei de te dizer *você* e me dirigir a você como a uma igual mais velha. E você também poderá olhar para mim. Olhe para mim. E eu, na minha própria língua direi: *te amo, mãe*. Na sua língua seria impossível dizer isso. Mas a minha língua é outra, e não é mais difícil ou mais fácil. Não é melhor e nem pior. Nela, é possível dizer: *mãe, eu te amo*. Você conhece a minha língua, porque ela foi criada a partir da sua própria. E *você* me escuta e me entende.

FSC
www.fsc.org
MISTO
Papel | Apoiando o manejo florestal responsável
FSC® C011095

A marca FSC® é a garantia de que a madeira utilizada na fabricação do papel deste livro provém de florestas gerenciadas de maneira ambientalmente correta, socialmente justa e economicamente viável e de outras fontes de origem controlada.

Título original: *Рана*

DIRETORAS EDITORIAIS Fernanda Diamant e Rita Mattar
EDITORA Eloah Pina
ASSISTENTE EDITORIAL Rodrigo Sampaio
PREPARAÇÃO Yuri Martins de Oliveira
REVISÃO Fernanda Campos e Bianca Rocha
DIRETORA DE ARTE Julia Monteiro
CAPA Cristina Gu
IMAGEM DA CAPA © Mika Takahashi
PROJETO GRÁFICO Alles Blau
EDITORAÇÃO ELETRÔNICA Página Viva

CIP-BRASIL. CATALOGAÇÃO NA PUBLICAÇÃO
SINDICATO NACIONAL DOS EDITORES DE LIVROS, RJ

V497f

Vassiákina, Oksana, 1989-
Ferida / Oksana Vassiákina ; tradução do russo Diego Moschkovich.
— 1. ed. — São Paulo : Fósforo, 2025.

Tradução de: Рана.
ISBN: 978-65-6000-133-6

1. Vassiákina, Oksana, 1989-. 2. Luto. 3. Romance autobiográfico.
I. Moschkovich, Diego. II. Título.

CDD: 809.93592
25-99101.0 CDU: 82-94

Meri Gleice Rodrigues de Souza — Bibliotecária — CRB-7/6439

Editora Fósforo
Rua 24 de Maio, 270/276
10º andar, salas 1 e 2 — República
01041-001 — São Paulo, SP, Brasil
Tel: (11) 3224.2055
contato@fosforoeditora.com.br
www.fosforoeditora.com.br

Este livro foi composto em GT Alpina e
GT Flexa e impresso pela Ipsis em papel
Golden Paper 80 g/m² para a Editora
Fósforo em agosto de 2025.